GUM
Nuova serie

Carlo Gozzi
Fiabe teatrali

CARLO GOZZI

Fiabe teatrali

A cura di
Stefano Giovannuzzi

MURSIA

La sezione di Italianistica di questa Collana è diretta da ROBERTO FEDI.

I diritti di traduzione, di memorizzazione elettronica, di riproduzione e di adattamento totale o parziale con qualsiasi mezzo (compresi i microfilm e le copie fotostatiche) sono riservati per tutti i Paesi.

L'Editore potrà concedere a pagamento l'autorizzazione a riprodurre una porzione non superiore a un decimo del presente volume e comunque non eccedente le 75 pagine.
Le richieste di riproduzione vanno inoltrate all'Associazione Italiana per i Diritti di Riproduzione delle Opere dell'Ingegno (A.I.D.R.O.), via delle Erbe, 2 – 20121 Milano – tel. e fax 02-809506.

© Copyright 1998 Gruppo Mursia Editore S.p.A.
Tutti i diritti riservati - *Printed in Italy*
4808/AC - Gruppo Ugo Mursia Editore S.p.A. - Via Tadino, 29 - Milano

Fotocomposizione: «Nexus»; via Cerva 20, Milano

Anno

01 00 99 98   1 2 3 4

INTRODUZIONE

La rivoluzione di un conservatore: Carlo Gozzi e il teatro

Niente di più ozioso, si osserverà, che resuscitare l'antagonismo fra Carlo Gozzi e Goldoni. Tantomeno sarebbe guardato di buon occhio, è da credere, chi intendesse rinverdire la querelle *che a un Goldoni progressista, intellettuale organico delle nuove classi, riformatore, restauratore della commedia di caratteri,* id est *inventore del teatro borghese, contrapponesse il Gozzi delle* Fiabe. *In ottemperanza ad una dialettica che non potrebbe risultare più necessaria e provvidenziale, Gozzi, conservatore granellesco, antilluminista, sostenitore del teatro all'improvviso e nemico giurato del teatro di caratteri, cade a puntino all'altro opposto, molto meglio di un abate Chiari, che è figura intellettualmente più indecisa e marginale. La* querelle *poteva piacere ed anzi sembrava capitale negli anni Cinquanta, quando è nata, non oggi, finalmente tramontato l'interesse un po' parossistico e deformante per il realismo in letteratura. Con buona approssimazione di giudizio, un simile interesse nasceva già vecchio, con il suo inequivocabile sentore di recupero ottocentesco rinverdito nelle poetiche dell'impegno. Nel corso di due secoli sono mutati i tempi e i riferimenti ideologici, ma non la sostanza di uno schema chiaro e semplice, che si ritrova già pronto e confezionato in contemporanei di Gozzi come Giannantonio Moschini, per il quale non esiste migliore chiave interpretativa che opporre Gozzi a Goldoni.*[1] *D'altra parte, non era stato il conte in persona a scagliare la prima pietra?*

Vale la pena di riepilogare il dibattito, perché se gli stereotipi più abusati sono ormai inapplicabili a Goldoni (nessuno si periterebbe di additare nel «primo» Carlo l'intellettuale di una borghesia in ascesa) e la stessa natura della sua riforma è stata opportunamente ridiscussa,[2] *non si vede per qual ragione le etichette più consunte*

---

[1] Il personaggio è ricordato in G. Pizzamiglio, *Alle origini delle «Memorie» gozziane*, in AA. VV., *Carlo Gozzi scrittore di teatro*, a cura di C. Alberti, Roma, Bulzoni, 1996, pp. 123-124.

[2] Per tutti valgano le parole di Zorzi: «Dietro le commedie del Goldoni, anche le più rappresentative dell'inverarsi dei suoi principî di riforma, vediamo persistere una struttura modificata (cioè, secondo il Goldoni "rifor-

racchiudano ancora descrizioni convenienti per l'altro Carlo. La non remotissima Guida a Goldoni *di Franco Fido,*[3] *tanto per citare un caso, non lascia correr menzione di Gozzi che non sia preceduta da «reazionario», a guisa di epiteto eroico, o come se fosse un «nastrino della Legion d'Onore», per dirla con Carducci. E Bosisio, benché con più elegante* turnure, *soggiunge a guisa di commento: «[...] il Gozzi rappresenta emblematicamente lo schieramento reazionario con il suo conformismo dogmatico, che discende da un tradizionalismo sentito come fatto viscerale più che come scelta di cultura [...]».*[4] *Al confronto, la cautela nei riguardi di Goldoni («Goldoni non può – a nostro avviso – essere identificato con le posizioni del più avanzato illuminismo»)*[5] *è da apprezzare. Sono prese di posizione che datano – in ogni caso – al finire degli anni Settanta: solo in epoche più recenti si è messo in luce anche nel minore dei Gozzi «il costituirsi, come in negativo, di un programma di riforma»*[6] *rispetto al generale decadimento del teatro.*

Detto questo, l'obiettivo non è trasferire, quasi per risposta allergica, un guastatore tra i riformatori, un codino nel campo dei liberali, dove fra l'altro si troverebbe a disagio, bensì mostrare come lo stereotipo del reazionario – lato sensu *– mal impiegato, sia scarsamente redditizio, purché l'obiettivo dell'indagine sia la letteratura. Così come risulta sterile un esame in parallelo di Gozzi e Goldoni, che si giustifichi nella reattiva acredine del conte. Talmente contraddittorio e autolesivo, alle volte, da svilire la propria opera – in questo le* Memorie inutili *sono esemplari – pur di as-*

mata"), ma non nuova. Anche qui la radiografia strutturale consente di rilevare l'emergenza dello schema invariante del canovaccio dell'Arte, che il Goldoni, salvo rari casi, si limitò a tonificare, irrobustendolo con mezzi realistici e psicologici, ma senza sostanzialmente alterarlo» (L. Zorzi, *Struttura → fortuna della fiaba gozziana*, in AA. VV., *La fortuna musicale e spettacolare delle Fiabe di Carlo Gozzi*, Atti del convegno, Siena agosto 1974, in «Chigiana», XXXI (1974), Firenze, Olschki, 1976, pp. 25-26).

[3] Torino, Einaudi, 1977.
[4] *Carlo Gozzi e Goldoni: una polemica letteraria con versi inediti e rari*, Firenze, Olschki, 1979, p. 29.
[5] *Ibidem*.
[6] G. Luciani, *Carlo Gozzi o la ricerca di un rinnovamento del teatro comico italiano*, in AA. VV., *Carlo Gozzi scrittore di teatro*, cit., p. 14 (nello stesso volume collettaneo cfr. anche il contributo di P. Vescovo: *Per una lettura non evasiva delle «Fiabe». Preliminari*).

sestare un colpo al nemico, e dunque responsabile primo di non pochi agevoli fraintendimenti, in ogni caso di un'interpretazione faziosa ed esclusivamente polemica della sua opera.

Se rileggiamo quel libro abnorme di Gozzi che si raccoglie sotto il titolo di Memorie inutili, *troviamo tre tappe importanti in un itinerario biografico di per sé non più che convenzionale: la giovinezza, che gravita sui «tre anni di militare» in Dalmazia, la maturità e le battaglie legali in difesa del patrimonio avito, infine la vicenda che intreccia Carlo con Teodora Ricci[7] e Pier Antonio Gratarol, Segretario del Senato. A valutare l'ampiezza narrativa dei diversi episodi, si avverte un sensibile squilibrio nella distribuzione della materia, per cui il bilancio dei legami con la «truppa Sacchi», e principalmente con la Ricci, attrice di quella compagnia, occupa tutta la parte seconda, vale a dire una cospicua metà dell'opera: a buon diritto, se la ragione prima del libro – come oggi lo leggiamo – è dimostrare l'infondatezza di ogni sospetto contro il morigerato Carlo Gozzi proprio al riguardo della Ricci. Ma lo squilibrio erompe persino nel tono del racconto, che lungo il tragitto vira da quello arguto e baldanzoso della giovinezza, addirittura anticonformista, si direbbe, al conformismo pervicace con cui è ricostruito, e messo in forma, lo scandalo Gratarol. Basti il cenno: se ne vedrà più avanti l'importanza.*

Al teatro non s'è fatto un solo richiamo: le Memorie *ne parlano, ma non così in primo piano e con l'ampiezza che si potrebbe supporre (e sarebbe legittimo, per uno che, oltre la stagione delle* Fiabe, *ha scritto* pièces *teatrali fin quasi alla tomba), congestionate come sono tra il resoconto puntiglioso delle liti giudiziarie e la interminabile autodifesa nell'affare Ricci-Gratarol:[8] è a questo*

---

[7] Della Ricci si veda il sapido (a volte caustico) ritratto compiuto dal marito, Francesco Bartoli, nelle *Notizie istoriche de' comici italiani*, Padova, Conzatti, 1781-1782 (ora in anastatica: Bologna, Forni, 1978), vol. II, pp. 106 sgg.

[8] Le *Memorie*, a dire il vero, includono anche una commedia, *Le droghe d'amore*, ma solo per comprovare che essa non contiene nessuna allusione malevola verso il Gratarol.

punto che, quasi di contorno, si piazzano le Fiabe. *Si potrebbe pensare alla contingenza immediata della scrittura, o della risistemazione del già scritto,[9] nel fatidico 1780, in cui più urgente Gozzi sente di dover ribattere alle accuse e ai pettegolezzi, ma le* Memorie *che noi leggiamo non nascono di furia: grazie anche ai veti della censura, arrivano alla stampa ben diciassette anni più tardi e dopo un recondito lavoro di revisioni e aggiustamenti.[10] Ciò che deve indurre a riflettere. Il quadro, va aggiunto, non si fa automaticamente più limpido, accettando l'ipotesi che le memorie siano avviate prima del 1780 e con obiettivi indipendenti – nella prima idea – dall'offrire un resoconto tendenzioso delle traversie col Gratarol. Anzi si aggrava di difficoltà interpretative, perché nemmeno il teatro è la spinta motrice dell'autobiografia.*

Gozzi resta un bell'esempio di una concezione aristocratica del mondo e di riflesso della letteratura, intesa come otium, *tempo liberato da altre incombenze e perciò dilettantescamente marginale. Il teatro non è un mestiere: di mestiere parlerebbe Goldoni, che scrive per vivere a partire da un dato momento della sua esistenza. I* Mémoires, *spesso ricalcati sulle prefazioni alle commedie, ne sono la più limpida testimonianza: modellano una biografia in cui la scena è vocazione e paradigma esemplare. Non è il caso del conte Carlo. Nelle* Memorie *hanno un peso specifico più elevato i «diciott'anni» trascorsi tra avvocati e aule di giustizia: Carlo si scusa con il lettore, ma rammenta una per una le liti; l'agiografia del perfetto aristocratico non ne può prescindere. Erede di un patrimonio dissestato, egli ha come autentica vocazione quella di ricostituirlo. Non tanto per sé (non avrà eredi diretti), ma per un principio (la parola ricorre frequente nella sua pagina) che si potrebbe identificare con la stabilità famigliare e sociale. Gozzi guarda indietro, recupera dal passato tutto quello che è possibile recuperare, se ne fa*

---

[9] L'ipotesi è avanzata in G. Pizzamiglio, *Alle origini delle «Memorie» gozziane*, cit.

[10] Cfr. C. Bombieri, *Le due redazioni delle «Memorie inutili» di Carlo Gozzi*, in «GSLI», CXLII (1965). Gli interventi, accanto ad una resa più letteraria del testo, non mirano ad una maggiore libertà, ma sono dettati da una esplicita autocensura: nella prima redazione si parlava di «amore» per la Ricci, ciò che non accade più nella definitiva. Bombieri osserva che nella revisione Gozzi «soppresse metà degli insulti, e calcò la mano sulle sentenze morali» (p. 197).

tutore. Anche se questo deve costare diciott'anni pei tribunali. Una carriera professionale come quella imboccata da Goldoni, o anche dal fratello Gasparo, non potrebbe essere concepibile per lui: l'esercizio letterario non può costituire la fonte di reddito. Carlo «dona» le sue opere sceniche, giammai pretende un compenso, non è veramente al servizio di una compagnia, come Goldoni, ma la «sostiene», con gesto liberale: le scelte lessicali operate nelle Memorie, *e ossessivamente ribattute, non sono trascurabili. L'unica risorsa decorosa per il conte deriva dal patrimonio avito, rimesso in piedi a pezzo a pezzo, non certo da uno stipendio. Una delle ragioni vere che lo oppongono a Goldoni, ma anche a Gasparo, è questa: una concezione dell'intellettuale e del suo ruolo totalmente inconciliabile con la professionalizzazione del letterato che avanza nel corso del Settecento. A proposito si avranno buoni argomenti per parlare di anacronismo.*

Altri ha mostrato come, non troppi anni più tardi, Leopardi incarni una convinzione simile.[11] *In una prospettiva rigorosamente marxista, di sociologia della letteratura, Leopardi rimane ancora legato a una percezione aristocratica dello scrittore: al confronto i moderati toscani sono ben più organici e integrati con i gruppi sociali in ascesa. Non sfuggono la manifesta fragilità di un simile protocollo e il malinteso che essa ingenera sul terreno della critica letteraria e del giudizio di valore. Nondimeno, il rapporto fra condizione sociale e concezione del ruolo di letterato illustra piuttosto bene un passaggio storico drammatico, da cui esce profondamente modificato lo «statuto socio-professionale degli scrittori», per adottare la formula di Christian Bec.*[12] *Davanti al farsi strada di un esercizio creativo «prezzolato», Gozzi, con inesorabile automatismo, risolve il dilemma nella riaffermazione della totale gratuità dell'arte e per converso nella tutela ad oltranza dei suoi privilegi di casta:* carmina non dant panem, *e non debbono, andrebbe aggiunto. Che tutto ciò, a differenza di un ben più problematico Leopardi, si tinga di un conservatorismo e di un perbenismo forse ine-*

---

[11] Cfr. U. Carpi, *Il poeta e la politica: Belli, Leopardi, Montale*, Napoli, Liguori, 1978.
[12] Cfr. *Lo statuto socio-professionale degli scrittori*, in AA. VV., *Letteratura italiana*, a cura di A. Asor Rosa, vol. II, *Produzione e consumo*, Torino, Einaudi, 1983.

vitabili, senz'altro spiacevoli, risulta palese nelle Memorie. *Ma nelle* Memorie *si appalesa anche il viluppo inestricabile in cui una presa di posizione così oltranzista sospinge il letterato alla Gozzi, costretto a difendere un'esemplarità in crisi e sistematicamente erosa dalla storia.*

Non possiamo affermare con sicurezza se Carlo sia veramente stato l'amante della Ricci (anche se i più propendono per il sì):[13] *ai fini di un discorso sulla letteratura, in ultimo, non ha neppure troppa rilevanza. Lo ha invece il modo in cui Gozzi rievoca l'intera vicenda. Ed è qui che scatta il moralismo ipocrita e la* pruderie *dell'autobiografo, direttore spirituale della «truppa Sacchi» (e si sa quanto poco morigerate fossero le compagnie di commedianti: non la Sacchi, però) e della stessa Teodora Ricci; non mette conto ricordare quante volte «correggere» e «direzione», a guisa di tic nervosi, costellino in una liturgica coazione a ripetere la prosa delle* Memorie. *Traspare una nevrosi di ordine, di coerenza, di principi, di rigore, che ossessiona l'esistenza di Gozzi e che di là travalica, senza soluzione di continuità, corposamente, nell'opera letteraria. A volte si fa aneddoto sapido – e suo malgrado intrigante – come nella* Prefazione del '72 *a* L'Augellino belverde:

> I punti gravi, moralmente trattati in questo audace teatrale trattenimento, cagionarono per la Città tante dispute, e d'una spezie tanto particolare, che infiniti Religiosi regolari degli ordini più austeri si trassero le lor tonache, e postisi in maschera, andarono ad ascoltare L'Augellino belverde *con somma attenzione.*

Forse inconsapevolmente, nel rigorismo intransigente si fa strada una ben diversa lettura: i religiosi per assistere ai morigeratissimi «teatrali trattenimenti» del nostro devono trasgredire il rispetto della regola. Un bel paradosso da cui conviene lasciarsi guidare: non è il solo.

---

[13] Per tutti, cfr. la complessa ricostruzione del Masi in *Carlo Gozzi e le sue fiabe teatrali*, introduzione a C. Gozzi, *Fiabe*, Bologna, Zanichelli, 1885; poi in E. Masi, *Sulla storia del teatro italiano nel secolo XVIII. Studi*, Firenze, Sansoni, 1891 pp. 174 sgg. La prova sarebbe comunque nella prima stesura delle *Memorie*, per cui si rinvia al citato contributo di Bombieri. Sulla questione cfr. anche N. Mangini, *Un «rustego» alla corte di una commediante*, in AA. VV., *Carlo Gozzi scrittore di teatro*, cit.

Vero testo capitale, L'Augellino belverde *fornisce il destro per addentrarci tra le ambivalenze implicite nell'atteggiamento di Gozzi, se solo lasciamo reagire la* pièce *a contatto con le* Memorie.

Il *conflitto che oppone Tartaglia a Tartagliona lascia emergere senza troppe forzature il riverbero di quello tra Carlo e la madre, Angiola Tiepolo. Procedendo lungo questa china, si può anche esser tentati ad una maggior precisione: Tartaglia che rientra in patria dopo «diciott'anni» di assenza par mettere in scena Carlo al suo ritorno dal triennio dalmatino. Né diversa interpretazione sopportano i risvolti patrimoniali di cui si colorano i conflitti famigliari nella fiaba, la stessa petulanza con cui il cortigiano Brighella richiede la vecchia Tartagliona d'un testamento in suo favore, o ancora le liti fra Truffaldino e la consorte Smeraldina. Tutto, insomma, ruota intorno ad un assillo economico: persino i «diciott'anni», così ostinatamente rammemorati da Tartaglia, sono lo specchio degli anni di contese giudiziarie che affiancano l'esistenza di Carlo dopo la morte del padre e che nel '65 – guardacaso l'anno dell'*Augellino belverde, *la coincidenza ha del miracoloso – sono appena dietro le spalle. E sarebbe facile riconoscere, oltre che in Tartagliona, in Turandot, in Zelima e negli altri personaggi femminili quelle donne terribili (la madre, la cognata, le sorelle) che segnano in maniera irreversibile la vita dello scrittore. Con perfetto parallelismo, i tanti sovrani imbelli denunciano tratti che appartengono – nell'immaginario di Carlo – al fratello Gasparo. Un uso così privato del palcoscenico non rappresenta una grande novità in casa Gozzi: in una scena della traduzione dell'*Esopo in città *(III, 6) Gasparo non aveva raffigurato proprio nella Vecchia ed Esopo la madre e il fratello, con grande disappunto di quest'ultimo?*[14]

Siamo *ben lontani dall'avventurarci in una lettura psicanalitica delle* Fiabe. *Piuttosto sembra indispensabile additare la complessa interfaccia che sta loro sottesa e di cui le* Memorie *sono lo specchio rivelatore. Tutt'altro che evasive e innocenti, ma anche tutt'altro che ghiribizzi polemici, come l'autore stesso vorrebbe propagandare, le* Fiabe *hanno un aggancio diretto con la realtà, sul duplice fronte dell'ideologia e dell'autobiografia gozziane. Dinanzi al caos dilagante, incarnano il bisogno di ordine, riaffermano di-*

---

[14] Cfr. E. Masi, *Carlo Gozzi e le sue fiabe teatrali*, cit., pp. 34-36.

spettosamente valori e principi nei fatti smentiti, ma pure unica certezza nel travaglio dell'epoca contemporanea e nella vicenda privatissima dell'autore. In Zeim re dei geni *il complicato intreccio e la sequela di dolorose vicende, apparentemente immotivate, che Zeim impone, si giustificano nella necessità di «ripor nel colmo / di fortuna la ruota» (I, I), scontando in anticipo una feroce catena entropica, che è il vero principio dominante. In rapporto alla spaventosa aridità delle* Memorie, *dove i legami famigliari sono vincolati ad una ineludibile legge economica, le* Fiabe *prolungano una visione cupa del mondo, ma anche la alleggeriscono garantendo uno sfogo in più, fantastico, e comunque l'infallibile sanatoria del finale. La misura favolistica, con gli amori patetici ed esagerati, inattendibili, che vi germogliano, reintroduce un'affettività, regressiva e quasi caricaturale, se vogliamo, che nella ruvida concretezza dell'esistenza risulta negata. Il difficile nesso fra letteratura e vita, censorio e nello stesso tempo liberatorio, si fa largo nuovamente. Sembra un paradosso, ma è lo stesso Gozzi – quando può – che contribuisce a cancellare o a falsificare i dati reali, lasciando praticabili solo la scappatoia e il rifugio della letteratura. Il meccanismo che s'innesca non è perspicuo nel territorio dell'invenzione, ma laddove è possibile il riscontro con i dati biografici, nelle* Memorie *per intenderci, soggette come sono ad una vistosa interdizione autocensoria. Basti pensare al gioco che si istituisce nei tre capitoli della seconda parte (XLVII-XLIX) dedicati alla storia degli amori di Carlo; capitoli che intenzionalmente interrompono la cronistoria dei fatti, come si erano sdipanati fino a quel punto:*

> Giunto a Venezia, non occorre ch'io narri gli avvenimenti che ho narrati con tutta la sincerità nelle Memorie della mia vita *sino all'anno 1780 in cui scrivo; ma siccome ho promesso di dare la storia pontuale de' miei amori, fo la pubblica confessione anche del terzo mio amore, che fu l'ultimo de' miei essenziali e considerabili amori e in cui la mia romanzesca metafisica e la delicatezza del mio cuore averebbero giurato, senza timore di giurare falsamente, d'aver trovata una amante imperdibile e di quel sublime sentimento che bramavano. Il Boccaccio avrebbe potuto formare una buona novella del mio terzo amore.*[15]

---

[15] *Memorie inutili*, a cura di G. Prezzolini, Bari, Laterza, 1910, vol. II, p. 177.

Così, nella «sincerità» della «pubblica confessione», i tre narrati parrebbero essere i soli nella carriera erotica del conte (ma che cosa vorrà dire «l'ultimo dei miei essenziali e considerabili *amori»?). Sciorinati in pubblico proprio a conclusione della scabrosa vicenda Ricci, stanno lì a rappresentare l'unico racconto di sé verisimile, a rimediare ad una storia di castità scarsamente credibile e nello stesso tempo a stornare ogni ulteriore illazione. In essi traspare nitido il vincolo censorio: i tre episodi sono legittimati sulla pagina perché non appartengono alla realtà, sono trasferiti entro il territorio più confortevole della letteratura (il rimando ironico a Boccaccio istruisce il lettore), in una temperie esageratamente romanzesca. E comunque non si contano le autocertificazioni di probità che li accompagnano.*[16] *Il racconto «libertino», come si vede, si mette in moto solo a patto di un rassicurante accreditamento morale di chi narra, entro un sistema di valori che non si può permettere di essere sovversivo. A paragone, il teatro non deve sottostare a simili pedaggi: totalmente avulsa dalla realtà e adolescenziale, la fiaba può permettersi di far vivere un mondo irto di tensioni e di desideri, con una sincerità altrimenti impraticabile.*

A ben vedere, quando allarghiamo la visuale oltre l'ambito ristretto in cui si è sempre voluto collocarle, la battaglia contro Goldoni, e limitatamente contro Chiari, ha senza dubbio rilievo nelle genesi delle Fiabe: *sarebbe però riduttivo pensare che la loro funzione si esaurisca in una rapida fiammata polemica.*[17] *L'intreccio con la biografia dell'autore, documentato dalle* Memorie, *tradisce un ben più controverso garbuglio.*[18] *Una compresenza sistematica di elementi contraddittori e persino dilaceranti, che sfrangiano l'immagine monolitica del Gozzi campione del conservatorismo veneziano e investono la sostanza stessa della sua scrittura,*

---

[16] Gozzi non solo a più riprese si dichiara vittima delle circostanze, ma nella descrizione del terzo amore conduce l'interrogatorio della giovane donna mimando alla perfezione i modi della confessione ecclesiastica.

[17] Questo è invece, assai spesso, il giudizio corrente: le fiabe sono lo «strumento per castigare la "petulanza" di Goldoni» (A. Nicoll, *The World of Harlequin*, Cambridge, Cambridge University Press, 1963; trad. it.: *Il mondo di Arlecchino*, Milano, Bompiani, 1980², p. 186.

[18] Su tutto ciò cfr. anche A. Beniscelli, *Gozzi, Goldoni, l'approdo alle memorie*, in *Carlo Gozzi scrittore di teatro*, cit., in particolare le pp. 116-117.

ne rovesciano e complicano le intenzioni, lasciandola nel limbo di un precario equilibrio.

L'immagine di un Gozzi benpensante, che tende a presentare di sé un ritratto castigatissimo e integerrimo, non appartiene esclusivamente alle Memorie. *In anni non troppo lontani Paolo Bosisio ha riproposto buona parte dei materiali inediti o dispersi che documentano la fase più acuta dell'attacco contro Goldoni,[19] a ridosso delle* Fiabe. *Negli «Atti granelleschi», come nelle scritture concomitanti, Gozzi spicca come l'avanguardia di un'aggressione virulenta, che trascina con sé gli altri accademici. A distanza di dieci anni il suo atteggiamento resta immutato: il volume ottavo della Colombani riunisce una larga messe degli interventi antigoldoniani. Eppure Chiari si è trasferito a Verona, Goldoni in Francia: non ci sarebbe ragione di rinnovare un conflitto ormai sopito. Evidentemente, per la coerenza inflessibile del conte quella battaglia resta attuale, addirittura necessaria per comprendere il suo impegno come drammaturgo. Scrivendo a Baretti, in Inghilterra, nel '76, Gozzi conserva il piglio, francamente anacronistico e risibile, vista la scarsa popolarità delle* Opere *in Italia, di chi sfida con la sua impresa la «velenosa bile» dei critici, o altrimenti, le «mosche culaie persecutrici».[20] Sono palesi i limiti di una posizione così reattiva, che restringe l'autonomia delle* Fiabe *e ne fa il portato di un dispettoso «puntiglio».[21] Tanto da ingenerare uno sconcertante meccanismo svalutativo che colpisce e degrada la funzione stessa del teatro.[22]*

---

[19] Cfr. *Carlo Gozzi e Goldoni: una polemica letteraria con versi inediti e rari*, cit.
[20] In G. Ortolani, *La riforma del teatro nel Settecento e altri scritti*, a cura di G. Damerini e con bibliografia di N. Mangini, Venezia-Roma, Istituto per la collaborazione culturale, 1962, p. 279.
[21] *Memorie inutili*, cit., vol. I, p. 230. Ma anche in *La più lunga lettera* ricorre un identico stereotipo: «puntiglioso e capriccioso passatempo», «poetico puntiglio» sono le *Fiabe* (in *Opere edite e inedite*, Venezia, Zanardi, 1801-1802, vol. XIV, pp. 19 e 22).
[22] G. Muresu ne ha riordinato le testimonianze in *«L'Augellino belverde» di Carlo Gozzi*, in AA. VV., *Letteratura italiana*, a cura di A. Asor Rosa, *Le opere*, vol. II, *Dal Cinquecento al Settecento*, Torino, Einaudi, 1993, pp. 1146 sgg.

E tuttavia una facciata così massiccia e severa dimostra ben più fragili, sgretolate, fondamenta. Basti pensare all'ambiguità connaturata al Ragionamento ingenuo e all'Appendice, che riquadrano i tre volumi delle Fiabe nella Colombani. Goldoni vi è accusato di immoralità, e nello stesso tempo promosso a direttore nell'ipotesi di teatro nazionale italiano. Può darsi che in tutto questo si dissimuli un calcolo accorto: tardivo accolito di Torquato Accetto, Gozzi si offre in una veste prudente, tale da smentire ogni dubbio di malevolenza nei confronti dell'antico avversario. La ragione sarebbe di opportunità politica: negli anni, gli scontri con il governo veneziano non sono stati dei più soffici, la pubblicazione degli «Atti» è stata interdetta ed anche altri libelli del conte sono stati fermati. Le stesse Memorie ne fanno le spese. Gozzi, in conclusione, tenderebbe «a fornirci un'immagine sicuramente distorta e infondata dell'opera e dell'uomo», come scrive Bosisio.[23] Ciò che è senz'altro giusto, sebbene accrediti, in un'anamnesi non meno unilaterale, il ritratto troppo agevole di un manipolatore e falsificatore di consumata abilità. L'imperterrito reazionario, addirittura più oltranzista della stessa oligarchia al potere (tanto da suscitarne le ire),[24] si riaffaccia con antipatica prepotenza, ma ha tutta l'aria di un monumento posticcio, di cui lo stesso Carlo ha – forse compiaciuta – la responsabilità.

In verità, l'ambivalenza che si diceva del Ragionamento ingenuo è una costatazione di fatto, non ha l'aria di una premeditata doppiezza. Nell'attitudine di Gozzi traspare ben poco di sistematico: la sistematicità e la coerenza non rientra nell'indole di un personaggio così radicalmente viscerale. Il Ragionamento ingenuo inclina ad essere un testo paradossale, trasgressivo nei confronti delle sue stesse affermazioni, autodissolvente. Le Memorie suggeriscono meno una sensazione di squilibrio, o di precaria stabilità, perché le soccorre una forma esterna, quella dell'autobiografia. Nondimeno lo scarto tonale fra la prima e la seconda parte, cui prima si accennava, si delinea davvero vistoso. Fermiamoci su queste considerazio-

---

[23] *Carlo Gozzi e Goldoni: una polemica letteraria con versi inediti e rari*, cit., p. 56.
[24] Un'eco orgogliosa compare anche nel *Ragionamento ingenuo* (si cita dall'ed. di A. Beniscelli, Genova, Costa & Nolan, 1983): «Fui censurato più d'una troppo rigida morale, che di lubricità» (p. 58).

ni e vediamo se, per analogia, ne possiamo estrapolare qualche ulteriore corollario, utile anche in direzione delle Fiabe.

Nell'atteggiamento di un conservatore – se vogliamo di un reazionario – qual è Gozzi il rispetto per la tradizione e la purezza della lingua, il classicismo in una parola, dovrebbero rivestire un ruolo importante. Ma su che cosa si fonda il classicismo letterario del conte? Su Burchiello, Berni, i berneschi. Se cita Petrarca o un petrarchista di maniera – e lo fa anche nelle Fiabe, *quando s'impenna il tono lirico – il contesto è naturalmente ironico, «caricato» come si legge in numerose didascalie. Della tradizione, insomma, Carlo non recupera il piano nobile, ma i sottoscala e gli scantinati: ambienti a cui solo il tempo ha conferito una patina eguagliatrice. Gozzi non ha di mira la compostezza e compiutezza formale dei* Rerum vulgarium fragmenta: *non è in questa zona centrale del classicismo che egli si muove (benché la riscrittura e la sistemazione delle opere nel* corpus *prima della Colombani e poi della Zanardi ne siano il fantasma), ma in un margine ambiguo, dove il dichiararsi a favore può significare nei fatti l'esser contrari, dove l'ordine contrabbanda la disgregazione.*[25] *Non a caso, dunque, Burchiello, Pulci, Berni.*

Dei due fratelli Gozzi, Gasparo approda alle pagine della Difesa di Dante, *parteggia per le novità drammaturgiche di Goldoni, Carlo invece rimane ostinatamente aggrappato al retaggio giovanile dei versi burchielleschi, con una coerenza che non ha eguali. Certo, il petrarchismo non si prestava alla vena polemica dell'autore, ma ciò comprova un utilizzo «debole», strumentale, della tradizione letteraria. Meno tradizionalista di quel che si potrebbe supporre. Buona parte della produzione del conte, e quella dei sodali granelleschi, è pressoché unicamente di celere consumo. Subito deperibile e dunque in prevalenza cancellata. Implacabile avversario dei letterati gazzettieri, Gozzi non esita a scendere sul loro terreno, adopera i medesimi strumenti senza nessuna perplessità. Anzi, la pretesa* puritas *linguistica si coniuga ad una trivialità ineguagliabile. Questo per i sonetti e i versi satirici in genere, la merce più occasionale. Ma a costatazioni analoghe non sfugge neanche il poema la* Marfisa bizzarra, *a cui Gozzi lavora assiduamen-*

---

[25] Cfr. anche P. Vescovo, *Per una lettura non evasiva delle «Fiabe». Preliminari*, cit., p. 178 e note.

te fino in tarda vecchiaia.[26] *Che senso può avere imitare il Pulci del* Morgante *al declinare del Settecento? Un classico, assunto agli onori della Crusca, e insieme un eccentrico, le cui risorse sono bruciate nella parodia della Venezia contemporanea. Non il poema, ma la consunzione di ogni residua possibilità di poema. Sembra la sorte di tutto ciò che il conte tocca.*

Il dilemma, intenzionale o involontario che sia, per Gozzi è sempre qui: fra un tradizionalismo (di classicismo non azzarderei) bellicoso e intollerante e una spinta trasgressiva, irriverente, non meno imperiosa, che tuttavia convivono. Inutile inseguirlo nei meandri, alla ricerca di un punto fermo: lo spiazzamento agisce sistematico, demolendo ogni argine di tradizione e classicismo. Il risultato non poteva che scontentare tutti. Quando Baretti, in Inghilterra, riceve finalmente l'edizione Colombani delle Opere, *riprova duramente la scelta delle maschere, le «magre buffonerie alla burchiellesca»*,[27] *l'impiego del dialetto, che scempiano il teatro del conte:*

> *Che bel trovato per rendere inutilissime tante sue belle, e bizzarre, e poetichissime invenzioni ai tanti amanti della lingua nostra, oltramontani e oltramarini! Puossi avere il cervello più stravolto, più sgangherato? Lascio andare quella vergognosa sua trascuratezza nel ripulire la lingua e lo stile d'ogni cosa sua. E sì che sua signoria si vorrebbe pure spacciare per uno de' più rigidi puristi su questi du' punti!*[28]

Non è affatto chiaro che cosa Baretti si sarebbe potuto attendere dalle commedie viste a Venezia fra il '64 e il '65 [29] *e per soprammercato già lette in manoscritto: le «belle, e bizzarre, e poe-*

---

[26] Sulla seconda redazione del poema cfr. L. Ruini, *Un manoscritto autografo de «La Marfisa bizzarra» di Carlo Gozzi nuovamente rintracciato a Bergamo, e la storia della rielaborazione del poema*, in «Aevum», XXI-XXII (1947-1948).

[27] Lettera del 12 marzo 1784 a Francesco Carcano, in G. Baretti, *Epistolario*, a cura di L. Piccioni, Bari, Laterza, 1936.

[28] *Ibidem*.

[29] Cfr. *An account of the manners and customs of Italy; with observations on mistakes of same travellers, with regard to that country* by Joseph Baretti, London, T. Davies and L. Davis and C., 1768; trad. it.: *Gl'Italiani o sia Relazione degli usi e costumi d'Italia*, in G. Baretti, *Opere*, vol. VI, Milano, Pirotta, 1818, p. 74.

tichissime invenzioni» sarebbero inimmaginabili slegate dai personaggi della commedia dell'arte che popolano la scena di Gozzi. Sembra pacifico che il problema non sia il destino delle Fiabe, *assunte come ipotetici campioni di italica lingua all'estero: il tempestivo successo tedesco lo smentirebbe. Baretti deve aver riconosciuto il corrosivo che si nasconde nel classicismo di Carlo e nel tradizionalismo apparente delle* Fiabe. *Un corrosivo forse non percettibile nella rappresentazione scenica, e comunque giustificato dall'immediatezza dello scontro con Goldoni,*[30] *ma che adesso risulta imbarazzante nella monumentalità delle* Opere. *L'uso delle maschere, così come della loro lingua, il dialetto, risulta incongruo, agli occhi severi di Baretti, rispetto alla professata adesione ad un canone classicista. Per Baretti vige ancora la rigorosa alterità tra* performance *e testo letterario, che aveva imbrigliato non pochi comici dell'arte allorché s'erano cimentati ad affidare alle stampe i loro scenari.*[31] *D'altra parte, aggiungeremo, il contenzioso non si risolve spostando del tutto la bilancia dalla parte delle maschere e della commedia improvvisa, perché anche da questo punto di vista l'impiego non è affatto ortodosso. Non siamo di fronte al restauro di un genere classico, ma popolare: ad un ghiribizzo che va preso con leggerezza. Salvo* L'amore delle tre melarance, *nessuno dei testi ha la fisionomia di uno scenario, ripartiti come sono in prevalenza nei cinque atti canonici della commedia, anziché nei tre dei canovacci.*[32] *Non l'ha veramente neppure* L'amore delle tre me-

---

[30] «L'animale ha guasti tutti i suoi drammi ficcando in essi que' suoi maladetti Pantaloni e Arlecchini, e Tartagli e Brighelli, che non doveva mostrare se non sulla scena per dar gusto alla nostra canaglia» (Lettera del 12 marzo 1784 a Francesco Carcano, cit.).

[31] La questione è stata affrontata da S. Ferrone nell'*Introduzione* a *Commedie dell'arte*, Milano, Mursia, 1985. In Gozzi non c'è invece nessuna soggezione verso un modello letterario colto. Scrive infatti nella *Prefazione* al *Corvo*, in polemica con Goldoni: «Poca pena avrei a ridurre tutte le Teatrali opere, ch'io scrissi, interamente alla prosa, o interamente ai versi; ma io le promisi in istampa tali, e quali furono recitate, né sono menzognero nelle promesse» (vol. I, p. 123 dell'ed. Colombani).

[32] Cfr. S. Ferrone, *Introduzione* a *Commedie dell'arte*, cit., p. 16. La posizione di Gozzi rimane ambigua, oscillando nelle *Fiabe* fra i tre e i cinque atti (modulo prevalente). Sotto questo profilo è più coerente (e tradizionalista) Goldoni, che utilizza sempre l'impianto in tre atti, estraneo alla tradizione erudita della commedia.

larance. *Anche nell'«analisi riflessiva» che Gozzi affida alle stampe, e che nella sostanza non si dovrebbe discostare troppo dal brogliaccio mandato sulle scene, l'area di movimento prevista per il comico non è in una assoluta libertà d'invenzione, affidata alle risorse del mestiere, una volta che si accenni la parte d'intreccio da svolgere nell'atto e nella scena: lo spazio dell'improvvisazione è contingentato dall'alternarsi normativo delle battute. Il confronto con qualsiasi scenario non tiene. L'alveo voluto dall'autore si delimita molto stretto per gli attori, le indicazioni di regia sono minuziose e stringenti: solo in misura modesta, e lo mette in risalto, Gozzi sbriglia le maschere. Pensiamo alla sequenza del primo atto nella «camera del principe ipocondriaco», dove espressamente si rammenta che Tartaglia ha «il solo argomento della scena».[33] Ad ogni modo, l'espediente opera solo nel testo d'esordio.[34] Nella penultima delle* Fiabe, L'Augellino belverde, *che consapevolmente chiude il ciclo riagganciandosi all'*Amore delle tre melarance, *maschere come Tartaglia, Tartagliona, Brighella recitano in versi, Smeraldina anche. Pantalone e Truffaldino no, ma se le loro voci all'improvviso si alternano nella stessa scena con quella di maschere che recitano parti scritte, l'alea si è ridotta ulteriormente.*

Le maschere sono forzate a dire altro, a ricoprire ruoli che non sono naturalmente i loro, non diversamente da quel che accadeva in Goldoni. *Gozzi parte dalla loro difesa e dalla difesa dell'improvviso, ma approda ad un teatro non meno regolato di quello che avversa, fors'anche più letterariamente costruito.[35] La scelta*

---

[33] Cfr. p. 68.
[34] Anche *Il corvo* e *Il re cervo* nascono in prima battuta come scenari, ma il «testo» è compiuto immediatamente dopo, per una scelta che non coincide più con quella del teatro all'improvviso (cfr. A. Beniscelli, *Gozzi, Goldoni, l'approdo alle memorie*, cit., pp. 107-108). All'interno dello stesso contributo va segnalata anche l'indagine che Beniscelli svolge sul ruolo delle maschere).
[35] Per quanto con molta partigianeria, scriveva già Masi in *Carlo Gozzi, le sue memorie e la commedia dell'arte*: «La Commedia dell'Arte aveva dei limiti, che non poteva oltrepassare senza divenire altra cosa. Per non decadere aveva bisogno bensì che la società culta e gentile non l'abbandonasse, ma non poteva assorgere a forma letteraria, perfezionarsi, progredire senza snaturarsi. È quanto a mio avviso il Gozzi non intese, mentre il Goldoni invece trovò nella Commedia dell'Arte il fondamento della sua riforma teatrale [...]» (in *Sulla storia del teatro italiano nel secolo XVIII*, cit., p. 236).

della materia non appare indifferente, la spettacolarità favolosa e straniante urta contro la quotidianità del teatro di Goldoni, nondimeno sono pur sempre le intenzioni del drammaturgo a fare aggio sulla libera inventiva delle compagnie comiche.

Se ne ricava ancora una volta un quadro complessivo di estremo interesse, del tutto sintomatico dell'inclinazione gozziana. Il mantenimento delle maschere non comporta la salvaguardia della commedia alla sprovveduta. E d'altra parte la posizione di forte conservatorismo ideologico e culturale, di cui le maschere dovrebbero essere le portavoci, l'argine della tradizione contro la novità dei tempi, mostra clamorose crepe. Proprio le osservazioni di Baretti, da cui si sono prese le mosse, testimoniano infatti l'irregolarità, il carattere sovvertitore, implicito nella contraddittoria posizione del conte.[36]

Di primo acchito si sarebbe dunque tentati di leggere in tutto ciò, alla maniera di Baretti, uno scarso controllo delle risorse espressive, ma la diagnosi rischia di apparire piuttosto banalizzante, dal momento che le antinomie appena registrate trasferiscono sul piano della letteratura e delle sue istituzioni quell'alternativa tra ordine e disordine, tra norma e infrazione della norma che sembra rappresentare la costante più macroscopica in Carlo Gozzi. Ancora nel tardo La più lunga lettera *si legge: «Privereste voi del titolo di Poema la mia tragica* Fiaba *intitolata* La Zobeide, *per la sola ragione, ch'ella non ha che fare punto né poco con la* Sofonisba del Trissino?».[37] *Poetica anticlassicista non potrebbe essere più francamente dichiarata. E tuttavia, solo tre pagine prima, la* Lettera *contiene la difesa (teorica, alla prova dei testi) di un esacerbato purismo linguistico.*[38] *L'antinomia si rivela fino all'ultimo il*

---

[36] Come osserva Beniscelli nel suo commento al *Ragionamento ingenuo* (ed. cit., p. 51, nota 18), nel secondo Settecento, in un clima di restauro classicista dei generi, è lo stesso «tragicomico» che «viene spesso attaccato come sinonimo di cattiva mescolanza secentesca».

[37] In *Opere edite e inedite*, cit., vol. XIV, p. 22.

[38] «Questo contagio di gusto del nostro litterale idioma, dilatato negl'uditi degl'italiani per modo da render quasi straniera, e non più intesa la nostra lingua litterale, mi costrinse, mal grado mio, a commettere qualche infedeltà al nostro bell'idioma [...]» (p. 19). L'opposizione alle unità aristoteliche è però già nelle *Memorie*, dove l'uso delle quattro maschere dell'Arte (Tartaglia, Brighella, Truffaldino, Pantalone) è «ad onta delle minacce aristoteliche mal conosciute e usate illegittimamente» (ed. cit., vol. I, p. 248).

segno che contraddistingue la scrittura di Gozzi, troppo ricorrente per risultare un'improvvida inavvertenza. Può essere di qualche interesse allora riscontrare un simile congegno anche all'interno delle Fiabe.

Torniamo a L'amore delle tre melarance *('61) e a* L'Augellino belverde *('65), la seconda prosecuzione della prima, sebbene «nel midollo di questa la sostanza era ben differente», come suggerisce l'autore nella* Prefazione:

> Sotto un titolo fanciullesco, e in mezzo ad un caricatissimo ridicolo, non credo, che nessun uomo bizzarro abbia trattato con più insidiosa facezia morale le cose serie, ch'io trattai in questa Fola.
> I due moderni Filosofi, Renzo, e Barbarina, principali personaggi in quest'azione, imbevuti delle massime de' pernizios Signori Elvezio, Russò, e Voltere; che sprezzano, e deridono l'umanità col sistema dell'amor proprio, con somma ingratitudine, che affamati desiderano, e lodano i benefizi degli uomini caritatevoli, che, fatti ricchi, folleggiano, e vogliono a forza gl'impossibili [...], fecero quell'effetto, ch'io aveva desiderato [...].

La serietà dei propositi deve risultare ben chiara al lettore e la Prefazione *rincara la dose, la sottolinea con una giustificazione che in ultimo davvero non si allontana dallo stabile appellarsi a molle e motivazioni esterne (la polemica contro i «perniziosi» filosofi): Gozzi non rinuncia mai all'eteronomia dell'arte, con un pedagogismo codino che influisce in negativo sul godimento dei testi. Altri sono però i sommovimenti che fanno divergere la «sostanza» delle due* pièces *e che vanno letti osservando quanto accade all'interno della tragicommedia, che cosa cambia nel sistema dei personaggi e nei registri espressivi cui sono obbligati.*

Nella prima Fiaba tutte le maschere recitano all'improvviso, ma già nel passaggio alla seconda, Il corvo, *il copione si fa rigidamente prescrittivo. Nel susseguirsi delle «fole», ciò influisce poco nella caratterizzazione di Pantalone o Truffaldino, ad esempio, mentre lo scarto è notevole in altre figure: Smeraldina e, soprattutto, Tartaglia. Recitando all'improvviso nell'*Amore delle tre melarance, *Tartaglia si definisce a pieno titolo nell'orizzonte comico: il suo registro espressivo non si discosta da quello degli altri personaggi.*

*Ogni differenziazione, di linguaggio essenzialmente, non ha bisogno di essere resa esplicita, è un dato collettivamente acquisito, nel bagaglio della maschera come degli spettatori. Nell'*Augellino *invece Tartaglia – sorprendentemente – si esprime in endecasillabi, ha assunto sul piano espressivo una connotazione alta, che non corrisponde alla sua consueta statura e che tuttavia inevitabilmente va ad affiancarsi all'immagine proposta in altre* Fiabe, L'amore delle tre melarance *o* Re cervo.

Insieme a Pantalone, Truffaldino e Brighella, Tartaglia è una maschera che ricorre in tutto il teatro di Gozzi: il suo ruolo consiste generalmente in quello defilato del «ministro», o addirittura del «basso ministro», meschino e un po' losco; le sue possibilità espressive fluttuano tra il recitare all'improvviso e la prosa. Fatto non trascurabile, il personaggio è l'ipostasi del suo nome: «Stimo, che nol se intartagia gnanca troppo, co se tratta de adular», dice Pantalone nella Zobeide (I, V). Proprio il balbettare lo tradisce nel Re cervo, quando cerca (e fisicamente ci riesce) di sostituirsi a Deramo, il vero sovrano. Dall'*Augellino belverde *(come del resto dall'*Amore delle tre melarance*) non traiamo alcuna avvertenza che il personaggio tartagli, ma quantomeno l'effetto di attesa da parte del pubblico gioca un ruolo demolitore su ogni pretesa tragica. Anche se non balbetterà, Tartaglia appare in ogni caso compromesso, non si potrà dare serio credito alle sue parole. Sentirlo recitare in versi ha dunque un risvolto caricaturale, perché l'endecasillabo è comunque inadeguato sulla sua bocca: tantopiù se le sue battute serbano spesso il sapore grossolano dell'improvviso. Il Tartaglia de* L'Augellino belverde *si palesa – come quello del* Re cervo – *nel suo passare di scena in scena dall'improvviso, alla prosa, all'endecasillabo, con un movimento erratico, ma il contesto si definisce in maniera ben diversa. Nel* Re cervo *si assiste ad uno scambio di persona, funzionale all'intreccio e dunque destinato alla conclusiva agnizione che smaschera l'impostore; nell'*Augellino *interviene uno scambio di ruoli che precede l'ingresso in scena: il basso deve cantare da tenore. Assegnando le parti, Gozzi impone a Tartaglia di interpretare quella, per lui impossibile, del «re di Monterotondo» e nello stesso tempo però di conservare tratti della maschera. Per questa via il tono alto esce irreparabilmente screditato, con un impatto dissacratorio devastante: lo scenario dei personaggi e delle maschere, relativamente immobile nella prima* Fiaba, *è spinto verso la defla-*

grazione. Maschera e personaggio, comico e tragico si confondono. Abbandonato il primitivo puntiglio polemico, il conte si rivela minaccioso per le sorti delle maschere e del teatro naturalista.

Cerchiamo qualche termine che valga di confronto. Scrivendo delle Fiabe *nel suo* An account of the manners and customs of Italy *('68), Baretti, ancor fresco delle recite veneziane, aveva azzardato un paragone, non del tutto improvvido, con Shakespeare.*[39] *In effetti, par difficile ragionare del teatro di Gozzi in termini meramente comici: egli stesso ne ha piena coscienza, se «tragicomico» o «tragicommedia» sono le definizioni più usuali – da genere misto – in testa alle singole fiabe. L'analogia con Shakespeare può funzionare però solo moderatamente. Non con* Macbeth, *per intendersi, dove pure la scena del portiere, che segue l'assassinio di Duncan (II, III), segna una pausa comica, apparentemente inattesa. L'accostamento risulta più persuasivo con* The tempest – *come opportunamente avverte Baretti – dove il lieto fine stempera la tragedia (sempre sullo sfondo) in commedia. E tuttavia non possiamo farci trarre in inganno: in* Macbeth, *come in* The tempest, *comico e tragico si alternano con l'obiettivo, tipicamente secentesco, di una rappresentazione globale del teatro del mondo. Lo spazio comico non fa che replicare, a guisa di specchio deformante e però fedele, ciò che accade sul versante tragico: tutti i codici, dunque, si distribuiscono e si alternano in un assetto che non crea intralci o interferenze, rispettando una scansione gerarchica della scena, che è riflesso di un'analoga lettura della realtà. La tragedia, per intendersi, resta il centro d'attenzione e non si compie mai sul terreno del comico. È invece proprio qui che si misura lo scarto dalle* Fiabe, *al di là di una concomitanza che talvolta può suonare clamorosa, a ratifica dell'intricato rapporto fra Gozzi e la tradizione.*

---

[39] «[...] egli [Garrick] avrebbe ammirato l'originalità del Gozzi, il quale, secondo me, è il più sorprendente genio che dopo Shakespeare sia comparso in alcun secolo o paese. Gozzi ha un'immaginazione che gli fa creare dei caratteri e degli esseri che non si trovano nella natura, e che sono nondimeno naturalissimi e verissimi, com'è quello di Caliban nella *Tempesta* di Shakespeare» (*Gl'Italiani o sia Relazione degli usi e costumi d'Italia*, cit., p 75). Anche Masi allude alla *Tempesta* parlando del *Mostro turchino*, e sia pure a discapito di quest'ultima *Fiaba*, per una cattiva «fusione del fantastico e del reale» (*Carlo Gozzi, le sue memorie e la commedia dell'arte*, cit., p. 106).

In Turandot, *che per esplicita ammissione dell'autore, rinuncia a tutti gli espedienti magici e favolosi, le maschere assolvono ad un impegno circoscritto, espressamente vicario e di «supporto», sottolineatura comica a quanto accade nella vicenda principale, tra i personaggi tragici: Turandot, Calaf, Altoum, Barach, Timur, Adelma pertengono tutti a questo orizzonte. Al polo opposto, i Pantalone, i Brighella, i Truffaldino rappresentano l'universo del buon senso, come ha messo in luce Beniscelli.*[40] *E se sul fronte tragico agisce l'esasperazione dei contrasti (Turandot non può che opporsi con forza a Calaf), sull'altro versante tutto è capovolto in una ricerca del compromesso, non di rado venata di grottesco. Così, nel secondo atto, il Brighella degli «a parte» giustifica economicamente il tradimento degli ordini ricevuti, mentre quello che dialoga con Calaf preannuncia ellitticamente al principe le visite notturne. Nel colloquio tra Brighella e Calaf all'inizio del terzo atto si riconosce la separatezza dei registri e dei linguaggi e nello stesso tempo il replicarsi dei personaggi tragici in quelli farseschi: Brighella è il doppio, meschino ed utilitarista, di un Altoum non meno alla ricerca di una possibile mediazione – ma nobile – tra Calaf e Turandot.*

Se tiriamo le fila, in Turandot *agisce ancora un'idea di teatro globale, davvero molto prossima a Shakespeare. L'approdo conclusivo muove verso un atto di responsabilità umana che finalmente restituisce a ciascuno, secondo un principio di giustizia, il ruolo che gli spetta. Anche senza dover passare attraverso il vaglio della tragedia: la perversa ostilità coniugale di Turandot si ribalta «agevolmente» nell'accettazione del matrimonio. C'è insomma un ordine, inscritto nelle cose, naturale, di cui i personaggi si fanno in ultimo portatori. Ma si può descrivere lo stesso ordine al fondo delle altre favole tragicomiche o l'intreccio fra personaggi, ruoli, linguaggio è irrimediabilmente confuso?*

---

[40] Cfr. *La finzione del fiabesco*, Casale Monferrato, Marietti, 1986: «Gli spettatori delle pièces gozziane erano ormai da tempo abituati ad identificare nel buon senso la prospettiva che la fiaba si sarebbe incaricata di sconfiggere», ma nell'*Augellino* «il buon senso può finalmente porsi come alternativo alla realtà com'è» e in questo modo Gozzi strappa «all'avversario di sempre, il teatro riformatore, la sua arma più forte, quella della ragionevolezza, preparandosi ad usarla per i propri scopi» (pp. 132-133, *passim*).

L'alternarsi speculare di tragico e farsesco secondo schemi regolati si ritrova un po' in tutti i copioni, dal Corvo, *alla* Zobeide, *al* Mostro turchino,[41] *ma rivela una straordinaria fragilità, di fronte ad un meccanismo previsto dal teatro comico, e tuttavia assai insidioso nella realizzazione gozziana: lo scambio di persona. Nei* Pitocchi fortunati *Saed, «fu visir di Caracoran», si fa pitocco; Usbec, re di Samarcanda, si finge pitocco e «imano», poi, versatile, serbando l'«effigie del pitocco» recita la parte di un principe: «Non fu comico mai che sulla scena / questo pitocco a far da re avanzasse», dice Muzaffer in II, III, svelando al pubblico lo sforzo virtuosistico che l'attore deve sostenere, la molteplicità delle maschere che si contendono il suo volto. Alla fine Usbec, responsabilmente, ristabilisce l'ordine e il principale artefice del caos da cui muove la* Fiaba, *il gran visir Muzaffer, è risospinto nel suo vero stato, quello del «beccaio», ma ormai la minaccia si è avanzata sulla scena: sotto la veste, sociologicamente e drammaticamente motivata, dell'usurpazione di Muzaffer e della contromossa di Usbec per smascherarlo – necessaria ma complicatissima – il confine tra tragico e comico entra in crisi, la definitezza dei ruoli si fa labile.[42] Anche se* I pitocchi fortunati *si colloca quasi a ridosso di* Turandot, *il risultato finisce per coincidere con la situazione che abbiamo intravisto in* L'Augellino Belverde.

---

[41] Nel *Corvo* la scena iniziale dell'atto V costituisce una pausa comica con Truffaldino e Brighella che recitano all'improvviso, dopo la chiusa tragica dell'atto precedente. Nella *Zobeide*, egualmente, lo scambio di battute farsesco tra Brighella e Truffaldino in IV, III si interpone fra due scene di rilievo patetico. E ancora ad uno schema di contrappunto di comico e tragico corrisponde in *Il mostro turchino* la parodia che Truffaldino compie dell'amore di Gulindì per Acmed (IV, II).

[42] Nella *Prefazione* al *Corvo* Gozzi si sente in dovere di giustificare il fatto in un'accezione più vasta che la mera polemica contro Chiari contenuta in III, VII, dove Truffaldino muta dall'improvviso al verso: «Passai dalla prosa al verso nell'opere mie teatrali, condotto non solo dal capriccio, ma dalla necessità, e dall'arte. In alcune circostanze di passione, e forti scrissi le scene in versi, sapendo, che l'armonia di un dialogo ben verseggiato dà della robustezza a' rettorici colori, e nobilita le circostanze ne' seri personaggi» (vol. I, pp. 122-123, dell'ed. Colombani). L'interrogativo si pone sulla preminenza tra il «capriccio» e la «necessità», cui poco vale l'appello a un'«ordinata tessitura, proporzionata al genere della rappresentazione favolosa» (p. 122).

*Del resto il prevalere, fin dall'*Amore delle tre melarance, *di una dimensione magica e favolosa, e in ultimo vera compensatrice di ogni umana debolezza, se a prima vista mette alla prova i personaggi, come il Prospero di* The tempest, *in realtà ne sortisce una progressiva deresponsabilizzazione. In* La donna serpente *è il negromante Geonca,* deus ex machina *per eccellenza, che rimedia l'irreparabile annullando la tragedia; e una mansione analoga rivestono Zelou nel* Mostro turchino *e Calmon nell'*Augellino belverde. *Inutile sottolineare la spinta regressiva, riconosciuta dallo stesso Gozzi,*[43] *della fiaba e quella ancor più livellatrice delle maschere, che facilitano interferenze e scambi di ruolo: dietro lo schermo della maschera il confine e il rapporto gerarchico che si interpone fra i diversi linguaggi è crollato, il travaso dei registri espressivi si definisce ormai come un fatto istituzionale. Ai tipi della commedia non pertiene più la specializzazione rigida e conservatrice che era del teatro dell'arte.*[44] *Uno per uno sono stravolti rispetto ai modelli canonici, di cui lo spettatore serba perfetta cognizione. Ma nell'insieme delle* Fiabe *non è dato riconoscere un percorso relativamente lineare, come quello che, ad esempio, imbocca Goldoni, in cui la maschera cede progressivamente il passo al personaggio e la distinzione di registro espressivo assume una connotazione sociale, di classe; tantomeno nel teatro di Gozzi si registra un'improbabile assunzione delle maschere nel territorio del verso (magari alessandrino), coi risultati oggettivamente grotteschi di Chiari.*[45] *Nel passaggio dall'elementarità dell'*Amore delle tre melarance *ai successivi lavori si assiste anzi come ad un'esplosione delle risorse offerte dalla possibilità di incrociare verso, prosa, dia-*

---

[43] Sia pure dissimulata sotto il consueto tono di sfida e di provocazione: «io m'impegnava di cagionar maggior concorso delle sue orditure [la freccia è per Goldoni] colla fiaba dell'*Amore delle tre melarance*, racconto delle nonne a' lor nipotini, ridotta a scenica rappresentazione» (*Memorie*, cit., vol. I, p. 230).

[44] A questo proposito cfr. S. Ferrone nell'*Introduzione* a *Commedie dell'arte*, cit., pp. 14 sgg.

[45] Cfr. ad esempio *La famiglia stravagante* (Pantalone, Brighella, Corallina, Arlecchino recitano in alessandrini, e magari in dialetto) o *Le vicende della fortuna,* in *Nuova raccolta di commedie in versi*, Venezia, Pasinelli, 1762. Il fenomeno è attestato però anche nella precedente raccolta di *Commedie in versi* (Bologna, A S. Tomaso d'Aquino, 1759-1762).

letto, improvviso nelle soluzioni più contrastanti e contraddittorie. Soluzioni che restano però tutte compresenti ed equivalenti: il risvolto forse non è calcolabile nel succedersi diacronico delle favole, ma emerge senza ombra di incertezza nella contemporaneità di tutti i testi assicurata dalla Colombani. È da questa prospettiva che possiamo azzardare una conclusione e riassumere tutti i termini.

Se facciamo il punto della critica, chi ha tentato una più organica lettura delle Fiabe *è Alberto Beniscelli. Si deve concordare con lui quando osserva che il sistema teatrale del conte non è statico.*[46] *Ma, per quanto possa suonare contraddittorio, siamo ben lontani dall'ipotesi che Gozzi non rimanga fermo ad una visione invariabile dei suoi congegni drammaturgici, e che anzi nelle ultime* Fiabe *pervenga al capovolgimento delle soluzioni iniziali.*

Non è difficile cogliere come nella maggior parte delle Fiabe *i personaggi positivi siano quelli che sfidano le convenzioni e si ribellano alla piattezza del buonsenso, opponendosi alla realtà, mentre nell'*Augellino belverde *sono proprio il buonsenso e l'adesione alla realtà, incarnati ad esempio in Smeraldina, ad uscire vittoriosi. Si potrebbe anche aggiungere che con Smeraldina fa coppia Dugmè in* Zeim re de' geni, *o* La serva fedele, *come recita il sottotitolo. Dall'universo fiabesco, strumentalmente impiegato (donde i suoi limiti intrinseci) Gozzi riapproda alla realtà, ma si tratta di una realtà ancora polemicamente usata contro la riforma di Goldoni. Gozzi insomma, astutamente, sceso sul terreno del suo stesso avversario ne spunta le armi. Parrebbe infatti evidente che il buonsenso de* L'Augellino belverde *coincida con l'ideologia reazionaria letta da Petronio in* Zeim re de' geni.[47] *L'ipotesi, per quanto plausibile, non è però del tutto persuasiva: presuppone una sot-*

---

[46] Cfr. *La conclusione «filosofica» dell'«Augellin belverde»*, in *La finzione del fiabesco*, cit.

[47] Cfr. la scheda introduttiva alla favola nella sua edizione delle *Opere* (Milano, Rizzoli, 1962), dove Dugmè diventa una sorta di doppio della Griselda decameroniana, ma come campione di un «ideale di conservatorismo non illuminato» (p. 787).

tigliezza calcolatrice che abbiamo detto non rientrare nella dote del conte.

A rigore su questo piano, che rischia di promuovere ancora un giudizio sulle Fiabe *condizionato dalla controversia con Goldoni, lo spostamento è veramente minimo nell'arco delle dieci* pièces. *La partita non si gioca veramente sul variare di peso e funzione tra reale e fantastico. La linea di discrimine – esilissima – potrebbe correre, semmai, a seconda del prevalere o meno di un elemento magico nello scioglimento, ma finirebbe solo per opporre* Turandot *e pochissimi altri testi ai rimanenti. In effetti in nessuna favola teatrale vige un contrasto tra sfera del fantastico e del reale: costante è invece il* déplacement, *in virtù della presenza delle maschere. L'universo delle* Fiabe *si contiene in uno spazio circolarmente chiuso, autosufficiente, a prescindere dalle intenzioni polemiche che pure ne sono la molla originaria. Persino il bersaglio del conservatorismo risulta assai esile. La soluzione scontata, sancita dalle tragicommedie gozziane, è il ripristino di un ordine che in principio era sconvolto, ma è un esito che non garantisce mai una sicurezza definitiva e tranquillizzante. Non si affaccia all'orizzonte un approdo che disinneschi un meccanismo ripetitivo, potenzialmente aperto all'infinito:* L'amore delle tre melarance *e* L'Augellino belverde *sono intrecciate in modo inquietante, come se anche i confini fantastici riuscissero a malapena ad arginare il* caos. *Il finale non si chiude mai sulla vittoria di uno dei personaggi (e tanto peggio, di un loro sottoinsieme): con una logica equanime, ciascuno è ristabilito nel territorio che gli compete, con piena soddisfazione e comunque senza eccezioni. È il tributo pesante che Gozzi paga alla sua visione del mondo e che lo spinge a forzare e a stringere i suoi drammi, grazie ad un* deus ex machina *che assicura, riassumendola in sé, la responsabilità dell'intreccio scenico e dell'allegoria morale. Ma se astraiamo dalla quadratura voluta negli epiloghi e da tutti gli stratagemmi del mirabile messi in campo per raggiungere questo fine, si deve inevitabilmente osservare come l'ingranaggio letterario tenda a muoversi in piena autonomia, in un contesto in cui proprio la letteratura e le sue regole sono il riferimento. E parliamo, s'intende, di un riferimento fluttuante ed instabile.*

Non accade di rado che l'illusione scenica si rompa ed affiorino considerazioni all'indirizzo del pubblico sulla natura del teatro e *della drammaturgia gozziana. Ciò affiora con evidenza fin dall'inizio, nell'*Amore delle tre melarance, *e non è al solito riducibile all'immediato della battaglia antigoldoniana. Nella penultima scena dell'*Augellino belverde *Barbarina dice:*

> [...] È questo il punto
> di sciorre il nodo a mille cose ignote,
> ch'io non potei capir. Son curiosa
> estremamente anch'io di saper, come
> deve finir questa Tragedia greca.

Pantalone, nel terzo atto, aveva detto, con la piega seriofaceta del dialetto: «no vogio esser spettator su sto pergolo de tragedie, e de sangue tra mare, e fio» (VIII). *Con accento di maggiore sopportazione Brighella esclama nel* Mostro turchino: «*Animo, compimo sta scena tragica*» (III, II).[48] *L'allusione tragica è suggerita in modo ricorrente, come si vede. Nell'*Augellino belverde *il rimando alla «Tragedia greca» è anzi così esplicito che l'*Edipo re *ne rappresenta il probabile sottotesto (l'invaghimento di Tartaglia per la figlia, di cui ignora l'identità): un'ipotesi latente sullo sfondo, che surriscalda la scena, ma che in definitiva viene scartata. Il nodo è infatti un altro, più coerentemente metateatrale, ben rappresentato nelle parole di Barbarina: si costituisce nel contrasto fra un copione che deve essere recitato e l'ignoranza che ne dimostra il comico dell'arte, costretto a ricorrere a fallaci definizioni e dunque ad ingannarsi sul proprio ruolo. Da una simile ambivalenza strutturale prende l'avvio una rete di controdeterminazioni, che provoca scompensi clamorosi, e in cui il rigore della costruzione drammatica si infrange in una babele di linguaggi e nel loro reciproco azzerarsi. Riaccostiamoci alla macchina teatrale dell'*Augellino.
Tartaglia nella sua prima comparsa adotta un registro dal con-

---

[48] Nel *Mostro turchino* non mancano altre allusioni metateatrali alla condizione delle maschere, come in III, III: «Tutto si tenti, e s'ubbidisca ai fogli» (l'allusione concreta è al libro di Zelou che contiene il destino dei diversi personaggi). Nel primo atto le scene V e VI rappresentano l'accettazione da parte dei protagonisti Taer e Dardanè di situazioni che non comprendono affatto. In *Zeim re dei geni* l'allusione è più remota: in III, IV Smeraldina e Brighella mimano Metastasio.

tegno tragico: lamenta la morte della moglie, i diciott'anni di lontananza, ma è fuori ruolo, incapace di sostenere a lungo un simile timbro della voce senza stonare. L'incrinatura compare subito dopo: lo scontro fra Tartaglia e la madre Tartagliona degenera su coloriture così plebee e triviali da risultare incompatibili con la recitazione in versi. Poco oltre, alla vista di Barbarina, Tartaglia adopera un eloquio galante e fiorito, di chiara ascendenza petrarchesca: potrebbe essere credibile, se lo spettatore non avesse appena sentito quello stesso registro ironicamente artefatto nella parodia bernesca del «poeta» Brighella. Se Tartaglia innamorato di Barbarina non fosse lo specchio di Brighella che fa la corte a Tartagliona, e non viceversa. Infine, con una nuova conversione, nelle scene conclusive Tartaglia è restituito al tono uniforme e posato della matura saggezza, quello che ci si aspetta da lui nella veste di un non più giovanissimo monarca. Una simile sarabanda di registri espressivi travolge anche altre figure, Barbarina e Renzo da un lato, Smeraldina e Truffaldino dall'altro. Barbarina è spinta a trasgredire il suo ufficio di amorosa indossando panni filosofici, che non le sono consueti, Smeraldina è diventata materna e saggia: tutte le maschere sono trascinate fuori ruolo. Ma il meccanismo ha una funzione più vasta e dirompente, è indizio di una schizofrenia o comunque di uno stato dissociativo che trascina in un vortice spersonalizzante i protagonisti della Fiaba. *Smeraldina e Truffaldino recitano all'improvviso e su un pedale comico, così Truffaldino e Renzo; Renzo e Barbarina, ma anche Smeraldina e Barbarina, parlano sempre in versi; persino Truffaldino, ancorché raramente, può farlo, con una mobilità che sorprende: la confusione e il disordine nel cambio fra una scena e l'altra sono totali. L'impostazione a cui aderisce Gozzi non risulta mai pienamente funzionale né alla maschera né al ruolo drammatico, ed anche se l'intento iniziale è polemico, gli esiti lo travalicano di gran lunga. Dal momento che non esistono caratteri o personaggi (il terreno di Goldoni è per questa via palesemente rigettato), la maschera alimenta una libertà e una gratuità irriverenti. Garantito il finale, tutto è concesso.*

   Probabilmente L'Augellino belverde *costituisce una sorta di punto limite, ma è al suo modello, piuttosto che a quello di* Turandot, *che inclinano le* Fiabe *di Gozzi. Pensiamo, ad esempio, a* La donna serpente. *Se astraiamo dalla falsa ipoteca tragica – la prima scena con le due fate sembrerebbe un rinvio a* Macbeth *– dalla con-*

venzione del genere sappiamo che la vicenda è destinata a sciogliersi felicemente. Lo spettatore è invitato ad assaporare quali siano le invenzioni che lo avvicinano all'epilogo o che lo allontanano da esso: il teatro ritarda una soluzione per statuto predefinita, remotissima da una tragicità tanto evocata da risultare inattendibile. Il centro perciò non sarà l'opposizione tra l'eroismo apparentemente folle di Farruscad (duramente messo alla prova) e il grigio buonsenso di Pantalone, né tantomeno la condizione tragica di Farruscad, conteso tra obblighi sociali e dramma privato, ma piuttosto il godimento di un linguaggio paradossale e grottesco tanto in Farruscad quanto in Pantalone. Tratto tratto, la comicità nasce da una maschera che parla il linguaggio della saggezza e da un attore compreso in un improbabile ruolo tragico, che mima il melodramma fino alla sazietà. Non dipendendo la conclusione da nessuno dei due, né dalle cose che essi dicono, lo spettacolo acquista la dimensione dissolvente, gratuita e liberatoria del gioco verbale cui i personaggi sono sottoposti. Ma ben altra e ben meno libera è la condizione degli attori. I comici recitano e si adeguano come possono in un copione che loro preesiste e le cui indicazioni non sono né chiare, né convergenti. E puntualmente si trovano sopra o sotto il rigo, sbagliano nota. Ha ragione Barbarina di interrogarsi, con curiosità pirandelliana, su «come / deve finir questa tragedia greca»: non è lei che improvvisa, costretta come si ritrova a sostenere una parte che le ha assegnato un testo bizzoso e, sottesa al testo, la volontà tirannica dello scrittore. Il fantastico e il magico, in ultimo, sono lo strumento che garantisce l'intervento e il pieno arbitrio dell'autore sulla storia:[49] e Gozzi è un autore che esercita al massimo le sue prerogative, confondendo senza sosta le carte sul tavolo. Lo spiazzamento non potrebbe essere più completo, così come la manipolazione letteraria: le maschere, al pari di ogni altro personaggio, sono collocate in uno spazio di finzione e di irrealtà

---

[49] La funzione non è nuova per la Commedia dell'Arte: nello schema che Zorzi propone per definire il rapporto tra i diversi personaggi, il «mago *deus ex machina*» ha una posizione di privilegio (cfr. *Struttura → fortuna della fiaba gozziana*, cit., p. 38). In Gozzi tale posizione diviene preminenza e s'incarica di reinscrivere nello spettacolo quel Testo che l'Arte aveva rimosso (su questo aspetto cfr. R. Tessari, *Commedia dell'Arte: la maschera e l'ombra*, Milano, Mursia, 1981, pp. 76 sgg.).

in cui ogni verosimiglianza risulta negata; ma sono anche smarrite fra codici e linguaggi palesemente incongrui. Girano a vuoto. Quanto più ordine e peso Gozzi sembra dare alla sua scrittura teatrale (e il fantasma tragico è invocato per questo), tanto più toglie peso e consistenza all'intreccio: le parti delle maschere sono scritte, ma solo per dimostrare l'inutilità di scriverle, la loro assenza di significato al di fuori dello spazio del teatro e delle sue risorse inventive. Consiste in questo la vera opposizione a Goldoni e nello stesso tempo la totale autonomia del teatro di Gozzi: non nella creazione di nuove regole, certo, ma neanche nella conservazione delle vecchie. Il conte punta ad un'infrazione e ad uno straniamento sistematici, che dissolvono ogni regola.

In realtà, lo abbiamo visto, la situazione risulta essere più complessa e contraddittoria e quella di Gozzi finisce per essere una vera fatica di Sisifo: il conte si divincola, con esiti bizzarri e talvolta imprevedibili, fra un'istanza di ordine molto forte e una propensione contraria, ma altrettanto avvertita, al disordine e all'azzeramento delle convenzioni. L'una presuppone l'altra, in un equilibrio infranto senza sosta e però subito ricostituito.

Stefano Giovannuzzi

NOTA BIOGRAFICA

1720   Carlo Gozzi nasce a Venezia il 13 dicembre, sesto degli undici figli di Jacopo Antonio e di Angiola Tiepolo. La famiglia, di origini bergamasche, è nobile e agiata, ma nonostante «un patrimonio [...] sufficiente a fargli fare un'ottima comparsa nella società», il «disordine» e le «spese inopportune» di Jacopo (così si legge nelle *Memorie inutili*) rovinano le finanze domestiche al punto di «rendere impossibile una regolare educazione de' figliuoli». Perciò Carlo, a differenza di quanto era accaduto per il fratello Gasparo – più anziano di sette anni e dunque meno toccato dai dissesti famigliari – non può ricevere un'educazione completa in collegio ed è affidato a sacerdoti non sempre all'altezza del compito. Ad esercitare una positiva influenza sulla sua formazione sarà piuttosto l'«esempio» e la «passione per gli studi» di Gasparo; un ruolo importante avranno anche l'abate Giovan Antonio Verdani, bibliotecario di casa Soranzo, e Anton Federico Seghezzi, che lo avvicina alla poesia burlesca. Del resto, la letteratura si respira quotidianamente in casa Gozzi, contagiata da una vera «epidemia».

1734-40   Gasparo, l'abate Verdani, il Seghezzi, oltre a Luisa Bergalli, futura moglie di Gasparo, e ad altri, riuniscono giornalmente una piccola accademia di letterati (la cosiddetta «Accademia gozziana»). Di inclinazione prettamente classicista, la comitiva dei sodali intrattiene tuttavia un particolare culto per la poesia bernesca. Carlo fa parte del gruppo. Ha cominciato a comporre versi fin da giovanissimo: un suo sonetto, scritto intorno agli undici anni e apparso in coda a un'edizione di Gaspara Stampa, gli è valso l'elogio e l'incoraggiamento di Apostolo Zeno. Precocissimo e prolifico, a sedici anni (secondo la ricostruzione un po' falsificatrice delle *Memorie*) ha già scritto tre poemi burleschi, *Berlinghieri*, *Don Chisciotte*, *Gonella*, e una riduzione in versi dei *Discorsi degli animali*, di Firenzuola (*La filosofia morale*). Niente di tutto questo è però pubblicato: solo più tardi, concluso il triennio militare in Dalmazia, vedrà la luce la traduzione del *Farsamon* di Marivaux. Le esperienze artistiche e letterarie dell'adolescente Carlo sono comunque ancora più ricche, in ogni caso – col senno di poi – anticipatrici: nel teatrino allestito nella villa di Vicinale, in Friuli, egli recita coll'intera «fratellanza mascolina e femminina» tragedie e commedie (in seguito anche Gasparo sarà traduttore e scrittore di teatro), si cimenta come attore all'improvviso, secondo i canoni della commedia dell'arte.

1738-41 Nel '38 il padre è colpito da un'apoplessia che lo lascia «muto e paralitico» fino alla morte, sette anni più tardi. La situazione economica peggiora rapidamente.
Carlo, come già il fratello Francesco, si arruola per la Dalmazia al seguito del Provveditore generale Girolamo Querini ('47) dopo un anno è già persuaso all'abbandono della carriera militare, ma deve attendere la fine della ferma. La vita militare non significa tuttavia la rinuncia alla letteratura: a Zara Carlo seguita a scrivere versi e partecipa ad un'accademia in onore del Provveditore, una circostanza che lo consacra «poeta nelle opinioni zaratine», come egli stesso riferisce con l'ironia tipica delle *Memorie inutili*. Neanche l'interesse per il teatro viene meno: negli spettacoli che durante i tre carnevali della ferma si organizzano nel teatro di corte del Provveditore generale, Carlo si esibisce sempre con successo, interpretando il ruolo della «servetta».

1744 Alla fine del triennio dalmatino, rientra a Venezia e trova un bilancio famigliare sempre più disastroso. Il padre è infermo, Gasparo ha scarse attitudini e per di più è coinvolto nella riapertura del teatro Sant'Angelo, una «mal consigliata impresa» (*Memorie*), rovinosa per gli alti costi (nel '48 Gasparo è costretto a ritirarsi dall'iniziativa): il patrimonio è lasciato nelle mani delle donne, la madre e la cognata, Luisa Bergalli, entrambe totalmente incapaci di amministrarlo. Oltre alle proprietà terriere, anche il palazzo veneziano sta per essere ceduto. Carlo è costretto ad opporsi alle scelte catastrofiche della cognata e della madre che l'appoggia, a intentare una sequela di liti giudiziarie per rientrare nel legittimo possesso dei propri beni: in questa azione i suoi avversari più accaniti, paradossalmente, sono proprio i congiunti, tanto che nel '47 si risolve ad abbandonare la dimora di famiglia.

1745 Muore il padre e le controversie legali si acuiscono, segnando «ben diciott'anni» (così le *Memorie*) dell'esistenza di Carlo: in realtà egli sarà coinvolto fino alla vecchiaia in brighe giudiziarie e patrimoniali. Insieme ai dissapori famigliari, mai dissimulati, sono una costante sullo sfondo di un lavoro creativo che tuttavia non s'interrompe. Gozzi stesso lo rammenta anni dopo nel bilancio del *Ragionamento ingenuo*, premesso all'edizione Colombani delle *Opere*: «Spero che da' volumi parecchi di queste opere, quali si sieno, apparirà per lo meno che, ad onta d'un gravissimo peso, che mi tenne sempre avvolto negl'imbrogliati interessi, e stretto a' ripari d'una famiglia non molto felice e composta d'una numerosissima fratellanza, non ho impiegato le ore, che potei rubare al vortice del Foro e de' domestici pensieri, in voluttà scandalose, o in mezzo ad alcune sciocamente dotte ricreazioni».

1747 Insieme al fratello Gasparo, è uno dei promotori dell'Accademia dei Granelleschi. Non v'è difformità d'intenti rispetto alla pur domestica conventicola degli anni Trenta. Obiettivo dei letterati che si riuniscono (fra di essi va annoverato anche Giuseppe Baretti) è la difesa della tradizione e la purezza della lingua («il toscanesimo cinquecentistico ed erudito» di cui parla Carducci), in nome di un classicismo che ha modelli eterodossi quali Burchiello e Berni, segnacoli di una classicità risentita, ma ormai resa anch'essa convenzionale. Alle raffinatezze del secol presente, infranciosato, i Granelleschi ribattono con la schiettezza plebea, persino con i riboboli, del toscano: un *cliché* ricorrente nella cultura italiana. Carlo, come gli altri, si intrattiene tra scherzi e rime bernesche. L'attività dell'Accademia, centro del conservatorismo veneziano, sarebbe dunque trascurabile, se nel prosieguo non vi trovasse fertile alimento la polemica contro il teatro regolare. Polemica che si innesta sull'altra fra Chiari e Goldoni, i propugnatori appunto di una riforma delle scene.

Il dissenso e la competizione fra Chiari e Goldoni per conquistare il pubblico veneziano si trascina con alterne vicende da anni, ma nelle stagioni teatrali '53-'54 e '54-'55 la contesa raggiunge l'apice: con *La schiava chinese* e *Le sorelle chinesi* il Chiari aveva cercato di emulare il successo della *Sposa persiana* di Goldoni. Non diversamente, alla novità goldoniana del *Molière*, per la prima volta in versi martelliani, l'abate aveva fatto seguire il *Molière marito geloso*. Infine nel carnevale del '53-'54 si erano contrapposti *Il filosofo inglese* di Goldoni e, subito a ridosso, *Il filosofo viniziano* del Chiari. Nonostante il clamore dello scontro, che divide la città in due partiti, non vi sono testimonianze esplicite di una presa di posizione dei Granelleschi, la cui attività non risulta anzi essere particolarmente fervida. Può anche darsi che la risentita avversione dei granelleschi sia da retrodatare ai primi anni Quaranta (cfr. P. Bosisio, *Carlo Gozzi e Goldoni*, pp. 21 sgg.), al momento in cui si dichiara la nuova poetica goldoniana. I primi segnali, indiretti, giungono però da Goldoni e diversi anni più tardi.

1750 Goldoni mette in scena *Il poeta fanatico*, un attacco contro gli ambienti tradizionalisti, in cui – in filigrana – bisogna leggere un riferimento ai Granelleschi e forse allo stesso Carlo. Nel '55 Goldoni pubblica l'*Esopo alla grata*, un poemetto in cui si difende dagli avversari: probabilmente vi sono presi di mira Carlo e i suoi sodali puristi. Al poemetto segue la commedia *Torquato Tasso*, ancora di indirizzo antipurista. Nell'insieme si tratta di spie davvero poco vistose. Tuttavia, benché documentabile solo in modo sotterraneo, il contrasto, mai sopito, cova e si intensifica.

1757 Carlo esce allo scoperto con *La Tartana degl'influssi invisibili per l'anno bisestile 1756*: l'opera, in veste di lunario, sferra un attacco violento, e stavolta dichiarato, contro Chiari e Goldoni (più acre verso il primo, ritenuto nulla più che un imitatore nelle *Memorie*) e in generale contro la cultura dei Lumi. L'episodio ridona vitalità all'Accademia dei Granelleschi, da questo momento direttamente impegnata nella polemica, e provoca la risposta aperta di Goldoni con le terzine *All'illustrissimo signor Avvocato Giuseppe Alcaini*, inserite in una raccolta di poesie per Sebastiano Venier. Gozzi si prepara a ribattere con due lavori, *La scrittura contestativa al taglio della «Tartana»* e *Il teatro comico all'Osteria del Pellegrino tra le mani degli Accademici Granelleschi* (prende l'avvio dall'omonima commedia di Goldoni), rimasti però inediti fino al 1805 (nel vol. I delle *Opere edite e inedite non teatrali*). L'intervento di Lodovico Widiman e di Giuseppe Tomaso Farsetti, due magistrati – non così amichevole come Gozzi lo vorrebbe dipingere nelle *Memorie* – impedisce che i libelli siano dati alle stampe: evidentemente la contesa non tocca problemi di natura esclusivamente teatrale, ma coinvolge un più profondo conflitto di politica e di cultura, cui non sono estranee le influenze illuministiche e le fratture che esse provocano in una società conservatrice come la veneziana del tempo. Lo si deduce anche dai riflessi che traspaiono nel *Ragionamento ingenuo*. Nonostante la prudenziale «censura» (Gozzi non vi si imbatte quest'unica e ultima volta), il contrasto non si placa. Nel '58 vede la luce *La tavola rotonda*, un poemetto satirico di Goldoni che ha come bersaglio Carlo Gozzi. Gozzi, insieme a Marco Forcellini, stampa il *Parere o sia lettera scritta da un amico del Friuli ad un amico di Venezia sopra il poemetto intitolato «Le Raccolte» con la risposta dell'amico di Venezia*, che, pur prendendo spunto dal lavoro del Bettinelli, è rivolto contro Goldoni e, in subordine, Chiari. L'anno dopo il conte fa seguire *I sudori di Imeneo* (Venezia, Zatta), un poemetto per le nozze Mocenigo-Zeno, che muove ancora dalla *Tavola rotonda*.

1760-61 Nuove esche si propongono di continuo per tenere in vita il conflitto letterario e culturale. Dal 6 febbraio 1760 al 28 gennaio 1761 Gasparo Gozzi dirige la «Gazzetta veneta», ed è in questa sede che, sotto la sua direzione, vengono pubblicati prima l'elogio in versi con cui Voltaire rende omaggio a Goldoni, quindi il ringraziamento di Goldoni e infine la traduzione in italiano dell'elogio: nel dibattito in corso – pare evidente – la posizione di Gasparo non coincide esattamente con quella del fratello. Del resto fin dai cruciali anni '54-'55 Gasparo si era schierato tra i «goldonisti». Carlo reagisce con il *Canto del poeta* (apparso in seguito nell'edizione Colombani delle *Opere*) ed il *Capitolo*, rimasto inedito.

Neanche il Chiari, che pure «resisteva taciturno alle ferite» (così il linguaggio eroicomico delle *Memorie*), riesce a mantenersi ai margini dello scontro: traducendo dal francese le *Riflessioni sul genio e i costumi del secolo*, le irrobustisce del suo, con riferimenti attuali che mettono in ridicolo gli Accademici Granelleschi. Nascono così i *Fogli sopra alcune massime del «Genio e costumi del secolo» dell'abate Pietro Chiari e contro a' poeti Nugnez del nostro secolo*, fatti stampare da Gozzi nel settembre del '61 (Venezia, Colombani). Ma anche nella *Marfisa bizzarra*, il poema eroicomico avviato lo stesso anno (ai primi dieci canti, composti quell'anno e apparsi in stralci sui *Fogli*, se ne aggiungeranno altri due nel '68, sotto la spinta del *Mattino* e del *Mezzogiorno* di Parini), l'abate è preso di mira dalla satira, ritratto direttamente nel personaggio di Marco. A rincarare la dose, la stessa protagonista del poema, Marfisa, discende dalle eroine di Chiari.

Si inaugura così, tra il '60 e il '61, la fase più acuta della polemica. Ad essa si associa l'intera Accademia con la pubblicazione degli *Atti degli accademici granelleschi*. Le prime sei tornate degli *Atti* appaiono presso l'editore Colombani fra il dicembre del '60 e il gennaio del '61 (il pezzo di introduzione è redatto da Carlo), la loro prosecuzione per il '61, di cui erano già pronte le dodici tornate, viene però impedita da un nuovo intervento della censura: la virulenza degli attacchi appare insostenibile. È un duro colpo che di fatto segna la fine dei Granelleschi. Per sopramercato dal '61 Chiari sostituisce Gasparo Gozzi alla direzione della «Gazzetta veneta», che nelle sue mani diventa lo strumento ideale per mettere in rilievo la rappacificazione nel frattempo intercorsa con Goldoni. La ruota della fortuna non sembra essere molto propizia con il conte.

Forse proprio in risposta alla serie piuttosto sfavorevole delle circostanze, il '61 diventa però l'anno di un salto di qualità decisivo nello scontro che fino a questo momento ha visto in Gozzi l'avversario passivo, e puramente demolitore, di Chiari e Goldoni. Carlo, provocato dallo stesso Chiari, come racconta nelle *Memorie* («li sfidò [i Granelleschi, ovviamente] a comporre commedie in sua competenza») non si muove più soltanto sul consueto terreno della libellistica e della satira, ma sull'altro del tutto inesplorato dell'invenzione teatrale.

1761 La compagnia di Giuseppe Sacchi, rientrata dal Portogallo, aveva riaperto, fin dall'ottobre del '58, il teatro San Samuele proponendo al pubblico la commedia improvvisa, ma si era trovata seriamente in difficoltà, perché le produzioni di Chiari e Goldoni, e i due partiti avversi che si affrontavano nei teatri, toglievano ogni spazio ad altre iniziative, come ricorda Gozzi nel *Ragionamento ingenuo*. È proprio alla «truppa Sacchi» che Carlo «dona» – per adoperare le sue parole – l'esperimento della prima *Fiaba*.
Il 21 gennaio del '61 (nonostante l'ammonimento ufficioso dell'Inquisitore di Stato) va in scena *L'amore delle tre melarance*: il successo è immediato. Il 24 ottobre la compagnia Sacchi rappresenta *Il corvo*: Gozzi si è ormai lanciato nell'impresa.

1762 Fra il 5 e il 22 gennaio sono rappresentate al San Samuele – nell'ordine – *Il re cervo* e *Turandot*. Il favore del pubblico è straordinario, mentre gli spettatori delle commedie di Goldoni calano sempre di più: tanto che egli si risolve a lasciare Venezia accettando l'invito a trasferirsi a Parigi. Anche Chiari si ritira a Brescia. Per celebrare il suo trionfo sull'esule Goldoni, Gozzi scrive le ottave del *Trionfo dei Granelli*. Sembra una vittoria su tutti i fronti, vieppiù incisiva e persecutoria, se a Parigi – non va dimenticato – anche Goldoni sperimenta la strada della fiaba teatrale con *Il Genio buono e il Genio cattivo*.
Nel corso del medesimo anno la compagnia Sacchi mette in scena altre tragicommedie di Gozzi, che però non pertengono al gruppo delle *Fiabe*: *Il cavaliere amico o sia Il trionfo dell'amicizia* (a Mantova il 28 aprile, poi a Venezia il 16 dicembre), tratta da una novella del Firenzuola, *Doride o sia La rassegnata* (la prima è a Venezia il 19 ottobre). Il 29 ottobre al S. Angelo, il teatro dove recita adesso la compagnia Sacchi, va in scena *La donna serpente*.

1763- Viene proposta *La Zobeide* (11 novembre). L'anno successivo *I
65 pitocchi fortunati* (29 novembre) e *Il mostro turchino* (8 dicembre). Il '65 è la volta delle ultime due *Fiabe*: *L'Augellino belverde* (19 gennaio) e *Zeim re de' geni* (25 novembre). Il ciclo appare concluso, ma la collaborazione con la «truppa Sacchi», salvo una momentanea interruzione, proseguirà fino al 1783, anno in cui la

compagnia si scioglie. Gozzi continua a «soccorrere» con nuovi copioni il Sacchi, passato ora al San Salvatore: il repertorio a cui attinge non è però più quello delle *Fiabe*. Se già con *Il cavaliere amico* e Doride aveva sperimentato territori diversi, adesso si indirizza in modo sistematico verso il teatro spagnolo (Calderon, Molina, Moreto ed altri), da cui traduce, o deriva con maggiore libertà, commedie romanzesche e piene d'azione, ch'egli contrappone alla moda francese del teatro *larmoyant*: una sorta di «seconda maniera» rispetto alle *Fiabe*, come scrive Masi, anche se Carlo non rinuncia all'impiego delle maschere e all'alternarsi di parti scritte e all'improvviso. Non solo che per corrispondere alle esigenze della «truppa Sacchi», Gozzi si mantiene fedele all'idea di teatro maturata nelle *Fiabe*.

1772-74 L'editore Colombani pubblica gli otto volumi delle *Opere*: non suscitano però che uno scarso l'interesse. Persino Baretti, che pure nelle sue lettere inglesi aveva sostenuto l'importanza dell'opera teatrale di Carlo, adesso si dimostra molto perplesso. Al contrario comincia subito il successo delle *Fiabe* all'estero: fra il '77 e il '79 a Berna escono in tedesco i *Theatralische Werke von Carlo Gozzi*, tradotti da F. A. C. Werthes.

1775-80 Gozzi scrive *Le droghe d'amore*, una commedia ispirata allo spagnolo Tirso de Molina (*Celos con Celos se curan*), ma ne è così insoddisfatto che non pensa di rappresentarla. Finalmente, per le insistenze del Sacchi, inattivo da oltre un anno, la commedia viene messa in scena il 10 gennaio del '77. Ne nasce uno scandalo. Fin dal '71 aveva fatto ingresso nella compagnia Sacchi Teodora Ricci, la quale, nonostante le smentite contenute nelle *Memorie inutili*, era anche divenuta l'amante di Carlo e in seguito di Pier Antonio Gratarol, segretario del Senato. Probabilmente la commedia conteneva davvero, nelle intenzioni dell'autore, una satira contro il Gratarol, o almeno ve la lessero il Sacchi (che vi puntò per accrescere l'interesse del pubblico), la stessa Ricci e di riflesso il Gratarol medesimo, che, informatone, nei giorni precedenti la recita cercò in ogni modo di impedirla. Alla prima della commedia, preceduta da simili maneggi, tutti colsero nel personaggio di Don Adone la caricatura dell'amante della Ricci: anche perché l'attore s'ingegnò in ogni modo di imitarne i modi. Il Gratarol, dopo aver cercato inutilmente di difendersi, si risolse a fuggire da Venezia: un gesto improvvido che gli costò la condanna a morte in contumacia. Gozzi sembra rimanere ai margini della vicenda, ma da Stoccolma, dove vive in esilio, il Gratarol scrive una *Narrazione apologetica* (1779) che clandestinamente raggiunge anche Venezia. L'episodio sarebbe sul piano letterario insignificante, se per rispondere alle accuse nel 1780 Carlo non avviasse – o forse riprendesse in mano, come pare – la stesura delle *Memorie inutili*, destinate tuttavia a rimanere a lungo inedite fin quasi allo scadere del secolo. Le *Memorie* sono infatti un'altra delle opere di Gozzi che si scontra con l'opposizione del governo: potranno vedere la luce solo dopo la fine della Repubblica (Venezia, Palese, 1797). Per il momento il nostro deve contentarsi di una *Lettera confutatoria*.

1783-1802 Dopo lo scioglimento della compagnia Sacchi, Gozzi inizia a fornire testi a quella di S. Giovanni Grisostomo: è la Ricci, rientrata a Venezia dopo un'opportuna assenza e rappacificatasi con Carlo, a intercedere per questa collaborazione. L'attività compositiva del conte non si interrompe fino agli estremi anni di vita: ancora fra il 1799 e il 1800 fa rappresentare nuovi drammi (*Annibale Duca d'Atene*, *La donna contraria al consiglio*, *Il montanaro*, *Don Giovanni Pasquale*).

Al 1798 risalgono probabilmente alcuni scritti polemici di carattere linguistico: *Chiacchiera di Carlo Gozzi intorno alla lingua litterale italiana e alcune ricerche sopra il libro intitolato «Saggio sopra la lingua italiana» dell'ab. Melchiorre Cesarotti, secretario dell'Accademia di Padova per le belle lettere, il tutto diretto ai lettori della «Marfisa Bizzarra», poema faceto* e *Alcune ricerche dell'autor della Chiacchiera intorno alla lingua litterale italiana fatta sopra al libro intitolato: «Saggio sopra la lingua italiana»*. Del 1801 è *La più lunga lettera di risposta che sia stata scritta inviata da Carlo Gozzi ad un poeta teatrale italiano dei nostri giorni. Giuntivi infine alcuni frammenti tratti dalle stampe pubblicate da parecchi autori, e da' commenti fatti dallo stesso Gozzi sopra i frammenti medesimi* (a stampa nel vol. XIV dell'edizione Zanardi): in forma epistolare è l'ultima tappa di una rilettura incessante e puntigliosa delle ragioni del teatro gozziano e dei suoi rapporti con la tradizione e la critica contemporanea. Nello stesso anno Gozzi avvia la ripubblicazione delle sue opere, che esce per i tipi di Zanardi, fra il 1801 e il 1802, in quattordici volumi.

Séguita intanto il successo delle *Fiabe*, in Italia e all'estero: va almeno segnalato che risale al 1801 la traduzione di *Turandot* compiuta da Schiller (in realtà Schiller non traduce dall'originale, ma lavora sulla versione di Werthes) e che questa stessa tragicommedia l'anno seguente viene messa in scena a Weimar con la regia di Goethe.

1805 Presso Zanardi, Gozzi comincia la stampa delle *Opere edite e inedite non teatrali*: ne vede la luce solo il primo volume. Probabilmente nei successivi avrebbe dovuto trovare spazio anche un'edizione rifatta (la prima era stata quella Colombani, nel VI volume) della *Marfisa bizzarra*, a cui Gozzi lavorava negli ultimi anni.
1806 Muore il 4 aprile.

BIBLIOGRAFIA

OPERE

Repertori delle opere di Carlo Gozzi

Scarsa è l'attenzione verso la produzione gozziana. Si possono ricordare solo: V. Malamani, *Saggio bibliografico degli scritti di Carlo Gozzi*, in C. Gozzi, *Fiabe*, a cura di E. Masi, Bologna, Zanichelli, 1885 [ma il finito di stampare è: 30 dicembre 1884], 2 voll.; P. Molmenti, *Carlo Gozzi inedito*, in «GSLI», LXXXVII (1926).

Edizioni delle opere curate dall'autore

La Tartana degl'influssi invisibili per l'anno bisestile 1756, Parigi [ma Venezia], s. t. [ma Colombani], 1757; *Parere o sia lettera scritta da un amico del Friuli ad un amico di Venezia sopra il poemetto intitolato «Le Raccolte» con la risposta dell'amico di Venezia*, Venezia, s. t., 1758 (in collaborazione con M. Forcellini); *I sudori d'Imeneo con la rassegna dei poeti per le faustissime nozze Mocenigo-Zeno. Canti quattro faceti*, Venezia, Zatta, 1759; *Fogli sopra alcune massime del Genio e costumi del secolo, dell'Abate Pietro Chiari e contro a' poeti Nugnez de' nostri tempi*, Venezia, Colombani, 1761; *Canto ditirambico dei partigiani del Sacchi Truffaldino*, Venezia, s. t., 1761; *Opere del conte Carlo Gozzi*, Venezia, Colombani, 1772-74, 8 voll. (le *Fiabe* sono riunite nei tomi I, II, III; nel tomo primo è stampato anche il *Ragionamento ingenuo e storia sincera delle mie dieci fiabe teatrali*, mentre nel IV compare l'*Appendice al Ragionamento ingenuo*. Ai primi otto volumi se ne aggiungeranno un IX, Venezia, Foglierini, 1787, e un X, Venezia, Cuti Vitto, 1792, che contengono drammi spagnoleschi successivi alle *Fiabe. Memorie inutili della vita di Carlo Gozzi scritte da lui medesimo e pubblicate per umiltà*, Venezia, Palese, 1797, 3 voll. (comprende altri scritti minori connessi alla polemica con il Gratarol e la commedia *Le droghe d'amore*); *Opere edite ed inedite del conte Carlo Gozzi*, Venezia, Zanardi, 1801-1802, 14 voll.; *Opere edite e inedite non teatrali del conte Carlo Gozzi*, Venezia, Zanardi, 1805, vol. I.

Opere pubblicate postume

Ragionamento sopra una causa perduta, dedicato alla memoria del conte Gasparo, fratello del ragionatore [1794?], con prefazione di P. Fanfani, Firenze, Tip. del Vocabolario, 1872; poi in N. Vaccalluzzo, *Un accade-*

mico burlesco contro un accademico togato, ossia Carlo Gozzi contro Melchiorre Cesarotti, Livorno, Giusti, 1933; *Chiacchiera di Carlo Gozzi intorno alla lingua litterale italiana e alcune ricerche sopra il libro intitolato «Saggio sopra la lingua italiana» dell'ab. Melchiorre Cesarotti, secretario dell'Accademia di Padova per le belle lettere, il tutto diretto ai lettori della «Marfisa Bizzarra», poema faceto* [1798?], a cura di G. Mazzoni, in *In biblioteca*, Roma, Sommaruga, 1885; poi in N. Vaccalluzzo, *Un accademico burlesco contro un accademico togato*, cit.; *Alcune ricerche dell'autor della Chiacchiera intorno alla lingua litterale italiana fatta sopra al libro intitolato: «Saggio sopra la lingua italiana»*, in N. Vaccalluzzo, *Un accademico burlesco contro un accademico togato,* cit. Gli interventi polemici in versi contro Goldoni, editi e inediti, e la seconda annata, anch'essa inedita, degli «Atti degli Accademici granelleschi» si leggono ora in P. Bosisio, *Carlo Gozzi e Goldoni. Una polemica letteraria con versi inediti*, Firenze, Olschki, 1979.

Edizioni moderne delle Fiabe

Le fiabe, a cura di E. Masi, cit.; *Le fiabe*, a cura di D. Ciampoli, Lanciano, Carabba, 1912, 2 voll.; *Le fiabe*, con un discorso di R. Guastalla, Torino, Istituto editoriale italiano, s. a. [ma 1914], 2 voll.; *Opere. Teatro e polemiche teatrali*, a cura di G. Petronio, Milano, Rizzoli, 1962 (contiene anche *La tartana degli influssi*, *Il Ragionamento ingenuo* e una ridotta scelta delle *Rime*).

Edizioni parziali: *Opere*, a cura di E. Rho, Milano, Garzanti, 1942 (*L'amore delle tre melarance*, *I pitocchi fortunati*, *L'Augellino belverde*); *Fiabe teatrali*, testo, introduzione e commento a cura di Paolo Bosisio, Roma, Bulzoni, 1984 (comprende: *Analisi riflessiva della fiaba L'amore delle tre melarance*, *Il re cervo*, *Turandot*, *La Zobeide*, *L'Augellino Belverde*); *Fiabe teatrali*, introduzione e note di A. Beniscelli, Milano, Garzanti, 1994 (*L'amore delle tre melarance*, *Il re cervo*, *Turandot*, *La donna serpente*, *L'Augellino belverde*).

Tra le edizioni di singole «fiabe» si rammentano: *L'Augellino belverde*, a cura di E. Bonora (in *Letterati memorialisti e viaggiatori del Settecento*, Milano-Napoli, Ricciardi, 1951) e a cura di R. Turchi (in *Il teatro italiano*, vol. IV, *La commedia del Settecento*, Torino, Einaudi, 1988, tomo II); *Turandot*, a cura di C. Perrone, Roma, Salerno, 1990.

Edizioni moderne delle altre opere pubblicate da Gozzi
(oltre alla silloge di Petronio già ricordata)

Memorie inutili, a cura di G. Prezzolini, Bari, Laterza, 1910 (non comprende la commedia *Le droghe d'amore*; cfr. anche l'ed. a cura di D. Bulferetti, Torino UTET, 1928, parziale); *La Marfisa bizzarra*, a cura di C. Ortiz, Bari, Laterza, 1911; *Ragionamento ingenuo*, con prefazione di E. Pagliarani e introduzione di A. Beniscelli, Genova, Costa & Nolan, 1983.

Studi

Repertori di bibliografia della critica

C. Levi, *Saggio di bibliografia degli studi critici su Carlo Gozzi*, in «Rivista delle biblioteche e degli archivi», XVII (1906); G. Perale, *Bibliografia essenziale critica di Carlo Gozzi*, in «Ateneo veneto», CXXXI (1940). Bibliografie della critica contengono anche la monografia di B. T. Sozzi (*Carlo Gozzi*, in AA.VV. *Letteratura italiana. I minori*, vol. III, Milano, Marzorati, 1962), il volume di Petronio e la scheda bio-bibliografica premessa all'ed. dell'*Augellino belverde*, a cura di R. Turchi, cit. (include anche ampi rimandi alle principali questioni del teatro settecentesco).

Principali contributi allo studio della personalità e delle opere di Carlo Gozzi

N. Tommaseo, *Pietro Chiari, la letteratura e la moralità del suo tempo*, in *Storia civile nella letteraria*, Torino, Loescher, 1872; F. De Sanctis, *Scritti vari inediti o rari*, raccolti e pubblicati da B. Croce, Napoli 1898 (cfr. anche *Verso il realismo*, a cura di N. Borsellino, Torino, Einaudi, 1965, e *Storia della letteratura italiana* [1870], a cura di N. Gallo, Torino, Einaudi, 1958, vol. II); G. B. Magrini, *Carlo Gozzi e le fiabe*, Venezia, Fontana, 1882[2]; Id., *I tempi, la vita, e gli scritti di Carlo Gozzi*, Benevento, De Gennaro, 1883; A. Graf, *Le Fiabe di Carlo Gozzi*, in «Fanfulla della domenica», n. 5, 1885; E. Masi, *Carlo Gozzi e le sue fiabe teatrali*, introduzione a C. Gozzi, *Fiabe*, cit. (poi in *Sulla storia del teatro italiano nel secolo XVIII. Studi*, Firenze, Sansoni, 1891; contiene anche: *Carlo Gozzi, le sue memorie e la Commedia dell'arte*); M. Serao, *Carlo Gozzi e le sue Fiabe* [1895], in AA. VV., *La vita italiana nel Settecento*, Milano, Treves, 1896, voll. II; E. Carrara, *Studio sul teatro ispano-veneto di Carlo Gozzi*, Cagliari, Valdès, 1901; E. Borghesani, *Carlo Gozzi e l'opera sua*, Udine, Del Bianco, 1904; G. A. Borgese, *Carlo Gozzi, «Memorie inutili»*, in *La vita e il libro*, serie II, Torino, Bocca, 1911; D. Ciampoli, *Prefazione* a C. Gozzi, *Le fiabe*, cit.; G. Natali, *Il ritorno di Carlo Gozzi*, in «Ateneo veneto», CXXIII (1913) (poi in *Idee costumi uomini del Settecento*, Torino, Soc. tip. ed. nazionale, 1926; quindi in *Il Sette-*

cento, Milano, Vallardi, 1929, più volte riedito; in ultimo con supplemento bibliografico a cura di A. Vallone: 1973); T. Casini, *Carlo Gozzi e le Fiabe*, in *Ritratti e studi moderni*, Milano-Roma-Napoli, Soc. ed. D. Alighieri, 1914; G. Perale, *Pantalone e le altre maschere nel teatro di Carlo Gozzi*, in AA. VV., *Raccolta di studi di storia e critica letteraria, dedicata a F. Flamini da' suoi discepoli*, Pisa, Mariotti, 1918; E. Bouvy, *La comédie à Venise. Goldoni et Gozzi*, Paris 1919; A. Guerrieri, *Le fiabe di Carlo Gozzi*, Catania, «L'illustrazione siciliana», 1924; G. Mazzoni, *Dopo rilette le Fiabe del Gozzi* [1885], in *Abati, soldati, attori, autori del Settecento*, Bologna, Zanichelli, 1924; A. Zardo, *I due Gozzi e il Goldoni* [1919-1920], in *Teatro veneziano del Settecento*, ivi 1925; T. Mantovani, *Carlo Gozzi*, Roma, Formiggini, 1926; D. Bulferetti, *Introduzione* a C. Gozzi, *Memorie inutili*, cit.; G. Ziccardi, *Ritratto di Carlo Gozzi e La Marfisa bizzarra* [1919], in *Forme di vita e di arte nel Settecento*, Firenze, Le Monnier 1931 (contiene anche *Le Fiabe* [1924]); G. Ortolani, *Carlo Gozzi*, in «Rivista di Venezia», X (1931) (ora in *La riforma del teatro nel Settecento e altri scritti*, a cura di G. Damerini e con bibliografia di N. Mangini, Venezia-Roma, Istituto per la collaborazione culturale, 1962); B. Cestaro, *Carlo Gozzi*, Torino, Paravia, 1931; G. Ortolani, *Carlo Gozzi ipocondriaco (da un carteggio inedito degli anni 1785-1787)*, in «Rivista italiana del dramma», II, 2 (1938) (ora in *La riforma del teatro nel Settecento*, cit.); Id., *Carlo Gozzi e la riforma del teatro (dagli scritti inediti)*, ivi, IV, 2 (1940) (ora in *La riforma del teatro nel Settecento*, cit.); A. Bobbio, *Della saggezza fiabesca di Carlo Gozzi*, in «Didaskaleion», 1944; L. Ruini, *Un manoscritto autografo de «La Marfisa bizzarra» di Carlo Gozzi nuovamente rintracciato a Bergamo, e la storia della rielaborazione del poema*, in «Aevum», XXI-XXII (1947-1948) (sono tre puntate: 1947, ff. 1-2; 1947, ff. 3-4, *Correzioni e aggiunte nell'autografo bergamasco de «La Marfisa»*, II; 1948, f. 1, *Esame e rapporto dei vari testi e delle varie stesure della «Marfisa»*, III); A. Bobbio, *Studi sui drammi spagnoli di Carlo Gozzi*, in «Convivium», XVI, 5 (1948); B. Croce, *Il carattere delle «Fiabe» di Carlo Gozzi* [1943], in *La letteratura italiana del Settecento*, Bari, Laterza, 1949; M. Fubini, *Carlo Gozzi*, in AA. VV. *I classici italiani*, a cura di L. Russo ed altri, vol. II, *Dal Cinquecento al Settecento*, Firenze, Sansoni, 1950² (ne esistono numerose ristampe e riedizioni); B. Cestaro, *Carlo Gozzi e la polemica su la lingua italiana*, in «Convivium», XIX, 1 (1951); G. Ortolani, *Il conte Carlo Gozzi,* in «La fiera letteraria», 15 marzo 1953; E. Bonora, *Carlo Gozzi*, in *Letterati memorialisti e viaggiatori del Settecento*, cit.; M. Apollonio, *Gozzi*, in *Storia del teatro italiano*, vol. II, Firenze, Sansoni, 1954; B. Baroncelli da Ros, *Studi sul teatro di Carlo Gozzi* (1-5), in «Drammaturgia», I-IV (1954-1957); Id., *Una novella di Fiorenzuola ridotta «ad uso di scena» da Carlo Gozzi*, ivi, III (1956); V. Pandolfi, *Goldoni e Gozzi*, in *La commedia dell'arte*, storia e testo a cura di V. P., vol. IV, Firenze, Sansoni antiquariato, 1958; G. Petronio, *Carlo Gozzi*, in AA. VV., *Enciclopedia dello spettacolo*, Firenze-Roma, Sansoni-Le maschere, 1958, vol. V; M. Marcazzan, *La letteratura e il teatro*, in AA. VV., *La civiltà veneziana del Settecento*, Firenze, Sansoni, 1960; B. T. Sozzi, *Carlo Gozzi*, in AA. VV. *Letteratura italiana. I minori*, vol. III, cit.; G. Petronio, *Introduzione* a C. Gozzi, *Opere*, cit.; A. Nicoll, *The World of Harlequin*, Cambridge, Cambridge University Press,1963 (trad. it.: *Il mondo di Arlecchino*, Milano, Bompiani, 1980[2]); G. Luciani, *Carlo Gozzi e la critica francese della prima metà dell'Ottocento*, in AA. VV., *Problemi di lingua e letteratura italiana del Settecento*, Atti del quarto congresso dell'Associazione internazionale per gli studi di lingua e letteratura italiana, Magonza-Colonia 1962, Wiesbaden, Franz Steiner Verlag, 1965; C. Bombieri, *Le due redazioni delle «Memorie inutili» di Carlo Gozzi*, in «GSLI», CXLII (1965); H. Hoffmann-Rusack, *Gozzi in Germany* [1930], New York, Ams Press, 1966; J. Starobinski, *Ironie et mélancolie: Gozzi, Hoffmann, Kierkegaard*, in AA. VV., *Sensibilità e razionalità nel Settecento*, a cura di V. Branca, Firenze, Sansoni, 1967; W. Binni, in AA. VV., *Storia della letteratura italiana*, diretta da E. Cecchi e N. Sapegno, Milano, Garzanti, 1968, vol. VI, *Il Settecento*; K. Ringger, *Le «Fiabe teatrali» di Carlo Gozzi. Realtà e mito romantico*, in «Ateneo veneto», n. s., VII (1969); H. Feldmann, *Die Fiabe Carlo Gozzis*, Köln-Wien, Böhlen, 1971; A. Pecoraro Chiarloni, *Goethe, Gozzi e Goldoni*, in «Belfagor», XXVII (1973); AA. VV., *Turandot. Attualità di Gozzi*, Torino, Ed. del Teatro stabile, 1973; G. Nicastro, in *Goldoni e il teatro del secondo Settecento*, Bari, Laterza, 1974; G. Kraiski, *Carlo Gozzi in Russia*, in «Siculorum Gymnasium», 1975; AA. VV., *La fortuna musicale e spettacolare delle «Fiabe» di Carlo Gozzi*, Atti del convegno, Siena agosto 1974, in «Chigiana», XXXI (1974), Firenze, Olschki, 1976; G. Luciani, *Carlo Gozzi: (1720-1806, l'homme et l'oeuvre)*, Lille-Parigi, Champion, 1977, 2 voll.; A. Fabrizi, *Carlo Gozzi e la tradizione popolare: a proposito dell'«Amore delle tre melarance»*, in «Italianistica», VII (1978); N. Mangini, *Sulla struttura scenica delle fiabe gozziane*, in *Drammaturgia e spettacolo fra Settecento e Ottocento. Studi e ricerche*, Padova, Liviana, 1979; AA. VV., *«La donna serpente» di Carlo Gozzi*, Genova, Edizioni del Teatro Stabile, 1979 (contiene fra l'altro: A. Beniscelli, *La finzione del fiabesco ne «La Donna Serpente»*, poi confluito con altri saggi in *La finzione del fiabesco : studi sul teatro di Carlo Gozzi*, Casale Monferrato, Marietti, 1986); P. Bosisio, *Carlo Gozzi e Goldoni: una polemica letteraria con versi inediti e rari*, cit.; L. Felici, *Le fiabe teatrali di Carlo Gozzi*, in *Tutto è fiaba*, Atti del convegno internazionale di studio sulle fiabe, Milano, Emme Edizioni, 1980; K. Miklasevskij, *La commedia dell'arte* [1914-17], a cura di C. Solivetti, Venezia, Marsilio, 1981; A. D'Orrico, *Il romanzo teatrale di Carlo Gozzi*, in «Paragone» (386) 1982; F. Taviani e M. Schino, in *Il segreto della Commedia dell'Arte*, Firenze, Usher, 1982; M. Apollonio, in *Storia della Commedia dell'Arte* [1930], Firenze, Sansoni, 1982; P. Bosisio, *Gli autografi di «Re cervo». Una fiaba teatrale di Carlo Gozzi dal palcoscenico alla stampa con le varianti dedotte dagli autografi marciani*, in «ACME», XXXVI, 1, gennaio-aprile 1983 (poi in *La parola e la scena. Studi sul teatro italiano tra Settecento e Novecento*, Roma, Bulzoni, s. a. [1987?]); G. Bàrberi Squarotti, *Le fiabe di Carlo Gozzi*, in AA. VV., *Scritti in onore di F. Falletti*, Vercelli 1983; C. Cucinotta, *Le «Memorie inutili» di Carlo Gozzi*, Messina, Centro di studi umanistici, 1983; M. Petrini, *Le «Fiabe teatrali» di Carlo Gozzi*, in *La fiaba di magia nella letteratura italiana*, Udine, Del Bianco, 1983; A. Beniscelli, *Introduzione* a C. Gozzi, *Ragionamento ingenuo*, cit.; P. Bosisio, *Introduzione* a C. Gozzi, *Fiabe teatrali*, cit.; M. Pregliasco, *Il modello popolare nelle «Fiabe» di Carlo Gozzi: «L'Augellino belverde»*, in «Atti dell'Istituto Veneto di Scienze, Lettere ed Arti», CXLII (1984); G. Pullini, *Il teatro fra polemica e costume*, in AA.VV. *Storia della cultura veneta*, a cura di G. Arnoldi e M. Pastore Stocchi, vol. V, tomo I, Vicenza, Pozza, 1985; R. Turchi, *Un solitario, Carlo Gozzi*, in *La commedia italiana del Settecento*, Firenze, Sansoni, 1985; C. De Michelis, *Carlo Gozzi*, in AA.VV. *Dizionario critico della letteratura italiana*, diretto da V. Branca, Torino, UTET, 1986, vol. II; A. Beniscelli, *La dilogia di Bettina nelle pagine critiche di Carlo Gozzi*, in C. Goldoni, *La buona moglie*, Genova, Ed. del Teatro di Genova, 1987; Id., *I due Gozzi fra critica e pratica teatrale*, in AA. VV., *Gasparo Gozzi. Il lavoro di un intellettuale nel Settecento veneziano*, Padova, Antenore, 1989; G. P. Maragoni, *Concordanze gozziane*, in «Strumenti critici», 1990, 1; C. Perrone, *Introduzione* e *Nota al testo* in Carlo Gozzi, *Turandot*, cit.; Id., *In margine a un'edizione della «Turandot» di Carlo Gozzi*, in «Filologia e critica», anno XVI, fasc. I, gennaio-aprile 1991; AA. VV., *«Il re cervo» di Carlo Gozzi*, Genova, Ed. del Teatro di Genova, 1991 (contributi di Beniscelli, Bosisio ed altri); A. Momo, *Maschere e contro-riforma nel teatro di Gozzi*, in *La carriera delle maschere*, Venezia, Marsilio, 1992; G. Muresu, *«L'Augellino belverde», di Carlo Gozzi*, in AA. VV., *Letteratura italiana*, a cura di A. Asor Rosa, *Le opere*, vol. II, *Dal Cinquecento al Settecento*, Torino, Einaudi, 1993; A. Beniscelli., *Introduzione* a C. Gozzi, *Fiabe teatrali*, Milano, Garzanti, 1994; M. Saulini, *Indagine sulla donna in Goldoni e Gozzi*, Roma, Bulzoni, [1995]; AA. VV., *Carlo Gozzi scrittore di teatro*, a cura di C. Alberti, ivi, 1996 (contiene saggi di Luciani, Beniscelli, Pizzamiglio, Vescovo ed altri).

NOTA AL TESTO

La tradizione moderna delle *Fiabe* – come ha ricostruito recentemente Carlachiara Perrone (cfr. *In margine a un'edizione della «Turandot» di Carlo Gozzi*, cit.) – si fonda sul criterio adottato da Masi nel 1885: anziché la più tarda ma scorretta Zanardi, Masi preferisce la *princeps* del 1772, stampata da Colombani. Un criterio accolto da larga parte degli editori successivi, che si rifanno al testo Masi, o direttamente alla Colombani. A conforto dell'impostazione tradizionale, la Perrone ha dimostrato che, mentre la Colombani implica una revisione di cui è responsabile lo scrittore medesimo (le *errata corrige* in coda ai singoli tomi ne sono la riprova), la Zanardi risulterebbe priva di interventi autoriali e per di più neanche seguita da Gozzi nel tragitto di stampa. Non tutti gli editori recenti si sono però mostrati del medesimo avviso. Sia negli interventi critici (cfr. *Gli autografi di «Re cervo». Una fiaba teatrale di Carlo Gozzi dal palcoscenico alla stampa con le varianti dedotte dagli autografi marciani*, cit.) che poi nella sua edizione parziale (*Fiabe teatrali*, cit.), Paolo Bosisio privilegia la stampa Zanardi, ritenendola depositaria della volontà ultima dell'autore. A questa tesi aderisce anche Alberto Beniscelli nella scelta garzantiana delle *Fiabe teatrali*, cit., benché, con molto equilibrio, tenda a ridimensionare il carattere rigidamente alternativo dell'opzione tra Zanardi o Colombani («il testo Zanardi» è «differente in realtà dalla *Princeps* solo per alcuni dettagli grafici», *Nota al testo*, p. xxxv). Nella presente edizione ci si è risolti – come Masi e la Perrone – per il ricorso alla Colombani. Le *variae lectiones* non sono davvero sostanziali, come il lettore potrà controllare agevolmente, confrontando il testo che qui si offre con quello di Bosisio e di Beniscelli, ma alcune evidenze – accanto a quelle segnalate dalla Perrone – confermano che la Zanardi è la copia descritta della Colombani. Lo si può dimostrare proprio nei punti in cui la stampa del '72 non brilla per scrupolosa correttezza. Nella *Donna serpente* II, V la Zanardi (con la Colombani) legge «PANTALONE Per amor tuo nasce ciò, che vedrai! Fermeve, fermeve, fermeve, cagadonai». Il dislivello stilistico rende palese che si tratta di due battute fuse in una (se non è presente una lacuna maggiore). L'endecasillabo «Per amor tuo nasce ciò, che vedrai!» spetta di diritto a Cherestanì: Pantalone si esprime solo in dialetto e il «minaccioso» avvertimento è incongruo sulla sua bocca, mentre collima con il registro della Fata. L'errore della Colombani transita meccanicamente nella Zanardi, che non mostra interventi correttori sorvegliati dall'autore.

Tutto ciò implica però un'ulteriore evidenza: che la questione del testo delle *Fiabe* non si esaurisce nemmeno con l'assunzione della Colombani.

In uno scenario in cui i nodi testuali restano aperti, o sono provvisoriamente risolti nelle ristampe parziali, anche l'edizione Masi richiede un breve codicillo, restando a tutt'oggi il punto di riferimento. Essa sembra essere il frutto di una collazione eseguita da mani diverse e obbedendo a canoni piuttosto disomogenei: pedissequamente conservatori dell'interpunzione ma aggiornatori dell'ortografia (*L'amore delle tre melarance*), oppure rispettosi delle peculiarità ortografiche e, per converso, non della punteggiatura (*La donna serpente*). Per non poche *Fiabe* dobbiamo affidarci a testi poco sicuri, che non garantiscono la certezza di quello che leggiamo. Un'edizione dell'intero *corpus* delle *Fiabe*, filologicamente approntata, sarebbe perciò ormai indispensabile, ancor più dopo gli utili interventi di Bosisio e Perrone.

Come in tutte le stampe degli ultimi anni (Bosisio, Perrone, Beniscelli), le *Fiabe* sono presentate qui nella loro completezza di testi a stampa, reintegrate delle *Prefazioni* volute da Gozzi e sovente omesse nelle riproposte (Masi le considerava un «gran mare di chiacchiere per lo più inconcludenti» la cui ristampa era «inutile», p. LXXXII).

Per quanto riguarda i criteri editoriali adottati per le tragicommedie riprodotte, si è tenuto conto della *Turandot* della Perrone, pur discostandoci da molte delle soluzioni preferite (anche il suo testo non va esente da sviste). In ogni caso ci si è informati ad un criterio conservativo e si è inteso rispettare il più possibile le peculiarità ortografiche e interpuntive della stampa settecentesca, secondo il canone prevalente da Masi, per la Colombani, a Bosisio e Beniscelli, per la Zanardi (la Perrone invece semplifica radicalmente l'interpunzione), senza procedere che a minime normalizzazioni. Si è riportata ad i la j semiconsonante o segno di contrazione di due i finali. L'uso dell'apostrofo è stato regolarizzato secondo la convenzione moderna (Gozzi segna con apostrofo anche l'elisione di uno e quale). Come in Masi si è invece rispettato l'impiego dell'iniziale maiuscola che ricorre – sebbene con larghe oscillazioni sulla stessa pagina – per alcuni nomi comuni, etnonimi, e nei titoli onorifici; si sono abrogate però le maiuscole che siano solo iniziale di verso. Va da sé che sono stati corretti sviste ed errori evidenti.

ABBREVIAZIONI USATE NEL COMMENTO

Beniscelli: C. Gozzi, *Fiabe teatrali*, introduzione e note di A. Beniscelli, cit.
Boerio: G. Boerio, *Dizionario del dialetto veneziano*, Venezia, Cecchini, 1856²
Bosisio: C. Gozzi, *Fiabe teatrali*, testo, introduzione e commento a cura di Paolo Bosisio, cit.
Perrone: C. Gozzi, *Turandot*, a cura di C. Perrone, cit.
Petronio: C. Gozzi, *Opere. Teatro e polemiche teatrali*, a cura di G. Petronio, cit.

Altri rinvii impiegati in nota non abbisognano di più dettagliate dichiarazioni.

FIABE TEATRALI

L'amore delle tre melarance

Turandot

La donna serpente

L'AMORE DELLE TRE MELARANCE

L'amore delle tre melarance è la *pièce* che il 21 gennaio 1761 inaugura la serie delle *Fiabe*.

Nell'ultimo volume delle *Opere edite ed inedite* Gozzi riassume, senza troppi dettagli, le principali fonti del suo teatro, mescolando retrospettivamente *Fiabe* e teatro spagnolo: «E però lo *Cunto de li Cunti trattenimento per li piccierille*, la *Posilipeata* di Masillo Repone, fiabe napolitane scritte per le balie e per le vecchie, morali custodi de' fanciulletti, *La Biblioteca de' Geni, Le Novelle Arabe, Persiane, Cinesi, Il Gabinetto delle fate*, alcune pietre dell'informe e irregolarissimo teatro spagnolo, per rialzare sopra quelle co' miei materiali de' nuovi edifizi, furono le mansuete fonti de' miei scelti argomenti e le basi sopra le quali presi a comporre i scenici generi miei, a' quali certamente nessuno potrà negare l'originalità e il romoroso buon effetto» (*La più lunga lettera di risposta*, pp. 24-25). È esplicito l'appello ad una letteratura diffusa e alla moda, che deborda dalla tradizione più culta, per approdare a forme popolari o pseudopopolareggianti. Sull'origine della prima *Fiaba* non siamo più dettagliatamente informati.

Era stato più preciso Gasparo recensendo tempestivamente la prima rappresentazione della *pièce* sulla «Gazzetta veneta» (27 gennaio 1761): «L'argomento d'essa è tratto dallo *Cunto delli cunti*, capriccioso e raro scritto in lingua napoletana». Gasparo pensa a *Le tre cetra* (*I tre cedri*) del *Pentamerone* di Basile (trattenimento IX della giornata V) ed è stata questa l'opinione comune degli editori, dal Masi [1] in poi. In realtà ulteriori indagini [2] hanno dimostrato

---

[1] Masi è però alquanto prudente nella specificazione della fonte letteraria, cita Basile per *L'amore* come per *Il corvo*, ma soggiunge: «più la seconda che l'altra» (*Carlo Gozzi e le sue fiabe teatrali*, introduzione a C. Gozzi, *Fiabe*, cit.; poi in *Sulla storia del teatro italiano nel secolo XVIII. Studi*, Firenze, Sansoni, 1891, p. 92). Del resto anche poche pagine prima, dove pure si era sbilanciato («Li *Tre Cetra* del *Cunto delli cunti*, di Giambattista Basile, fonte immediata della *Fiaba* teatrale di Gozzi»), subito Masi aveva corretto in nota: «Il Gozzi però, come fa sempre, non prende dai avvenimenti di una sola *Fola*, ma ricompone insieme gli avvenimenti di parecchie (pp. 80-81, *passim*).

[2] A. Fabrizi, *Carlo Gozzi e la tradizione popolare: a proposito dell'«Amore delle tre melarance»*, in «Italianistica», VII (1978).

che Carlo non attinge ad una fonte letteraria, ma direttamente dal folklore del centro-nord, dove il racconto ha una sua autonoma trasmissione orale. Ciò che confermerebbe la genericità della *Prefazione* e delle *Memorie*, dove l'*Amore delle tre melarance* è definito un «racconto delle nonne a' loro nipoti, ridotta a scenica rappresentazione» (I, p. 225). L'attingere all'oralità fa dell'*Amore* un copione relativamente anomalo rispetto ai successivi, per la scarsa presenza della componente tragica, a cui le altre *Fiabe* rinviano con ossessiva puntualità.

Su questa base elementare si innestano come protagonisti le maschere della Commedia dell'arte: le quattro che troveremo in ogni tragicommedia gozziana (Pantalone, Tartaglia, Truffaldino e Brighella), più altre che pertengono egualmente al repertorio dell'improvvisa (Leandro, Clarice, la coppia degli innamorati, e Smeraldina, la servetta) o che sono inventate per l'occasione (il re di Coppe e la regina dei Tarocchi). Uniche eccezioni la principessa Ninetta, Celio mago e la fata Morgana, desunte dal tessuto più propriamente favolistico.

La provocazione risulta in questo modo duplice: la scelta del soggetto punta senza residui sull'inverosimiglianza (di contro al realismo predominante), mentre quella delle maschere e della recitazione all'improvviso si oppone al modello, comune sia a Goldoni che a Chiari, della commedia in versi martelliani e riporta la tecnica teatrale al punto da cui Goldoni aveva mosso nel '38 con il *Momolo cortesan*. La situazione non è però così semplice, almeno per il testo che ci è pervenuto e che quindi possiamo giudicare.

Al momento della prima messa in scena l'unica parte effettivamente scritta è il *Prologo alla rappresentazione delle Tre Naranze*, a stampa per l'occasione. Il resto, letto in precedenza agli Accademici granelleschi (*Memorie*, I, p. 226) e affidato per la recita alla compagnia Sacchi, doveva avere l'impianto di uno scenario e non conteneva le parti del dialogo che per accenno (cfr. però su tutta la questione la nostra *Introduzione*). Questo copione è andato perduto e per la stampa Colombani (la prima attestazione) Gozzi riscrive l'*Amore* sotto la forma di un'«analisi riflessiva», in cui il testo drammatico si accompagna ai commenti retrospettivi dell'autore. Commenti che illustrano il significato da attribuire alla vicenda rappresentata, alle allegorie dissimulate in alcuni personaggi (Celio/Goldoni e Morgana/Chiari) e agli effetti della messinscena riscontrati sul pubblico. Tutto ciò fa dell'*Amore delle tre melarance* un testo formalmente molto diverso dalle successive *Fiabe* (in cui, ad esempio, le parti scritte prevalgono di gran lunga su quelle lasciate ad una moderata improvvisazione) e da ogni altra opera teatrale di Gozzi, ma soprattutto lascia intravedere non pochi interessanti problemi.

Fin dalla sua comparsa, dell'*Amore delle tre melarance* si tenta una decifrazione allegorica, in termini di riflessione metateatrale, nella quale Tartaglia è il pubblico veneziano «che sta morendo per indigestione di versi martelliani» e Truffaldino incarna la Commedia dell'Arte: così scrive Masi (p. 75), contraendo debito con la complessa decrittazione compiuta da Gasparo.[3] Va da sé perciò che la polemica contro il teatro di Goldoni e Chiari ne sia un fattore costitutivo (e non solo l'occasione scatenante), ma insita nei modi della rappresentazione, nell'allusività farsesca delle maschere, piuttosto che come elemento imprescindibile dell'intreccio. Anzi è proprio l'elementarità della vicenda su cui si innesta lo spettacolo a garantirne una sopravvivenza del tutto «disimpegnata». Sono le parole della *Prefazione* a testimoniarlo: «Si è negli anni susseguenti alla sua prima comparsa sempre replicata, ma spogliata delle caricate censure a' due accennati Poeti, perch'era mancata la circostanza, e il proposi-

---

[3] La recensione di Gasparo sulla «Gazzetta veneta» è esemplare per una sottigliezza che oltrepassa le allusioni contenute nella *pièce*: «Il secondo passo allegorico è il castello della Maga Creonta che tiene custodite le tre melarance. Questa è l'ignoranza grossa dei primi popoli, che teneva incarcerati e rinchiusi i tre generi di componimenti da teatro, tragedia, commedia di carattere, e commedia piacevole improvvisa. Il diletto e l'ingegno sono figurati ne' due personaggi che trafugano le tre melarance. Le due donzelle uscite dalle due tagliate da Truffaldino e morte di sete dinanzi a lui, significano la tragedia e la commedia di carattere, le quali in que' teatri, dove recita un buon Truffaldino, non possono avere nutrimenti, né vita. La terza giovine uscita dalla melarancia tagliata dal Tartaglia e da lui tenuta in vita con l'acqua datale in una delle scarpe di ferro, denota la commedia improvvisa, sostenuta in vita dal socco de' recitanti piacevoli, il qual socco sa ognuno ch'era la scarpa degli antichi rappresentatori di commedie» (citato da Masi in *Carlo Gozzi e le sue fiabe teatrali*, cit., p. 79). Anche Masi è costretto a rilevare che un simile commento «allarga e sorpassa di molto le intenzioni dell'autore della *Fiaba*» (p. 80).

to». Il dato importante, e che la dice lunga sulle ragioni effettive della risposta del pubblico, è che la tragicommedia può vivere benissimo senza riferimenti a Goldoni e a Chiari, i quali avranno (nell'economia dell'opera) la stessa funzione attualizzante di Cappello e Cigolotti nell'*Augellino Belverde*, soggetti ad una rapida consumazione e ad un non meno frequente aggiornamento. E tuttavia all'atto della riscrittura per l'edizione Colombani Gozzi intende riproporre la situazione della «prima». L'obiettivo, in apparenza filologico, sortisce però l'effetto non tanto di storicizzare il testo nella sua veste iniziale, quanto di ricondurlo sul piano programmatico che è delle *Prefazioni*, del *Ragionamento ingenuo* e della successiva *Appendice*, vale a dire renderlo funzionale alla rilettura polemica delle *Fiabe* operata nell'edizione Colombani. Donde gli evidenti anacronismi dei riferimenti che costellano l'*Amore delle tre melarance* e che sono segnalati nel commento.

Gozzi non ripropone dunque (con varianti ragionevoli, come accade per altre tragicommedie) il copione quale si era concretamente assestato sulla scena nel corso degli anni, naturalmente depurato dall'ingorgo polemico, ma quello che l'*Amore delle tre melarance* avrebbe dovuto essere, ovvero una sorta di archetipo, in cui la concretezza materiale del successo (di cui l'autore si mostra sorpreso) testimonia la bontà della battaglia intrapresa e si giustifica in essa.

Analisi riflessiva della fiaba

L'AMORE DELLE TRE MELARANCE

*Rappresentazione divisa
in tre Atti*

Io me n'andrò colla barchetta mia,
quanto l'acqua comporta un picciol legno;
e ciò, ch'io penso colla fantasia,
di piacere ad ognuno è il mio disegno:
convien, che varie cose al mondo sia,
come son vari volti, e vario ingegno;
e piace all'uno il bianco, all'altro il perso,
o diverse materie in prosa, e in verso.

Ben so, che spesso, come già Morgante,
lasciato ho forse troppo andar la mazza,
ma, dove sia poi giudice bastante,
materia c'è da camera, e da piazza;
ed avvien, che chi usa con gigante
convien, che se ne appicchi qualche sprazza,
sicch'io ho fatto con altro battaglio
a mosca cieca, o talvolta a sonaglio.

PULCI, *Morgante,* Canto 27.[*]

---

[*] In realtà si tratta del canto XXVIII (ottave 140 e 142).

PREFAZIONE

L'*Amore delle tre melarance*, Favola fanciullesca, da me resa scenica, e colla quale cominciai a dare assistenza alla Comica Truppa Sacchi, non fu, che una caricata parodia buffonesca sull'opere de' Signori Chiari, e Goldoni, che correvano in quel tempo, ch'ella comparve.

Altro non cercai con questa, sennonché di scoprire, se il genio del Pubblico potesse essere suscettibile d'un tal genere favoloso puerilmente in sul Teatro.

Si vedrà dall'analisi riflessiva, e puntuale, che la rappresentazione fu tanto ardita, ch'ella si accostava alla temerità. Il vero non si deve tacere.

Non si vide mai una rappresentazion teatrale ignuda affatto di parti serie, e interamente caricata di buffonesco in tutti i personaggi, come questo scenico abbozzo.

Ella fu posta in iscena ai 25 di gennaio, l'anno 1761,[1] dalla Truppa Sacchi nel Teatro di S. Samuele in Venezia, con quel prologo, che si vedrà in fronte all'analisi.

I due partiti collerici de' due Poeti fecero ogni sforzo per procurare la sua caduta. Il cortese Pubblico la sostenne sul Teatro per sette repliche in quel Carnovale, ch'era per terminare.

Si è negli anni susseguenti alla sua prima comparsa sempre replicata, ma spogliata delle caricate censure a' due accennati Poeti, perch'era mancata la circostanza, e il proposito.

Dall'analisi si rileverà ciò, ch'ell'era nel suo nascere.

---

[1] «Da correggersi in 21 gennaio 1761» (Beniscelli).

PROLOGO

Un Ragazzo nunzio all'uditorio

I vostri servitor Comici vecchi [1]
sono confusi, e pieni di vergogna,
e stan qui dentro,[2] ed han bassi gli orecchi,
e i visi mesti più, che non bisogna,
perch'hanno udito molti a dir: siam secchi;[3]
costor pascon l'Udienza di menzogna
con le Commedie, che puzzan di muffa:
questo è uno sgarbo, una burla, una truffa.

Io vi giuro per tutti gli Elementi,
che per riacquistare il vostro amore,
si lascierebbon cavar gl'occhi, e i denti,
e m'han spedito a dirvelo di core:
ma state chete, care buone genti,
per un momento lasciate il furore,
tanto ch'io dica due parole; e poi
fate di me ciò, che volete voi.

Più non sappiamo omai, come si possa
il Pubblico appagare in sulle scene.
Un anno par, che lode abbia riscossa
ciò, che nell'altro poi non va più bene.
La ruota del buon gusto è cosa mossa
da una cert'aura, che intesa non viene;
solo sappiam, che, dov'è maggior folla,
si beve meglio, e il ventre si satolla.

Oggi per tanti intrecci, e tante cose,
e per tanti caratteri, e successi,[4]
devono le Commedie esser succose,
e d'accidenti inaspettati, e spessi,
che noi siam con le menti paurose,

---

[1] *Comici vecchi*: i comici dell'arte.
[2] *qui dentro*: dietro le quinte.
[3] *secchi*: stufi.
[4] *successi*: avvenimenti.

e ci guardiam l'un l'altro, e stiam perplessi:
ma, perch'è pur necessità il mangiare,
vi torniam colle vecchie [5] a tormentare.

Non so, Uditor, chi la cagione sia,
che l'appagarvi a noi renda impossibile,
a noi, che pur con tanta cortesia
fummo trattati un dì, sembra incredibile.
Che sia di ciò cagion la Poesia?
Basta, nel mondo tutto è corruttibile,
e d'ogni cosa abbiamo pazienza;
ma l'odio vostro è troppa penitenza.

Tutto vogliamo far dal canto nostro;
anche Poeti diventar possiamo,
per acquistar di nuovo l'amor vostro;
e già Poeti divenuti siamo.
Baratterem le brache in tanto inchiostro,
per tanta carta il mantel dar vogliamo,
e se talento non abbiamo in dono,
basta, che piaccia a voi, perché sia buono.

Vogliamo in scena por Commedie nuove,
cose grandi, e non mai rappresentate.
Non mi chiedete quando, come, o dove
abbiam le cose nuove ritrovate;
che dopo un seren lungo, quando piove,
novella pioggia a quella pur chiamate;
ma bench'ella vi sembri pioggia nuova,
fu sempre piova l'acqua, e l'acqua piova.

Non van tutte le cose all'infinito.
Quello, ch'è capo un dì, ritorna coda.
Qualche antico ritratto avrà un vestito,
ch'oggi vediam ritornato alla moda.
L'amor, l'opinione, e l'appetito
fanno per bello, e buon tutto si goda,
e noi possiam giurar, che poco, o assai
queste Commedie non vedeste mai.

Degli argomenti abbiamo per le mani,

---

[5] *vecchie*: le vecchie commedie dell'arte.

da far i vecchi diventar bambini.
I pazienti Genitori umani
condurran certo i loro fantolini.
Non verranno i talenti sovrumani,
e pazienza avrem, ché già i quattrini
non odoriam per sentir, se han fragranza
o sappian di dottrina, o d'ignoranza.
 D'inaspettati casi vederete
in questa sera un'abbondanza grande,
maraviglie, che udite aver potete,
ma non vedute dalle nostre bande.[6]
E bestie, e porte, ed uccelli udirete
parlare in versi, e meritar ghirlande,
e forse i versi saran Martelliani,[7]
acciò battiate volentier le mani.
 I vostri servi[8] stan per uscir fuore,
e vorrei dirvi prima l'argomento;
ma mi vergogno, e tremo, ed ho timore
con urla, e fischi mi cacciate drento.
Delle *tre Melarance* egli è *l'amore.*
Che sarà mai? l'ho detto, e non mi pento.
Fate conto, mie vite, mie colonne,
d'essere al foco colle vostre Nonne.

È troppo chiara la satiretta di questo Prologo contro a' Poeti, che opprimevano la Truppa Comica all'improvviso del Sacchi, ch'io scelsi a sostenere, e troppo chiara è la proposizione[9] d'introdur sulla scena la serie delle mie Favole d'argomento puerile, per dispensarmi dal far de' riflessi[10] partitamente sui vari sensi sparsi nel Prologo medesimo.

---

[6] *dalle nostre bande*: dalle nostre parti.
[7] *i versi saran Martelliani*: dal nome del tragediografo Pier Iacopo Martello (1665-1727) che li ripropone nella versificazione italiana. Sono costituiti da una coppia di settenari generalmente separati da cesura e si organizzano in distici a rima baciata. Il modello è l'alessandrino francese, canonico nel teatro classico seicentesco. Per i riferimenti a Goldoni e Chiari cfr. anche la nota 8 a p. 66.
[8] *I vostri servi*: sono gli attori.
[9] *proposizione*: intenzione.
[10] *riflessi*: riflessioni.

Nella scelta di questo primo argomento, ch'è tratto dalla più vile tra le fole, che si narrano a' ragazzi, e nella bassezza de' dialoghi, e della condotta, e de' caratteri, palesemente con artifizio avviliti, pretesi di porre scherzevolmente in ridicolo *Il Campiello, Le Massere, Le Baruffe Chiozzotte,* e molte altre plebee, e trivialissime opere del Signor Goldoni.[11]

---

[11] *Il Campiello... Goldoni*: *Le massere* (1755) è la prima commedia goldoniana d'ambiente popolare; allo stesso filone, delle cosiddette *tabernarie*, appartengono *Il Campiello* (1756) e *Le baruffe chiozzotte* (1762, dunque posteriore all'*Amore*). Nel riscrivere il canovaccio per la Colombani Gozzi riassume il suo giudizio complessivamente negativo sul teatro di Goldoni, sfidando anche palesi anacronismi.

ATTO PRIMO

Silvio, Re di Coppe, Monarca d'un Regno immaginario, i di cui vestiti imitavano appunto quelli dei Re delle carte da giuoco, lagnavasi con Pantalone della disgrazia dell'unico suo figliuolo Tartaglia, Principe ereditario, caduto da dieci anni in una malattia incurabile. I medici l'avevano giudicata un insuperabile effetto ipocondriaco,[1] e l'avevano già abbandonato. Piangeva forte. Pantalone, facendo una satira a' Medici, suggeriva segreti mirabili di alcuni Ciarlatani, ch'esistevano in quel tempo. Il Re protestava, che tutto inutilmente si era provato. Pantalone fantasticando sull'origine della malattia chiedeva al Re in segreto, per non essere udito dalle guardie, che circondavano il Monarca, se la Maestà sua avesse acquistato nella sua giovinezza qualche male,[2] che comunicato al sangue del Principe ereditario lo riducesse a quella miseria, e se il mercurio potesse giovare. Il Re con tutta la serietà protestava d'essere stato sempre tutto Regina.[3] Pantalone aggiungeva, che forse il Principe occultava per rossore qualche infermità contagiosa guadagnata. Il Re serio lo assicurava con maestà, che per i suoi paterni esami doveva assicurarsi, ch'ella non era così: Che l'infermità del figliuolo non era, che un mortale effetto ipocondriaco: Che i Medici avevano pronosticato, che, s'egli non ridesse, sarebbe in breve sotterra: Che il solo ridere poteva esser in lui un segno evidente di guarigione. Cosa impossibile. Aggiungeva, che il vedersi già decrepito, coll'unico figliuolo moribondo, e con la Nipote Principessa Clarice, necessaria erede del suo Regno, giovane bizzarra, strana, crudele, lo affliggeva. Compiangeva i sudditi, piangeva dirottamente, dimenticando tutta la maestà. Pantalone lo consolava; rifletteva, che, s'era dipendente la guarigione del Principe Tartaglia dal suo ridere, non si dovea tener la Corte in mestizia. Si bandissero feste, giuochi, maschere, e spettacoli. Si lasciasse libertà a Truffaldino, persona benemerita nel far ridere, e ricetta vera contro gli effetti ipocondriaci, di trattare col Principe. Aveva scoperto nel

---

[1] *un insuperabile... ipocondriaco*: una forma inguaribile di ipocondria.
[2] *qualche male*: esplicita allusione alla sifilide.
[3] *d'essere... tutto Regina*: di essere sempre stato fedele alla regina.

Principe qualche inclinazione alla confidenza di Truffaldino. Avrebbe potuto succedere, che il Principe ridesse, e guarisse. Il Re si persuadeva, disponeva di dar gli ordini opportuni. Usciva.

Leandro, Cavallo di Coppe, primo Ministro. Questo personaggio era pur vestito, com'è la figura sua nelle carte da giuoco. Pantalone accennava a parte il suo sospetto di tradimento sopra Leandro. Il Re ordinava a Leandro feste, giuochi, e baccanali. Diceva, che qualunque persona giugnesse a far ridere il Principe, avrebbe un gran premio. Leandro dissuadeva il Re da tale risoluzione, giudicando tutto di maggior danno all'infermo. Pantalone insisteva nel suo consiglio. Il Re riconfermava gli ordini, e partiva. Pantalone esultava. Diceva a parte di scoprire in Leandro del desiderio per la morte del Principe. Seguiva il Re. Leandro rimaneva ottuso;[4] esprimeva di vedere alcune opposizioni alla sua brama, ma che non conosceva l'origine. Usciva.

La Principessa Clarice, Nipote del Re. Non s'è mai veduta sulla scena una Principessa di carattere strano, bizzarro, e risoluto, come Clarice. Ringrazio il Signor Chiari, che m'ha dati vari specchi nelle sue Opere per far una parodia caricata di caratteri. Costei in accordo con Leandro di sposarlo, ed elevarlo al Trono, se restava erede del Regno colla morte di Tartaglia, suo cugino, sgridava Leandro per la flemma, che doveva avere attendendo, che morisse il cugino per una malattia così lenta, com'è quella dell'ipocondria. Leandro si giustificava colla cautela, dicendo, che la Fata Morgana,[5] sua protettrice, gli aveva dati alcuni brevi[6] in versi martelliani da far prendere in parecchie panatelle[7] a Tartaglia, che dovevano farlo morire lentamente per gli effetti ipo-

---

[4] *ottuso*: stupito, attonito.

[5] *la Fata Morgana*: vuol essere la caricatura parodica dell'abate Chiari, come si apprende nel seguito. L'origine del personaggio è nell'*Orlando innamorato*, I, XXV, 5, ma, come osserva Beniscelli, «la dispensatrice d'oro del Boiardo diviene, nel rovesciamento allegorico-parodico, l'avida giocatrice». Anche la successiva ambientazione della residenza della fata su di «un lago» deriva da Boiardo (II, VII, 42, sgg.).

[6] *brevi*: un breve era una striscioletta di carta che riportava una concisa scrittura; qui la natura della scritta (in martelliani) è un incantesimo maligno. Le ovvie implicazioni allegoriche sono immediatamente svelate da Gozzi.

[7] *panatelle*: «panadela», in veneziano. È una sorta di pappa fatta con il pane grattugiato.

condriaci. Ciò si diceva per censurare le Opere del Signor Chiari, e del Signor Goldoni, che stancavano scritte in versi martelliani colla monotonia della rima.[8] La Fata Morgana era nimica del Re di Coppe per aver perduti molti de' suoi tesori sul ritratto di quel Re.[9] Era amica del Cavallo di Coppe per aver fatto qualche ricupera [10] sulla sua figura. Abitava in un lago, vicino alla Città. Smeraldina mora, ch'era la servetta in questa scenica parodia caricata, era il mezzo tra Leandro, e Morgana. Clarice andava in furore sentendo il modo tardo, che s'usava nella morte di Tartaglia. Leandro aggiungeva dubbi sull'inutilità de' brevi in versi martelliani. Vedeva introdotto in Corte, spedito, non sapeva da chi, un certo Truffaldino, persona faceta; se Tartaglia rideva, guariva dal male. Clarice smaniava; aveva veduto quel Truffaldino, non era possibile il trattenere le risa al solo vederlo. Che i brevi in versi martelliani di caratteri grossi sarebbero inutili. Da tali discorsi rileverà il lettore la difesa delle Commedie improvvise colle maschere contro gli effetti ipocondriaci, in confronto delle scritte in versi da' Poeti d'allora malinconiche.[11] Leandro aveva spedito Brighella, suo messo, a Smeraldina mora per saper ciò, che volesse inferire l'arcano della comparsa di quel Truffaldino, e a chieder soccorsi. Usciva.

---

[8] *censurare... monotonia della rima*: è Goldoni con *Il Molière*, nel 1751, a sperimentare la commedia in versi. La soluzione ottiene uno straordinario favore di pubblico, che spinge anche Chiari (autore di tragedie in martelliani) ad entrare in lizza scrivendo *Molière marito geloso*. È solo l'avvio di una lunga competizione che insiste proprio sul terreno del verso martelliano. Solo Goldoni in seguito farà ammenda: «Osserverà il Leggitor finalmente, che questa è una di quelle Commedie ch'io aveva scritte in versi, per secondare il fanatismo che allora correva in favore de' *Martelliani*. Ho promesso ridurre in prosa tutte quelle ch'io credo dover meglio riuscire nel famigliare discorso, e che non hanno bisogno dell'incantesimo del metro, e della rima» (*L'autore a chi legge*, premesso all'edizione Pasquali, 1774, de *L'impresario delle Smirne*).

[9] *perduti... sul ritratto di quel Re*: l'allusione potrebbe essere alla *meneghella*, un gioco di carte popolare nella Venezia del Settecento. Il re era una delle carte più alte, come spiega Goldoni nella *Prefazione* a *Una delle ultime sere di carnovale*. Altri giochi d'azzardo sono ricordati in *L'Augellino belverde*: «aveva spesso giuocato alla bassetta e alla zecchinetta» (II, 3).

[10] *ricupera*: vincita che pareggia le perdite.

[11] *in confronto... malinconiche*: il riferimento è alle commedie lagrimose (*comédies larmoyantes*) o borghesi che erano venute di moda dalla Francia.

Brighella, riferiva con segretezza, che Truffaldino era spedito alla Corte da certo Celio Mago,[12] nimico di Morgana, e amante del Re di Coppe, per ragioni simili alle accennate di sopra. Che Truffaldino era una ricetta contro gli effetti ipocondriaci cagionati dai brevi in versi martelliani, giunto alla Corte per preservare il Re, il figliuolo, e tutti que' popoli dal morbo contagioso degli accennati brevi.

Si noti, che nella nimicizia della Fata Morgana, e di Celio Mago erano figurate arditamente, e allegoricamente le battaglie Teatrali, che correvano allora tra i Signori due Poeti Goldoni, e Chiari, e che nelle due persone pure della Fata, e del Mago, erano figurati in caricatura i due Poeti medesimi. La Fata Morgana era in caricatura il Chiari; Celio in caricatura il Signor Goldoni.

La notizia recata da Brighella dell'arcano sul Truffaldino, metteva della gran confusione in Clarice, e in Leandro. Si consigliavano vari modi di morte occulta, per far perir Truffaldino. Clarice suggeriva arsenico, o archibugiate. Leandro brevi in versi martelliani nella panatella, o vero oppio. Clarice, che martelliani, e oppio erano due cose simili; che Truffaldino gli sembrava d'uno stomaco assai forte, per digerire tali ingredienti. Brighella aggiungeva, che Morgana, sapendo gli spettacoli ordinati per divertire il Principe, e per farlo ridere, aveva promesso di comparire, e di opporre alle sue risa salubri una maladizione, che l'avrebbe mandato alla morte. Clarice entrava per dar luogo all'apparecchio degli spettacoli ordinati. Leandro, e Brighella entravano per ordinarli.

Aprivasi la scena alla camera del Principe ipocondriaco. Questo faceto [13] Principe Tartaglia era in un vestiario il più comico da malato. Sedeva sopra una gran sedia da poltrire.[14] Aveva a canto un tavolino, a cui s'appoggiava, carico di ampolle, di unguenti, di tazze da sputare, e d'altri arredi convenienti al suo sta-

---

[12] *Celio Mago*: come veniamo a sapere poco oltre, è la caricatura di Goldoni. Di Goldoni, del resto, Celio era anche un personaggio. L'allusione probabilmente qui è al *Vecchio bizzarro* (1754), dove «Celio è il comprimario "ipocondriaco" nel quale l'autore, come già nel *Molière*, si era raffigurato» (Beniscelli).

[13] *faceto*: comico, divertente.

[14] *sedia da poltrire*: poltrona.

to. Si lagnava con voce debile del suo infelice caso. Narrava le medicature sofferte inutilmente. Dichiarava gli strani effetti della sua malattia incurabile, e siccom'egli aveva il solo argomento della scena,[15] questo valente personaggio non poteva vestirlo con maggior fertilità. Il suo discorso buffonesco, e naturale cagionava un continuo scoppio di risa universali nell'Uditorio. Usciva quindi il facetissimo Truffaldino per far ridere l'infermo. La scena all'improvviso,[16] che facevano questi due eccellenti comici sull'argomento, non poteva riuscire, che allegrissima. Il Principe guardava di buon occhio Truffaldino; ma per quante prove facesse non poteva ridere. Voleva discorrere del suo male, voleva opinione da Truffaldino. Truffaldino faceva dissertazioni fisiche satiriche, e imbrogliate, le più graziose, che s'udissero. Truffaldino fiutava il fiato al Principe, sentiva odore di ripienezza[17] di versi martelliani indigesti. Il Principe tossiva, voleva sputare. Truffaldino porgeva la tazza; raccolto lo sputo, lo esaminava; trovava delle rime fracide, e puzzolenti. Tal scena durava un terzo d'ora con le risa continuate degli ascoltatori. Udivansi degli strumenti, che davano segno degli spettacoli allegri, i quali si facevano nel gran cortile della Reggia. Truffaldino voleva condur il Principe sopra un verone a vederli. Il Principe protestava, che ciò era impossibile. Facevano un contrasto ridicolo. Truffaldino collerico gettava per una finestra ampolle, tazze, e tutto ciò, che serviva alla malattia di Tartaglia, che strillava, e piangeva, come un rimbambito. Finalmente Truffaldino portava a forza sulle spalle a goder gli spettacoli quel Principe, che urlava, come se gli si staccassero le viscere.

Aprivasi la scena al gran cortile della Reggia. Leandro accennava di aver eseguiti gli ordini per gli spettacoli; che il popolo mesto, bramoso di ridere, si era tutto mascherato; che sarebbe venuto in quel cortile alle feste; ch'egli aveva avuta la precau-

---

[15] *siccom'egli.... della scena*: vuol dire che il personaggio aveva a sua disposizione solo l'esile trama del canovaccio e che dunque l'intera scena era affidata alla sua capacità d'improvvisazione.

[16] *La scena all'improvviso*: «all'improvviso» è termine tecnico della commedia dell'arte per indicare l'improvvisazione immediata del dialogo scenico.

[17] *ripienezza*: pesantezza di stomaco, indigestione.

zione di far mascherare molte persone in modo lugubre per accrescere la malinconia nel Principe spettatore; ch'era tempo di far aprire il cortile per dar adito al popolo di entrare. Usciva Morgana, trasformata in vecchiarella con caricatura.[18] Leandro si maravigliava, che a porte chiuse foss'entrato quell'oggetto. Morgana si palesava,[19] e diceva esser ivi giunta in quella figura per isterminare il Principe, come vedrà; che dovesse incominciar le feste. Leandro la ringraziava, la chiamava Regina dell'ipocondria. Morgana si ritirava. Si spalancavano le porte del cortile.

Comparivano sopra un verone di facciata il Re, il Principe ipocondriaco, impellicciato, Clarice, Pantalone, le Guardie, indi Leandro. Gli spettacoli, e le feste non erano, che que' medesimi, che si narrano a' ragazzi raccontando loro la fola delle tre melarance. Entrava il popolo. Si faceva una giostra a cavallo; caposquadra Truffaldino, che ordinava de' faceti movimenti a' Cavalieri giostranti. Ad ogni movimento si volgeva al verone, chiedendo alla Maestà sua, se il Principe rideva. Il Principe piangeva, lagnandosi, che l'aria lo molestava, che il romore gl'intronava la testa; pregava la Maestà paterna a farlo porre a letto ben caldo.

A due fontane, l'una, che zampillava olio, l'altra vino, concorreva il popolo a provedersi: si facevano de' contrasti trivialissimi, e plebei. Nulla faceva ridere il Principe.

Usciva Morgana da vecchiarella con un vase per provvedersi dell'olio alla fontana. Truffaldino faceva vari insulti a quella vecchiarella; ella cadeva a gambe alzate. Tutte queste trivialità, che rappresentavano la favola triviale, divertivano l'Uditorio colla loro novità, quanto le *Massere*, i *Campielli*, le *Baruffe Chiozzotte,* e tutte l'opere triviali del Signor Goldoni.

Allo scorcio del cadere della vecchiarella il Principe dava in uno scoppio di risa sonore, e lunghe. Guariva da tutti i suoi mali ad un tratto. Truffaldino vinceva il premio, e al ridere di quel faceto Principe l'Uditorio sollevato dall'oppressione, cagionata in lui dalle infermità di quell'infelice, rideva sgangheratamente.

---

[18] *vecchiarella con caricatura*: era cioè l'esagerata caricatura di una vecchia.

[19] *si palesava*: rivelava chi veramente fosse.

Tutta la Corte era allegra del caso. Leandro, e Clarice erano mesti.

Morgana, levandosi da terra rabbiosa, rimproverava enfatica il Principe e gli scagliava la seguente terribile maladizione ammaliata chiaresca.[20]

Apri l'orecchio, o barbaro; passi la voce al core;
né muro, o monte fermino il suon del mio furore.
  Come spezzante fulmine si ficca nel terreno,
così questi miei detti ti si ficchino in seno.
  Come burchio al remurchio tirato è dal cordone,[21]
te conduca pel naso questa mia imprecazione.
  Imprecazione orribile! solo in udirla mori,
come nel mar quadrupede, pesce in sui prati, e i fiori.
  L'atro Plutone io supplico, e Pindaro volante,
delle tre Melarance che tu divenga amante.
  Minacce, prieghi, e lagrime sien vane larve, e ciance.
Corri all'orrendo acquisto delle tre Melarance.

Morgana spariva. Il Principe entrava in un robusto entusiasmo per l'amore delle tre Melarance. Veniva condotto via con grandissima confusione della Corte.

Quali inezie! Qual mortificazione per i due Poeti! Il primo atto della Favola terminava a questo passo con una universal picchiata di mani.

---

[20] *chiaresca*: «scritto nello stile del Chiari, e in martelliani» (Petronio).
[21] *Come burchio... cordone*: Come una barca è tirata al rimorchio da una cima. Rispetto ai versi iniziali è evidente nella rima interna, chioccia, la parodia bernesca dello stile tragico.

ATTO SECONDO

In una stanza del Principe Pantalone disperato, e fuori di sé narrava lo stato furioso del Principe per l'imprecazione avuta. Non era possibile il placarlo. Voleva dal padre un paio di scarpe di ferro per poter tanto camminare per il mondo,[1] che ritrovasse le fatali Melarance, cagione del suo amore. Pantalone aveva ordine di chiedere al Re coteste scarpe, sotto pena della disgrazia del Principe. Il caso era gravissimo. L'argomento era opportuno per un Teatro. Satireggiava scherzando sugli argomenti, che correvano allora.[2] Entrava per correre al Re. Uscivano

Il Principe invasato, e Truffaldino. Il Principe era impaziente per la tardanza delle scarpe di ferro. Truffaldino faceva delle ridicole richieste. Tartaglia dichiarava di voler andare all'acquisto delle tre Melarance, le quali, per quanto gli narrava sua Nonna, erano lunge duemila miglia, in potere di Creonta,[3] gigantessa Maga. Chiedeva le sue armature, ordinava a Truffaldino di armarsi, che lo voleva per suo scudiere. Seguiva una scena buffonesca tra questi due personaggi sempre facetissimi. Si armavano con le corazze, e gli elmi, e gran spade lunghe con somma caricatura.

Uscivano il Re, Pantalone, le guardie. Una guardia aveva sopra un bacile un paio di scarpe di ferro.

Questa scena si faceva tra i quattro personaggi con una gravità sul caso, che la faceva doppiamente ridicola. Con una tragica, e drammatica maestà il Padre cercava di dissuadere il figliuolo

---

[1] *scarpe di ferro... mondo*: il riferimento è alla nota filastrocca popolare.

[2] *Satireggiava... allora*: il caso delle scarpe di ferro diventa una parodia feroce, perché può apparire addirittura più serio degli argomenti che correvano nelle rappresentazioni teatrali. D'altra parte, parafrasando il motto di Jean de Santeuil (1630-1697), *castigat ridendo mores*, composto per l'Arlecchino Domenico Biancolelli, Gozzi assegna alla commedia dell'arte un ruolo non di mero intrattenimento.

[3] *Creonta*: il nome e il personaggio della maga, più che dal mitico re Creonte tratteggiato da Eschilo, Sofocle e Euripide come un «tiranno freddo e crudele» (Bosisio), derivano dal *Morgante* di Pulci (Beniscelli). Là Creonta è analogamente custode di un castello incantato a cui arrivano i paladini.

dalla perigliosa impresa. Pregava, minacciava, cadeva nel patetico. Il Principe invasato insisteva. Sarebbe precipitato di nuovo nell'ipocondria, se non era lasciato andare. Si riduceva a brutali minaccie contro al Padre. Il Re stupiva addolorato. Rifletteva, che il poco rispetto del figliuolo nasceva dall'esempio delle nuove Commedie. S'era veduto in una Commedia del Signor Chiari un figliuolo sguainar la spada per ammazzar il proprio Padre.[4] Di esempi consimili abbondavano le Commedie d'allora, censurate da questa inetta favola.

Il Principe non si chetava. Truffaldino gli calzava le scarpe di ferro. Terminava la scena con un quartetto in versi drammatici di piagnistei, di addii, di sospiri. Il Principe, e Truffaldino partivano. Il Re cadeva sopra una sedia in deliquio. Pantalone chiamava aceto in soccorso.

Accorrevano Clarice, Leandro, e Brighella; rimproveravano Pantalone del romore, che faceva. Pantalone, che si trattava d'un Re in deliquio, d'un Principe andato a perire all'acquisto scabroso delle Melarance. Brighella rispondeva, che que' casi erano freddure,[5] come Commedie nuove, che mettevano rivoluzione senza proposito. Il Re rinvenuto faceva una tragica esagerazione. Piangeva, come morto, il figliuolo. Dava ordini, che tutta la Corte si vestisse a lutto, partiva per chiudersi nel suo gabinetto, e per terminare i suoi giorni sotto il peso dell'afflizione. Pantalone, protestando di unire i suoi co' pianti del Re, di mescolare in un solo fazzoletto le reciproche lagrime, di dare a' nuovi Poeti un argomento d'interminabili episodi in versi martelliani, seguiva il Monarca.

Clarice, Leandro, e Brighella allegri lodavano Morgana. La bizzarra Clarice voleva patti di comando nel Regno, prima d'elevar al trono Leandro. In tempo di guerra voleva esser alla testa delle armate. Anche vinta, co' suoi vezzi avrebbe fatto innamorare il Capitano nimico. Innamorato, e fidato[6] da lei con lusinghe; al suo avvicinarsi gli avrebbe piantato un coltello nella pancia. Questa era

---

[4] *in una Commedia... Padre*: l'allusione è a *La madre tradita*, messa in scena nel 1760 (Bosisio), non molto lontana dunque nella memoria dello spettatore.
[5] *freddure*: sciocchezze.
[6] *fidato*: reso fiducioso.

una censura scherzevole all'*Attila*[7] del Signor Chiari. Clarice voleva la facoltà di dispensar le cariche della Corte al caso. Brighella chiedeva per i suoi meriti di aver la carica di sopraintendente a' Regii spettacoli. Seguiva un contrasto in terzo [8] sulla scelta de' divertimenti Teatrali. Clarice voleva Rappresentazioni tragiche, con de' personaggi, che si gettassero dalle finestre, dalle torri, senza rompersi il collo, e simili accidenti mirabili: idest [9] Opere del Signor Chiari. Leandro voleva Commedie di caratteri: idest Opere del Signor Goldoni. Brighella proponeva la Commedia improvvisa colle maschere, opportuna a divertire un popolo con innocenza. Clarice, e Leandro collerici, che non volevano goffe buffonate, fracidumi indecenti in un secolo illuminato;[10] e partivano. Brighella faceva un patetico discorso, commiserando la Truppa Comica del Sacchi senza nominarla, ma facile da intendersi. Compiangeva una Truppa onorata, e benemerita, oppressa, e ridotta a perder l'amore di quel Pubblico da lei adorato, e di cui era stata il divertimento per tanto tempo. Entrava con applauso di quel Pubblico, che aveva ottimamente inteso il vero senso del suo discorso.

Si apriva la scena a un diserto. Si vedeva Celio mago, protettore del Principe Tartaglia, fare de' circoli.[11] Obbligava il Diavolo Farfarello [12] a comparire. Usciva Farfarello, e parlava in versi martelliani con voce terribile per questo modo:

Olà, chi qua mi chiama dal centro orrido, ed atro?
Sei tu Mago da vero, o Mago da Teatro?
Se da Teatro sei, non è mestieri il dirti,
che sono un'anticaglia Diavoli, Maghi, e Spirti.

I due Poeti [13] s'erano espressi, che volevano sopprimere nel-

---

[7] *Attila*: è una tragedia di cui non si hanno altre notizie dirette, sebbene debba aver avuto un certo successo, come attestano le fonti settecentesche.
[8] *in terzo*: a tre voci.
[9] *idest*: cioè.
[10] *fracidumi... illuminato*: polemica frecciata contro il razionalismo settecentesco.

[11] *fare de' circoli*: sono dei cerchi tracciati al suolo, tipici nei racconti di incantesimi o come qui nell'evocazione di demoni.
[12] *Farfarello*: come tutti rilevano, è il diavolo per antonomasia: cfr. *Inferno* XXI, 123 e *Morgante* XXV, 165 sgg.
[13] *I due Poeti*: sono, al solito, Chiari e Goldoni.

le Commedie le Maschere, i Maghi, e i Diavoli. Celio rispondeva in prosa, ch'era Mago da vero. Farfarello soggiugneva:

Or ben, sia chi tu voglia; se da Teatro sei,
in versi martelliani almen parlar mi dei.

Celio minacciava il Diavolo, voleva parlare in prosa a suo senno. Chiedeva, se quel Truffaldino, da lui spedito con arte alla Corte del Re di Coppe, avesse fatto alcun effetto; se Tartaglia fosse stato obbligato a ridere, e fosse guarito dagli effetti ipocondriaci. Il Diavolo rispondeva:

Rise, guarì; ma dopo Morgana, tua nimica,
con un'imprecazione rovesciò la fatica.
Furioso, anelante, infiammato le guance
va in cerca per amore delle tre Melarance;
con Truffaldin sen viene. Morgana un Diavol tetro
ha mandato con quelli, perché soffi lor dietro.
Già mille miglia han fatto, e presto qui saranno
nel castel di Creonta, a morir con affanno.

Il Diavolo spariva. Celio esclamava contro la nimica Morgana. Spiegava il gran periglio di Tartaglia, e di Truffaldino inviati al castello di Creonta, poco lunge da quel luogo, e in cui si custodivano le tre fatali Melarance. Si ritirava per apparecchiar le cose necessarie a salvar due persone meritevoli, e utilissime alla società.

Celio Mago, che rappresentava in questa inezia il Signor Goldoni, non doveva proteggere Tartaglia, e Truffaldino. Ecco un errore ben degno di censura, se meritasse censura una diavoleria, come fu questo scenico abbozzo. I Signori Chiari, e Goldoni erano nimici in quel tempo nell'arte loro poetica. Volli, che Morgana, e Celio mi servissero a por in vista in modo caricato il genio avverso di quei due talenti, né mi curai di raddoppiare personaggi, per salvarmi da una critica in uno smoderato capriccio.[14]

---

[14] *né mi curai... capriccio*: Gozzi non si preoccupa della congruenza dei personaggi in scena (non sono infatti caratteri), e dunque Celio-Goldoni si trova a difendere due maschere, perché l'autore, a suo arbitrio, ha deciso di non introdurre altri interpreti. Il paradosso è intenzionalmente proposto, ma rappresenta uno dei meccanismi più sottilmente operanti nelle *Fiabe*.

Uscivano Tartaglia, e Truffaldino armati, come s'è detto, e uscivano con un corso velocissimo. Avevano un Diavolo con un mantice, che, soffiando lor dietro, li faceva precipitosamente correre. Il Diavolo cessava di soffiare, e spariva. I due viaggiatori cadevano a terra per l'impeto, con cui correvano, alla sospensione del vento.[15]

Ho infinito obbligo al Signor Chiari dell'effetto efficacissimo, che faceva questa diabolica parodia.

Nelle sue Rappresentazioni, tratte dall'*Eneide*,[16] egli faceva fare a' suoi Troiani nel giro d'una scenica azione, de' viaggi grandissimi, senza il mio Diavolo col mantice.

Questo Scrittore, che pedantescamente insultava tutti gli altri nelle irregolarità,[17] donava a se stesso de' privilegi particolari. Io vidi nel suo *Ezelino, tiranno di Padova*,[18] in una scena soggiogato Ezelino, e spedito un Capitano all'impresa di Trevigi,[19] soggetta all'armi del tiranno. Nell'atto medesimo della stessa Rappresentazione, nella scena susseguente, ritornava il Capitano trionfante. Aveva fatte più di trenta miglia, aveva preso Trevigi, fatti morire gli oppressori; e in una fiorita narrazion, che faceva, giustificava l'azione impossibile colla gagliardia d'un suo bravissimo cavallo.

---

[15] *Il Diavolo... vento*: l'origine di questa trovata è forse nel cantare XXV *Morgante* di Pulci, dove il diavolo Astarotte fa compiere un analogo viaggio ai paladini (Beniscelli).

[16] *Nelle sue... Eneide*: Gozzi si riferisce ancora a due opere piuttosto recenti del Chiari (l'ironia è perciò trasparente per lo spettatore contemporaneo), *La navigazione d'Enea dopo la distruzione di Troia* ed *Enea nel Lazio*, rappresentate la prima nell'autunno del 1760 e la seconda nel gennaio del 1761, a ridosso dell'*Amore delle tre melarance*. Le due tragedie facevano parte di una tetralogia virgiliana che comprendeva *Elena rapita* e *La rovina di Troia*, del '59. Anche Goldoni nell'anno comico 1760-'61 aveva messo in scena un *Enea nel Lazio*.

[17] *Questo Scrittore... irregolarità*: probabile riferimento alla *Dissertazione storica e critica sopra il teatro antico e moderno* premessa alle *Commedie in versi*, edite dal Chiari in quegli anni (Bologna, A S. Tomaso d'Aquino, 1759-1762).

[18] *Ezelino, tiranno di Padova*: non v'è altra notizia di questa tragedia, se non il ricordo di scrittori settecenteschi.

[19] *Trevigi*: Treviso.

Tartaglia, e Truffaldino dovevano fare duemila miglia per giugnere al castello di Creonta. Il mio Diavolo col mantice giustifica il viaggio meglio del cavallo del Signor Abate Chiari.

Questi due personaggi sempre facetissimi si levavano da terra sbalorditi del caso, e maravigliati del vento avuto dietro. Facevano una descrizione spropositata geografica di paesi, monti, fiumi, e mari passati. Tartaglia sul vento cessato traeva la conseguenza, che le tre Melarance erano vicine. Truffaldino era affannato, avea fame, chiedeva al Principe, se avesse portato seco provvigione di danaro, o cambiali. Tartaglia sprezzava tutte queste basse, e inutili richieste; vedeva un castello sopra un monte poco lontano. Lo credeva il castello di Creonta, custode delle Melarance; si avviava; Truffaldino lo seguiva sperando di trovar cibo.

Celio Mago usciva, spaventava i due personaggi, proccurava invano di dissuader il Principe dall'impresa pericolosa. Descriveva i perigli insuperabili; erano que', che si narrano a' bambini con questa fola; ma Celio li descriveva con gli occhi spalancati, con voce terribile, e come se fossero stati gran cose. I perigli consistevano in un portone di ferro, coperto di ruggine per il tempo, in un cane affamato, in una corda d'un pozzo, mezza fracida per l'umido, in una fornaia, che per non avere scopa, spazzava il forno colle proprie poppe. Il Principe nulla intimorito di que' terribili oggetti voleva andar nel castello. Celio vedendolo risoluto consegnava sugna magica da ugnere il catenaccio al portone; del pane da gettare al cane affamato; un mazzo di spazzole da consegnare alla Fornaia, che spazzava il forno colle poppe. Ricordava, che stendessero la corda al sole, e la traessero dall'umido. Soggiugneva, che, se per una sorte felice arrivassero a rapire le tre custodite Melarance, fuggissero tosto dal Castello, e si ricordassero di non aprir nessuna di quelle Melarance, se non fossero vicini a qualche fonte. Prometteva, che, se fuggissero illesi dal pericolo col ratto eseguito, avrebbe spedito il solito diavolo col mantice, che, soffiando loro dietro, gli spignesse in pochi momenti al loro paese. Li raccomandava al Cielo, e partiva. Tartaglia, e Truffaldino colle cose consegnate s'avviavano al Castello.

Qui si calava una tenda, che rappresentava la Reggia del Re di Coppe. Qual irregolarità! Qual censura mal impiegata![20] Segui-

---

[20] *Qual censura mal impiegata!*: l'obiettivo ironico è ancora il Chiari.

vano due picciole scene. Una tra Smeraldina Mora, e Brighella, allegri per la perdita di Tartaglia, l'altra con la Fata Morgana, che arrabbiata ordinava a Brighella di avvertir Clarice, e Leandro, che Celio aiutava Tartaglia all'impresa. Ciò le aveva detto Draghinazzo,[21] Demonio. Comandava a Smeraldina di seguirla sino al suo lago, dove sarebbero capitati Tartaglia e Truffaldino, se uscivano salvi dalle mani di Creonta, e dove avrebbe ordita un'altra insidia. Si separavano confusi.

Aprivasi la scena al cortile del Castello di Creonta.

Ebbi occasione di conoscere, all'apritura di questa scena con degli oggetti affatto ridicoli, la gran forza, che ha 'l mirabile sull'umanità.

Un portone fatto a cancello di ferro nel fondo, un cane affamato, che ululava, e passeggiava, un pozzo con un viluppo di corda appresso, una Fornaia, che spazzava il forno con due lunghissime poppe, tenevano tutto il Teatro in un silenzio, e in un'attenzione nulla minor di quella, ch'ebbero le migliori scene dell'Opere de' nostri due Poeti.

Vedevansi fuor del cancello il Principe Tartaglia, e Truffaldino affaticarsi a ugnere il catenaccio del cancello medesimo colla sugna magica, e vedevasi il cancello spalancarsi. Gran maraviglia! Entravano. Il cane, latrando, gli assaliva. Gli gettavano il pane; si chetava. Gran portento! Mentre Truffaldino, pieno di spaventi, stendeva la corda al sole, e donava le spazzole alla Fornaia, il Principe entrava nel Castello, indi usciva allegro con tre grandissime Melarance rapite.

I gravi accidenti non terminavano così. Si oscurava il sole, si sentiva il tremuoto, s'udivano gran tuoni. Il Principe consegnava le Melarance a Truffaldino, che tremava forte; s'apparecchiavano alla fuga. Usciva dal Castello una voce orrenda, che puntualissima col testo della Favola fanciullesca gridava per questo modo; ed era della stessa Creonta:

O Fornaia, Fornaia, non patire il mio scorno.
Piglia color pe' piedi, e gettali nel forno.

La Fornaia, esatta custode del testo della Favola, rispondeva:

---

[21] *Draghinazzo*: altro diavolo dantesco. Cfr. *Inferno* XXI, 121.

Io no; che son tanti anni, e tanti mesi, e tanti,
che le mie bianche poppe logoro in doglia, e pianti.
  Tu, crudele, una scopa giammai non mi donasti,
questi un mazzo ne diedero: vadano in pace; e basti.

Creonta gridava col testo:

O corda, o corda, impiccali.

E la corda col testo rispondeva:

                     Barbara, ti ricorda
tanti anni, e tanti mesi, che abbandonata, e lorda
mi lasciasti nell'umido in un crudele oblio.
Questi al sol mi distesero: vadano in pace: addio.

Creonta sempre costante al testo urlava:

Cane, guardia fedele, sbrana que' sciagurati.

Il cane diligente custode del testo rispondeva:

Come poss'io, Creonta, sbranar gli sventurati?
  Tanti anni, e tanti mesi ti servii senza pane.
Questi mi satollarono: le tue grida son vane.

Creonta col testo gridava:

Ferreo Porton, ti chiudi; stritola i ladri infami.

Il Portone col testo rispondeva:

Crudel Creonta, indarno il mio soccorso chiami.
  Tanti anni, e tanti mesi ruggine, ed in cordoglio
tu mi lasciasti: m'unsero; ingrato esser non voglio.

  Era un bel vedere Tartaglia, e Truffaldino, maravigliati dell'abbondanza dei Poeti. Stupivano di udir ragionare in versi martelliani sino le Fornaie, le Corde, i Cani, i Portoni. Ringraziavano quegli oggetti della loro pietà.

L'Uditorio era contentissimo di quella mirabile novità puerile, ed io confesso, che rideva di me medesimo, sentendo l'animo a forza umiliato a godere di quelle immagini fanciullesche, che mi rimettevano, nel tempo della mia infanzia.

Usciva la Gigantessa Creonta altissima, e in andrianè.[22] Tartaglia, e Truffaldino all'orribile comparsa fuggivano.

Creonta con un disperato gestire diceva questi disperati versi martelliani, non lasciando d'invocar Pindaro, di cui 'l Signor Chiari si vantava confratello:

Ahi ministri infedeli, Corda, Cane, Portone,
scellerata Fornaia, traditrici persone!
O Melarance dolci! Ahi chi mi v'ha rapite?
Melarance mie care, anime mie, mie vite.
Oimè crepo di rabbia. Tutto mi sento in seno
il Caos, gli Elementi, il Sol, l'Arcobaleno.
Più non deggio sussistere. O Giove fulminante,
tuona dal Ciel, m'infrangi dalla zucca alle piante.
Chi mi dà aiuto, Diavoli, chi dal mondo m'invola?
Ecco un amico fulmine, che m'arde, e mi consola.[23]

Nessuna parodia caricata potrà spiegar i sentimenti, e lo stile del Signor Chiari meglio di quest'ultimo verso.

Cadeva un fulmine, che inceneriva la gigantessa.[24]

A questo passo terminava l'Atto secondo, favorito di maggior applauso del primo dal Pubblico.

La mia audacia cominciava a non esser più colpevole.

---

[22] *andrianè*: o «andrienne». Era un abito femminile, con strascico, venuto di moda dalla Francia.

[23] *che... consola*: parodia petrarchesca, sul modello di «assecura et spaventa, arde et agghiaccia» (*RVF* 178, 2).

[24] *Cadeva... gigantessa*: è la fine di Creonta in *Morgante* XXI, 74 (Beniscelli).

ATTO TERZO

Si apriva la scena al luogo, dov'era il lago di abitazione della Fata Morgana. Si vedeva un albero grande; sotto a quello un sasso grande, in forma di sedile. Erano pure sparsi per quella campagna vari macigni.

Smeraldina, il di cui linguaggio era di Turca Italianizzata,[1] stava sulla riva del lago per attendere gli ordini della Fata. S'impazientava, chiamava.

Usciva la Fata dal lago. Narrava d'essere stata all'Inferno, e di aver saputo, che Tartaglia, e Truffaldino, aiutati da Celio, venivano, spinti dal mantice d'un Diavolo, vittoriosi delle tre Melarance. Smeraldina rimproverava la sua ignoranza nella magia; era arrabbiata. Morgana, che non si stancasse. Per un accidente ordinato da lei, Truffaldino sarebbe arrivato in quel luogo disgiunto dal Principe. Una fame, e una sete magica lo molesterebbero. Avendo seco le tre Melarance, succederebbero grandi accidenti. Consegnava due spilloni indiavolati a Smeraldina mora. Diceva, che sotto all'albero avrebbe veduta una bella ragazza sedere sopr'al sasso. Questa sarebbe la sposa scelta da Tartaglia. Proccurasse con arte di ficcare uno degli spilloni nel capo a quella ragazza. Sarebbe diventata una colomba. Sedesse sul sasso in iscambio di quella ragazza. Tartaglia avrebbe sposata lei; diverrebbe Regina. La notte dormendo col marito piantasse nel capo a quello l'altro spillone; sarebbe diventato un animale; e così restava libero il Trono a Leandro, e Clarice. La Mora trovava del-

---

[1] *Turca Italianizzata*: non era raro che nella commedia dell'arte le maschere fossero caratterizzate dai dialetti italiani, o in certi casi da un italiano che mimava altre lingue. Il fenomeno ricorre anche in alcune opere di Goldoni: pensiamo ad Alì nell'*Impresario delle Smirne* o a madama Gatteau in *Una delle ultime sere di carnovale*. Un esempio pertinente alla commedia dell'arte lo offre N. Savarese (*Teatro e spettacolo fra Oriente e Occidente*, Bari, Laterza, 1992, pp. 97-98): «Se ti sabir / ti respondir; / se non sabir / tazir, tazir. / Mi star muphti / ti qui starti? / Non intendir; / tazir, tazir». Il frammento è estratto dal *Bourgeois gentilhomme* (1670) di Molière, ma mostra piuttosto bene che cosa dovesse essere quella «lingua franca levantina di vago sapore veneziano» di cui parla Savarese e a cui doveva far riferimento Gozzi.

le difficoltà in questa impresa, spezialmente quella d'esser conosciuta in Corte. L'arte magica di Morgana spianava tutte le impossibilità, come si deve credere. Conduceva via la Mora per meglio istruirla, e perché vedeva giugnere Truffaldino spinto dal vento infernale.

Usciva Truffaldino correndo col Diavolo, che lo soffiava, e colle tre Melarance in una bisaccia. Il Diavolo spariva. Truffaldino narrava esser caduto il Principe poco discosto per l'impeto del correre; che lo avrebbe aspettato. Sedeva. Una fame, e una sete prodigiosa l'assalivano. Destinava[2] di mangiarsi una delle tre Melarance. Aveva de' rimorsi, faceva una scena tragica. Finalmente molestato, e accecato dalla prodigiosa fame, risolveva di fare il gran sacrifizio. Rifletteva di poter rimettere il danno con due soldi. Tagliava una Melarancia. Qual miracolo! Usciva da quella una giovinetta vestita di bianco, la quale, fedel seguace del testo della Favola, diceva tosto:

Dammi da bere, ahi lassa! Presto moro, idol mio,
moro di sete, ahi misera! Presto, crudele. Oh Dio!

Cadeva in terra presa da un languor mortale. Truffaldino non si ricordava gli ordini di Celio, di non dover aprire le Melarance, che appresso una fonte. Balordo per istinto, e per il caso mirabile disperato non vedeva il lago vicino; gli veniva in mente solo il ripiego di tagliar un'altra delle Melarance, e di soccorrere la moribonda per la sete col succo di quella. Faceva tosto l'animalesca azione di tagliare un'altra Melarancia, ed ecco un'altra bella ragazza col suo testo in bocca per tal modo:

Oimè, muoio di sete. Deh dammi ber, tiranno.
Crepo di sete, oh Dio! ch'io svengo per l'affanno.

Cadeva, come l'altra. Truffaldino esprimeva le smanie sue grandissime. Era fuori di sé, disperato. Una delle fanciulle seguiva con voce flebile:

Crudel destin! Di sete morrò; muoio; son morta.

---

[2] *Destinava*: decideva.

Spirava. L'altra aggiungeva:

> Moro, barbare stelle: oimè, chi mi conforta!

Spirava. Truffaldino piangeva, parlava loro con tenerezza. Stabiliva di tagliar la terza Melarancia per aiutarle. Era per tagliarla, quando usciva Tartaglia furioso, che lo minacciava. Truffaldino spaventato fuggiva abbandonando la Melarancia.

Gli stupori, i riflessi, che faceva questo grottesco Principe sui gusci delle due Melarance tagliate, e sopra a' due cadaveri delle giovinette, non sono dicibili.

Le maschere facete della Commedia all'improvviso in una circostanza simile a questa fanno delle scene di spropositi tanto graziosi, di scorci,[3] e di lazzi tanto piacevoli, che né sono esprimibili dall'inchiostro, né superabili da' Poeti.

Dopo un lungo, e ridicolo soliloquio, Tartaglia vedeva passar due villani, ordinava l'onorata sepoltura di quelle due giovinette. I villani le portavano via.

Il Principe si volgeva alla terza Melarancia. Ell'era con sua sorpresa portentosamente cresciuta, quanto una grandissima zucca.

Vedeva il lago vicino, dunque per i ricordi di Celio, il luogo era opportuno per aprirla; l'apriva col suo spadone, ed usciva da quella una grande, e bella fanciulla, vestita di teletta[4] bianca, la quale adempiendo al testo del grave argomento esclamava:

> Chi mi trae dal mio centro! Oh Dio! muoio di sete.
> Presto datemi bere, o invan mi piangerete. *(cadeva in terra)*

Il Principe intendeva la ragione dell'ordine di Celio. Era imbrogliato per non aver nulla da raccogliere dell'acqua. Il caso non ammetteva riguardi di politezza. Si traeva una delle scarpe di ferro, correva al lago, la empieva d'acqua, e, chiedendo perdono dell'improprietà del bicchiere, dava ristoro alla giovinetta, che robusta si rizzava ringraziandolo del soccorso.

---

[3] *scorci*: è la mimica del volto, cui segue quella delle mani (lazzi).

[4] *teletta*: stoffa leggera.

Ella narrava d'esser figliuola di Concul, Re degli Antipodi, e d'essere stata condannata con due sorelle dalla crudel Creonta, per incantesimo, nel guscio d'una Melarancia, per ragioni tanto verisimili, quant'era verisimile il caso. Seguiva una scena facetamente amorosa. Il Principe giurava di sposarla. La Città era vicina. La Principessa non avea decenti vestiti. Il Principe l'obbligava ad aspettarlo assisa sopr'al sasso all'ombra dell'albero. Sarebbe venuto con ricco vestiario, e con tutta la Corte a levarla. Ciò concluso, si staccavano con de' sospiri.

Smeraldina Mora, attonita per quanto aveva veduto, usciva. Vedeva l'ombra della bella giovine nell'acqua del Lago. Non era pericolo, ch'ella non eseguisse diligentemente quanto si narra nella Favola di cotesta Mora. Non parlava più Turco italianizzato. Morgana le aveva fatto entrar nella lingua un Diavolo toscano. Sfidava tutti i Poeti nel ragionare correttamente. Scopriva la giovine Principessa, il di cui nome era Ninetta. La lusingava, si esibiva ad acconciarle il capo, se le avvicinava, la tradiva. Le piantava nel capo uno de' due spilloni portentosi. Ninetta diventava una colomba, volava per l'aere. Smeraldina sedeva nel suo posto attendendo la Corte; si preparava a tradire Tartaglia coll'altro spillone, quella notte.

A tutto il mirabile misto col ridicolo, e le puerilità di queste scene, gli Uditori informati sino da' loro primi anni dalle balie, e dalle Nonne loro degli accidenti di questa fola, erano immersi profondamente nella materia, e impegnati strettamente cogli animi nell'ardita novità di vederli esattamente rappresentati sopra un Teatro.

Al suono d'una marcia giugneva il Re di Coppe, il Principe, Leandro, Clarice, Pantalone, Brighella, e tutta la Corte, per levare solennemente la Principessa sposa. La nuova figura della Mora trovata, e non conosciuta per le stregherie di Morgana, faceva arrabbiare il Principe. La Mora giurava, esser lei la Principessa, ivi lasciata. Il Principe non mancava di far ridere colle sue disperazioni. Leandro, Clarice, e Brighella erano allegri. Vedevano, da dove veniva l'arcano. Il Re di Coppe entrava in gravità;[5] obbligava il figliuolo a mantenere la principesca parola, e a

---

[5] *entrava in gravità*: assumeva un contegno molto serio.

sposare la Mora. Minacciava. Il Principe con parecchi buffoneschi scorci acconsentiva, tutto mestizia. Si suonavano gli strumenti. Il drappello passava alla Corte per celebrare le nozze.

Truffaldino non era venuto colla Corte. Aveva ottenuto il perdono dal Principe de' suoi errori. Aveva avuta la carica di cuoco regio. Era rimasto nella cucina per apparecchiare il banchetto nuziale.

La scena, che seguiva dopo la partenza della Corte, è la più ardita di questa scherzevole parodia. I due partiti delli Signori Chiari, e Goldoni, ch'erano nel Teatro, e che s'avvidero del tratto mordace, fecero ogni prova per porre in un tumulto di sdegno l'Uditorio, ma tutti gli sforzi furono vani. Ho detto, che, nella persona di Celio mago, io aveva figurato il Signor Goldoni, in quella di Morgana il Signor Chiari. Il primo aveva fatto un tempo l'Avvocato nel foro Veneto. La sua maniera di scrivere sentiva dello stile delle scritture, che si accostumano [6] dagli Avvocati in quel rispettabile foro. Il Signor Chiari si vantava d'uno stile pindarico, e sublime; ma, sia detto con sopportazione, non ci fu nessun gonfio e irragionevole scrittore seicentista, che superasse i suoi smoderati trascorsi.

Celio, e Morgana avversi, e furiosi incontrandosi formavano la scena, ch'io trascriverò interamente col dialogo medesimo, e come seguì.

Si rifletta, che, se le parodie non danno nella caricatura, non hanno giammai l'intento, che si desidera, e s'usi indulgenza ad un capriccio, che nacque da un animo puramente allegro, e scherzevole, ma amicissimo nell'essenziale de' Signori Chiari, e Goldoni.

CELIO (*uscendo impetuoso, a Morgana*) Scelleratissima maga, ho già saputo ogni tuo inganno; ma Plutone m'assisterà. Strega infame, strega maladetta.

MORGANA Che parlare è il tuo, mago ciarlatano? Non mi pungere; perch'io ti darò una rabbuffata in versi martelliani, che ti farò morire sbavigliando.[7]

CELIO A me, strega temeraria? Ti renderò pane per focaccia. Ti sfido in versi martelliani. A te:

---

[6] *si accostumano*: sono soliti essere impiegati.

[7] *sbavigliando*: dagli sbadigli.

«Sarà sempre tenuto un vano tentativo,
subdolo, insussistente, d'ogni giustizia privo,
  le tali quali incaute, maligne, rovinose
stregherie di Morgana coll'altre annesse cose;
  e sarà ad evidenza ogni mal operato
tagliato, carcerato, cassato, evacuato.»
MORGANA Oh cattivi! A me, mago dappoco:
  «Prima i bei raggi d'oro di Febo risplendente
diverran piombo vile, e il Levante Ponente:
  prima l'opaca luna le argentee corna belle,
e l'eterico [8] impero cambierà colle stelle:
  i mormoranti fiumi col lor natio cristallo
poggeran [9] nelle nuvole sul Pegaseo cavallo;
  ma sprezzar non potrai, vil servo di Plutone,
del mio spalmato [10] legno le vele, ed il timone.»
CELIO Oh Fata, gonfia, come una vescica! Aspettami:
  «Seguirà assoluzione in capo di converso,[11]
come fia dichiarato nel primo capoverso.
  Ninetta Principessa in colomba cambiata
sia, per quanto in me consta, presto repristinata;
  ed in secondo capo, capo di conseguenza,
Clarice e 'l tuo Leandro cadranno in indigenza,
  e Smeraldina Mora, indebita figura,
per il ben giusto effetto a tergo avrà l'arsura.»[12]
MORGANA Oh goffo, goffo verseggiatore! Ascoltami; voglio atterrirti:
  «Con le volanti penne Icaro [13] insuperbito
poggia al Ciel, scende ai flutti garrulo, incauto, ardito.

---

[8] *eterico*: etereo, celeste.
[9] *poggeran*: saliranno, si innalzeranno.
[10] *spalmato*: impeciato: è parodia di un linguaggio classico, di ascendenza epica. La roboante metonimia indica semplicemente una nave.
[11] *Seguirà... converso*: seguirà l'assoluzione per nullità dell'atto. È un linguaggio denso di tecnicismo forense, qui come nel seguito.

[12] *a tergo... arsura*: non è improbabile un significato osceno.
[13] *Icaro*: figlio di Dedalo, per fuggire dalla prigionia di Minosse insieme col padre, indossa ali fabbricate con penne e cera dal padre stesso. Nonostante gli ammonimenti di Dedalo, Icaro «insuperbito» si spinge troppo in alto e il sole scioglie le sue ali facendolo rovinare a terra (cfr. Ovidio, *Metamorfosi*, VIII, 183-253).

Sopra Pelio Ossa posero, Olimpo sopra ad Ossa
temerari gli Enceladi [14] per dare al Ciel la scossa.
   Precipitano gl'Icari nel salso umor spumante,
e gli Enceladi in cenere manda il folgor tonante.
   Salga Clarice al Trono per tuo dolor protervo,
si tramuti Tartaglia, qual Ateone,[15] in cervo.»
CELIO *(a parte)* (Costei mi vuol sopraffare con poetiche superchierie. Se crede di cacciarmi nel sacco, s'inganna)
   «Nulla lascierò correre senza risposta, e presto
applico a tue mendacie un valido protesto.[16]»
MORGANA «Dei Monarchi di Coppe fia libero il paese.» *(partiva)*
CELIO *(le gridava dietro)*
   «Ed io ti riprotesto, *salvis*, e nelle spese.»[17] *(entrava)*
Aprivasi la scena alla cucina regia. Non si vide mai una regia cucina più miserabile di questa.

Il resto della Rappresentazione non era, che il resto della Fola minutamente rappresentata, in cui erano già interessatissimi gli animi degli spettatori.

La parodia non girava, che sulle bassezze, e trivialità d'alcune opere, e sull'avvilimento di alcuni caratteri de' due Poeti.

Un'eccessiva mendicità, improprietà e bassezza formavano la parodia.

Si vedeva Truffaldino affaccendato a infilzare un arrosto. Narrava disperato, che, non essendovi in quella cucina girarrosto, girando egli lo spiedo, era comparsa una colomba sopra un finestrino; ch'era corso tra lui, e la colomba questo dialogo. Le parole sono del testo. La colomba gli aveva detto: «Bon dì, cogo

---

[14] *Enceladi*: sono i Giganti della mitologia greca, che per dare l'assalto al cielo sovrapposero ben tre montagne (Pelio, Ossa ed Olimpo). Così si chiamano dal nome di uno di loro, Encelado.

[15] *Ateone*: riferimento al mito di Atteone, il giovane che per aver visto Diana, dea della caccia, nuda, fu mutato in cervo e quindi sbranato dai suoi stessi cani (cfr. Ovidio, *Metamorfosi*, III, 138-252).

[16] *applico... protesto*: levo un protesto per i danni derivati dalle tue menzogne.

[17] *Ed... spese*: ed io leverò a mia volta un protesto contro di te, salvi tutti i diritti (*salvis iuribus*), e facendoti condannare a pagare le spese.

de cusina». Egli le avea risposto: «Bon dì, bianca colombina». La colomba aveva soggiunto: «Prego el cielo, che ti te possi indormenzar:[18] che el rosto[19] se possa brusar: perché la Mora, brutto muso, no ghe ne possa magnar». Un prodigioso sonno lo aveva assalito; s'era addormentato; l'arrosto si era incenerito. Quest'accidente era nato due volte. Due arrosti si erano abbruciati. Frettoloso metteva il terzo arrosto al fuoco. Si vedeva comparire la colomba, il dialogo si replicava. Il sonno portentoso assaliva Truffaldino. Questo grazioso[20] personaggio faceva tutti gli sforzi per non dormire; i suoi lazzi erano facetissimi. S'addormentava. Le fiamme inceneriva il terzo arrosto.

Si chieda all'Uditorio, il perché questa scena piacesse estremamente.

Giungeva Pantalone gridando. Destava Truffaldino. Diceva, che 'l Re era in collera, perché si erano mangiati la minestra, l'alesso, e il fegato,[21] e l'arrosto non compariva. Viva il coraggio d'un Poeta. Questo era un sorpassar nella bassezza le baruffe per le zucche baruche[22] delle *Chiozzotte* del Signor Goldoni. Truffaldino narrava il caso della colomba. Pantalone non credeva tal maraviglia. Compariva la colomba, replicava le parole portentose.[23] Truffaldino era per cadere dal sonno. Questi due personaggi davano la caccia alla colomba, che svolazzava per la cucina.

Tal caccia interessava molto l'Uditorio. Si prendeva la colomba, si metteva sopra una tavola, si accarezzava. Se le sentiva un picciolo gruppetto[24] nel capo; era lo spillone magico. Truffaldino lo strappava. Ecco la colomba trasformata nella Principessa Ninetta.

Gli stupori erano grandissimi. Compariva la Maestà del Re di Coppe, il quale con Monarchesca gravità, e collo scettro alla ma-

---

[18] *indormenzar*: addormentare.
[19] *rosto*: arrosto.
[20] *grazioso*: nel senso di divertente.
[21] *alesso...fegato*: l'alesso è il lesso. È ovvia comunque nella battuta l'allusione a «mangiarsi il fegato».
[22] *zucche baruche*: «Zucche gialle, arrostite nel forno, e che si vendono a Chiozza tagliate in pezzi ed a buon mercato» (nota di Goldoni a *Le baruffe chiozzotte*, I, 2). Nella commedia le *zucche baruche* sono una delle occasioni delle *baruffe*.
[23] *portentose*: magiche.
[24] *gruppetto*: sporgenza.

no minacciava Truffaldino per la tardanza dell'arrosto, e per la vergogna, che sofferiva un suo pari co' convitati. Gran superiorità d'un autore! Giugneva il Principe Tartaglia, riconosceva la sua Ninetta. Era folle per l'allegrezza. Ninetta con brevità narrava i suoi casi; il Re rimaneva attonito. Vedeva comparire la Mora, e 'l resto della Corte in traccia della Maestà sua nella cucina. Il Re con sussiego sommo ordinava a' due Principi di ritirarsi nella spazzacucina.[25] Destinava il focolare per suo trono, siedeva sul focolare con sostegno[26] reale. Giugneva la Mora, e la Corte tutta. Il Re, fedel custode della favola, metteva il caso ne' termini,[27] chiedeva qual castigo meritassero i delinquenti a quel caso. Ognuno sbalordito diceva il suo parere. Il Re nelle furie condannava Smeraldina Mora alle fiamme. Compariva Celio. Dichiarava le colpe occulte di Clarice, Leandro e Brighella. Erano condannati in una relegazione crudele. Si chiamavano i due Principi sposi dalla spazzacucina. Tutto era allegrezza.

Celio esortava Truffaldino a tener lunge i versi martelliani diabolici dalle regie pignatte, e far ridere i suoi Sovrani. Non lasciava di terminare la favola col consueto finale, che sa a memoria ogni ragazzo; di nozze, di rape in composta, di sorci pelati e di gatti scorticati, ec., e siccome i Signori Gazzettieri di quel tempo[28] facevano elogi sterminati sui loro fogli ad ogni Opera nuova, che veniva rappresentata del Signor Goldoni, non si ommetteva una calda raccomandazione all'Uditorio, perch'egli volesse farsi intercessore co' Signori Gazzettieri in vantaggio della buona fama di questa fanfaluca misteriosa.

Non fu mia colpa. Il cortese Pubblico, volle replicata molte sere alla fila questa parodia fantastica. Il concorso fu grande. La truppa del Sacchi cominciò a respirare dall'oppressione.[29] Si tro-

---

[25] *spazzacucina*: voce che deriva dal friulano «spazzecusine». Indica lo sgabuzzino annesso alla cucina che contiene acquaio, contenitori per l'acqua e pentole (Bosisio).
[26] *sostegno*: «monarchesca gravità».
[27] *metteva... termini*: spiegava gli esatti termini del caso. Il lessico è ancora quello giudiziario.

[28] *Signori... tempo*: la frecciata potrebbe essere anche contro il fratello Gasparo che, come direttore della «Gazzetta veneta», aveva accolto sulla rivista l'elogio di Goldoni scritto da Voltaire.
[29] *oppressione*: «avvilimento, in cui era caduta per la concorrenza fattale dal Goldoni e dal Chiari» (Petronio).

veranno in seguito le conseguenze grandi derivate da un così frivolo principio, nella parodia del quale chi conosce l'Italia, e non sarà entusiasta geniale della delicatezza francese, non formerà giudizio col confronto delle parodie di quella nazione.

TURANDOT

Turandot è messa in scena il 22 gennaio 1762 ed è la quarta delle tragicommedie di Gozzi. La stampa Colombani la pone come terza con la data 22 gennaio 1761, annotando poi nella *Prefazione* al *Re cervo* che «successe alla *Turandot*». *Il Re cervo* fu rappresentata il 5 gennaio 1762 e dunque seguirebbe *Turandot*, ma c'è un evidente equivoco. Accogliendo la cronologia della Colombani, Turandot non sarebbe la terza, ma addirittura la prima delle *Fiabe*, con una palese incongruenza. Senonché le *Memorie* sono ben chiare nel delineare una diversa situazione: «volli battere il ferro mentre era rovente e la mia terza fiaba intitolata il *Re cervo* ribadì la mia proposizione». Allo stesso modo la stampa Zanardi pubblica come terza il *Re cervo* ed elimina l'annotazione che la fa seguire a *Turandot*. L'errore in cui Gozzi è incorso nella Colombani sembrerebbe nascere dal calendario: 22 gennaio 1761 *more veneto*, cioè *ab incarnatione*, corrisponde nella realtà al 22 gennaio 1762.

Il soggetto della fiaba è tratto non dal *Cunto de li cunti* (*Il corvo*) o comunque dalla tradizione popolare italiana (*L'amore delle tre melarance* e *Il Re cervo*), ma dalla novellistica orientale, secondo una moda di gran voga nel Settecento e in Francia in particolare. La vicenda di Calaf e di Turandot si ritrova già in *Les mille et un jour* (tradotte da F. Pétis de la Croix, con la revisione di Lesage [1712], si possono leggere nel vol. XVI di «Le Cabinet des fées, ou collection choisie des contes des fées et autres contes merveilleux», nell'edizione ginevrina del 1785-'89): l'*Histoire du prince Calaf et de la princesse de la Chine*. Gozzi segue molto da vicino il modello, ma inclina ad accentuare drammaticamente la preparazione della scena degli enigmi, esasperando il contrasto fra il buon senso di Barach, Altoum, Pantalone e l'eroica irragionevolezza di Calaf. Altri personaggi sono costruiti secondo una più congruente motivazione psicologica, assai prossima agli schemi della *comédie larmoyante*: Adelma nell'*Histoire* si innamora alla prima vista di Calaf, mentre in *Turandot* siamo informati che era innamorata di lui da molti anni, da quando il giovane era capitato alla corte di suo padre.

Gozzi non rinuncia ad inserire le maschere, ma esse assolvono ad un ruolo veramente marginale. Egualmente, nella tragicommedia non v'è spazio per il «magico mirabile». Turandot nasce infatti come risposta alle critiche mosse alle opere precedenti. Critiche che Gozzi motiva con la peculiare fisionomia assunta dal suo teatro: «il titolo fanciullesco, e l'argomento falso erano le vere e sole cagioni, per le quali queste persone non si degnavano di accordar alcun merito al povero *Corvo*». Perciò, dismesso il precedente armamentario, Carlo scende su un terreno non ancora saggiato, ma tutt'altro che vergine. Commedie esotiche sono già sulle scene veneziane, in una gara che al solito ha opposto Chiari a Goldoni. E tuttavia il confronto con i due avversari sembra ricoprire un'importanza assai ridotta nell'economia della *Turandot*. Un peso rilevante nell'ideazione di questa e delle successive fiabe orientali l'ha invece il teatro francese.

Nel *Ragionamento ingenuo* e nell'*Appendice* Gozzi si mostra attento al cosiddetto teatro della *foire*, il teatro popolare delle fiere parigine, in cui uno spazio importante ha l'improvvisazione delle maschere. Fra il 1721 e il 1737 Lesage e D'Orneval avevano riunito e pubblicato in nove volumi le principali opere di questo genere. Ed è di qui che Gozzi estrae diversi spunti drammatici: in non pochi casi il teatro della *foire* appare il termine medio fra le sue opere drammatiche e la tradizione orientale.[1] Ma lo scenario è ancora più complesso e stimolante.

Turandot ha alle spalle proprio una di queste *pièces* francesi, *La princesse de la Chine*, di Lesage (1719). Il confronto non si pone sullo sviluppo dell'azione drammatica, dai toni del tutto diversi, giusta l'accordatura tragica che Gozzi predilige al più leggero farsesco del francese;[2] la *Princesse de la Chine* appare piuttosto un prezioso esempio (ma tutto il teatro *foraine* lo è) che rende al pubblico meno sconvolgente di quanto si propenderebbe a credere la commistione fra l'esotismo e l'impiego delle maschere dell'arte. In questo modo Gozzi colonizza nuovi territori (marginalmente saggiati da intermezzi di Goldoni) e annette al suo teatro le sterminate risorse magiche e favolose della novellistica orientale.

---

[1] Il rapporto con il teatro francese giustifica anche altre soluzioni adottate da Gozzi e in primo luogo l'alternarsi di scene «in prosa, in verso e in argomento [all'improvviso]». Nella *Prefazione* a *Il corvo* il conte scrive infatti che i soliti gazzettieri, se avessero tenuto nel debito conto i «teatri francesi in istampa de' signori Grand, Girardi ed altri, non si sarebbero riscaldati i cervelli co' loro vapori letterarj, appellando le mie rappresentazioni favolose un ridicolo nulla ed un ammasso di scene informi, non preparate e non iscritte» (p. 122 dell'ed. Colombani).

[2] Su tutto questo cfr. la ricchissima analisi, cui siamo debitori, di A. Beniscelli: *Turandot*, in *La finzione del fiabesco*, cit. pp. 94 sgg.

TURANDOT

*Fiaba chinese teatrale tragicomica
in cinque Atti*

PREFAZIONE

Un numero grande di persone confessava, che 'l *Corvo* era una Rappresentazione, che aveva dell'intrinseca forza. Un altro numero grande, tutto che fosse preso dalla forza di quella, e ne fosse spettatore volontieri, e replicatamente, non voleva concederle nessun merito essenziale. Sosteneva colla voce, e senza cercar ragioni convincenti, che 'l faceto delle valenti maschere, che avevan pochissima parte, e 'l mirabile delle apparizioni, e delle trasformazioni d'un uomo in istatua, e d'una statua in uomo fossero le sole cause della resistenza fortunata di quell'opera.

In vero il titolo fanciullesco, e l'argomento falso erano le vere, e sole cagioni, per le quali queste persone non si degnavano di accordar alcun merito al povero *Corvo*.

Cotesti ingrati furon cagione ch'io scelsi dalle Fole Persiane la ridicola Fola di Turandot per formarne una rappresentazione bensì colle maschere, ma appena fatte vedere, e col solo fine di sostenerle, e spoglia affatto del magico mirabile.

Volli, che tre enigmi di cotesta Principessa della China, posti in un'artifiziosa, e tragica circostanza, mi dessero materia per due Atti della Rappresentazione, e che la difficoltà d'indovinar due nomi, e la gran conseguenza dell'indovinarli, mi dessero tema a tre, per formare un'opera seria faceta in cinque atti.

Tre indovinelli, e due nomi sono veramente una gran base per compor un'opera da Teatro, e per tener tre ore fermo, e legato ad una serietà, tanto discorde coll'argomento, un Uditorio colto. I miei sprezzatori co' loro vari talenti, se avessero avuto fra le mani un sì bell'argomento, avrebbero formata una famosissima, e fortunatissima Rappresentazione, e molto miglior della mia. Concediamolo.

Colla semplicità di questa ridicola Fiaba, senza malie, e trasformazioni proccurai di scemare un discorso sul merito delle trasformazioni, che non mi piaceva, quantunque lo scorgessi senza riflesso alla verità.

Le trasformazioni, per lo più afflittive, da me poste nelle mie Fiabe, non sono, che un compimento di circostanze tanto prima delle trasformazioni preparate, lavorate, e colorite, ch'ebbero sempre vigore di tener gli animi legati, e sospesi per tutto quel tempo, ch'io volli, e di fermarli in un colorito inganno sino al punto delle trasformazioni medesime.

Una tal direzione, da me tenuta con tutto lo sforzo del mio debole ingegno, fu ottimamente rilevata da' perspicaci; e se i goffi dileggiatori avessero fatta la sola osservazione sulla decadenza avvenuta, dopo le mie inette Fole, a tutte le solite diavolerie mirabili delle commedie dell'arte, si sarebbero da questa materialità, e senz'aver bisogno di adoperar quel talento, che non hanno, o che adoperano solo per una dozzinale malignità, persuasi del vero.

La Fiaba di Turandot, Principessa Chinese, posta in apparecchio di que' casi impossibili, che si vedranno, e che, con poco impiego delle valenti maschere, e senza il mirabile magico di apparizioni, e trasformazioni, entrò sulla scena colla Truppa Sacchi a S. Samuel in Venezia, a dì 22 di gennaio l'anno 1761,[1] che fu replicata sette successive sere con gentile pienissimo concorso, ed applauso, scemò alquanto i discorsi anteriori.

Non morì dopo la sua nascita questa favolosa opera scenica. Ella si recita tuttavia ogn'anno, con quel buon esito, ch'è la sola cagione della collera de' suoi fiabeschi nimici.

---

[1] 1761: secondo l'uso veneto, che faceva iniziare l'anno il 25 marzo, *ab incarnatione*; in realtà 1762.

PERSONAGGI

TURANDOT, Principessa Chinese, figliuola di
ALTOUM, Imperatore della China
ADELMA, Principessa Tartara, schiava favorita di Turandot
ZELIMA, altra schiava di Turandot
SCHIRINA, madre di Zelima, moglie di
BARACH, sotto nome di Assan, fu Aio[1] di
CALAF, Principe de' Tartari Nogaesi,[2] figliuolo di
TIMUR, Re d'Astracan [3]
ISMAELE, fu Aio del Principe di Samarcanda[4]
PANTALONE, Segretario d'Altoum
TARTAGLIA, gran Cancelliere
BRIGHELLA, Maestro de' Paggi
TRUFFALDINO, Capo degli Eunuchi del Serraglio[5] di Turandot
OTTO DOTTORI Chinesi del Divano[6]
MOLTE SCHIAVE serventi nel Serraglio
MOLTI EUNUCHI
UN CARNEFICE
SOLDATI

La scena è in Pechino, e ne' sobborghi.
Il vestiario di tutti i Personaggi è Chinese, salvo quello di
Adelma, di Calaf, e di Timur, ch'è alla Tartara.

---

[1] *Aio*: precettore.
[2] *Tartari Nogaesi*: altrimenti detti «Nogai», erano una popolazione nomade di lingua turca, discendente di tribù mongole e turche, che vivevano fra il Don e il Mar Caspio.
[3] *Astracan*: città della Russia sul delta del Volga.
[4] *Samarcanda*: l'antica capitale dell'impero dei Mongoli.
[5] *Serraglio*: harem. Il «serraglio» è l'intero palazzo del sultano, non la parte riservata agli appartamenti delle donne, ma è una «svista» comune all'epoca (cfr. N. Savarese, *Teatro e spettacolo fra Oriente e Occidente*, cit., p. 95).
[6] *Divano*: nell'impero ottomano era una sorta di consiglio dei ministri. Per estensione è organo di governo di qualsiasi paese orientale.

ATTO PRIMO

Veduta d'una porta della Città di Pechino, sopra la quale ci sieno molte aste di ferro piantate; sopra queste si vedranno alcuni teschi fitti,[1] rasi, col ciuffo alla Turca.

SCENA I
CALAF, *indi* BARACH.

CALAF *(uscendo da una parte)*
 Anche in Pechin qualch'animo cortese
 pur dovea ritrovar.
BARACH *(uscendo dalla Città)*
 Oimè! che vedo!
 Il principe Calaf! come! ed è vivo?
CALAF *(sorpreso)*
 Barach.
BARACH   Signor...
CALAF   Tu qui!
BARACH   Voi qui! voi vivo!
CALAF Taci; non palesarmi per pietade.
 Dimmi, come sei qui?
BARACH   Dopo la rotta
 dell'esercito vostro sfortunato
 sotto Astracan, veggendo i Nogaesi
 fuggir sconfitti, e 'l barbaro Sultano
 di Carizmo [2] feroce, usurpatore
 del Regno vostro, già vittorioso
 scorrer per tutto, in Astracan ferito
 mi ritrassi dolente. Quivi intesi,
 che 'l Re Timur, genitor vostro, e voi
 morti eravate nel conflitto. Io piansi.
 Corro alla Reggia per salvar Elmaze,
 vostra madre infelice; e invan la cerco.

---

[1] *fitti*: confitti.

[2] *Carizmo*: forse una città dell'Uzbekistan.

Già 'l Soldan di Carizmo furioso,
senza trovar chi s'opponesse, entrava
in Astracan co' suoi. Io disperato
fuggii dalla Città. Peregrinando
più mesi andai. Qui in Pechin giunsi, e quivi
sotto nome di Assan, in Persia nato,
a una vedova donna m'abbattei [3]
d'oppression colma, sfortunata; ed io
co' miei consigli, e con alcune gemme,
che avea, vendendo in suo favor, lo stato
dell'infelice raddrizzai. Mi piacque;
ella ebbe gratitudine; mia sposa
divenne alfine, e la mia sposa istessa
Persian mi crede ancora, Assan mi chiama,
e non Barach. Qui vivo co' suoi beni,
povero a quel, che fui, ma fortunato
in questo punto son, dappoiché in vita
il Principe Calaf, quasi mio figlio
da me allevato, io miro, e morto il piansi.
Ma come vivo, e come qui in Pechino?

CALAF Barach, non nominarmi. Il dì funesto,
dopo il conflitto, in Astracan col Padre
corsi alla Reggia, e delle miglior gemme
fatto fardello, con Timur, e Elmaze,
miei genitor, di panni villerecci
travestiti, fuggimmo prontamente.
Per i deserti, e per l'alpestri roccie
n'andavamo celati. Oh Dio! Barach,
quante miserie, e quanti patimenti!
Sotto 'l monte Caucaseo i malandrini
ci spogliaron di tutto; e i nostri pianti
sol dono della vita hanno ottenuto.
Con la fame, la sete, ogni disagio
era compagno nostro. Il vecchio padre
or sugli omeri miei per alcun tempo,[4]

---

[3] *m'abbattei*: m'imbattei.
[4] *Il vecchio padre... tempo*: trasparente la citazione virgiliana. Anche Enea fugge da Troia in fiamme gravato sulle spalle dal peso del padre (cfr. *Eneide*, II, 699 sgg).

or la tenera Madre via portando,
seguivamo il viaggio. Cento volte
trattenni il genitor, che disperato
uccidersi volea. Ben altrettante
cercai la madre ritornar in vita,
per languidezza, e per dolor svenuta.
Alla Città d'Jaich [5] giugnemmo un giorno.
Quivi, piagnendo, io stesso, in sulle porte
delle Moschee, chiedea [6] pien di vergogna.
Nelle botteghe, e per le vie cercando
tozzi di pane, e picciole monete,
miseramente i genitor sostenni.
Odi sventura. Il barbaro Sultano
di Carizmo crudel, non ancor pago
della fama, che morti ci faceva,
non ritrovando i nostri corpi estinti,
ricche taglie promise a chi recasse
i capi nostri. Lettere a' Monarchi
con lumi, e contrassegni [7] ebbe spedite,
con le quali chiedea di noi le teste.
Tu sai, quanto è quel fier da ognun temuto,
se un caduto Monarca è più infelice
per i sospetti, di qualunque uom vile,
e quanto val politica di stato.[8]
Un provido accidente mi fe' noto,
che 'l Re d'Jaich per tutta la Cittade
cercar facea di noi segretamente.
A' genitori miei corsi veloce;
gli animai per la fuga. Il padre mio
pianse, e la madre pianse, e in braccio a morte
voleano darsi. Amico, oh qual fatica
l'anime disperate è a porre in calma,
del Ciel gli arcani, ed i decreti suoi
ricordando, e pregando! Alfin fuggimmo,

---

[5] *Jaich*: si sarebbe trovata sul fiume Ural (in antico Jaik), a sud-ovest dei monti Urali (Perrone).

[6] *chiedea*: chiedevo l'elemosina.

[7] *lumi, e contrassegni*: indicazioni e connotati, per riconoscerli.

[8] *politica di stato*: ragion di stato.

e nuove angosce, e nuove inedie, e nuovi
patimenti soffrendo...
BARACH *(piangendo)* Deh, Signore,
non dite più; sento, che 'l cor mi scoppia.
Timur, il mio Monarca a tal ridotto
con la sposa, e col figlio! Una famiglia
Real, la più clemente e prode, e saggia,
in tal mendicità! Deh dite: vive
il mio Re,[9] la sua sposa?
CALAF   Sì, Barach,
vivono tuttidue. Lascia, ch'io narri
a qual tribolazion soggetto è l'uomo,
benché nato in grandezza. Un'alma forte
tutto de' sofferir. De' ricordarsi,
che, a petto a' Numi, ogni Monarca è nulla,
e che sostanza, e obbedienza solo
a' decreti del Ciel fa l'uom di pregio.
De' Carazani [10] al Re fummo, ed in Corte
ne' più bassi servigi m'addattai
per sostenere i genitori. Adelma,
del Re Cheicobad de' Carazani,
avea di me qualche pietade, e parmi
poter assicurar, ch'ella sentisse
più, che pietà per me. Co' sguardi suoi
parea, che penetrasse, ch'io non era
nato, quale apparia. Ma non so, quale
puntiglio il padre suo mosse a far guerra
ad Altoum, Gran Can qui di Pechino.
Stolti furo i racconti, che dal volgo
venieno fatti per tal guerra, e solo
so, che fu ver, che 'l Re Cheicobad
fu vinto, e desolato, [11] e che fu estinta
tutta la stirpe sua, che Adelma stessa

---

[9] *Deh dite... Re*: traspare la memoria del dantesco «non viv'elli ancora?» (*Inferno* X, 68).

[10] *Carazani*: il nome del popolo non trova riscontro nell'*Histoire du prince Calaf et de la princesse de la Chine*, deve essere invenzione di Gozzi.

[11] *vinto, e desolato*: coppia sinonimica, «sconfitto completamente» (Petronio).

TURANDOT - ATTO PRIMO   101

  morì in un fiume. Così fama sparse.
  Anche da' Carazani via fuggimmo
  per fuggir strage, ed il furor di guerra.
  Dopo lungo patir giugnemmo a Berlas [12]
  laceri, e scalzi. Ma che più dir deggio?
  Non istupir. La madre, e 'l padre mio
  alimentai quattr'anni al prezzo vile
  di portar sopr'agli omeri le casse,
  le sacca, ed altri insofferibil pesi.
BARACH Non più, Signor, non più... Poiché vi miro
  in arnese reale, ogni miseria
  lasciam da parte, e finalmente dite,
  come fortuna un dì vi fu cortese.
CALAF Cortese! Attendi. Uno sparvier perduto
  fu da Alinguer, Imperator di Berlas,
  che molto caro avea. Fu preda mia,
  ad Alinguer lo presentai. Mi chiese,
  chi fossi; io tenni l'esser mio celato.
  Dissi, ch'ero un meschin, che i genitori
  sostenea, via portando a prezzo i pesi.
  L'Imperator nell'ospital [13] fe' porre
  la madre, e 'l padre mio. Diè commessione,
  che ben serviti, e mantenuti in vita
  fossero in quell'asilo di meschini.
  (piangendo)
  Barach, ivi è 'l tuo Re... la tua Regina...
  Sono i miei genitor sempre in spavento
  d'esser scoperti, e di lasciar il capo.
BARACH *(piangendo)*
  Oh Dio! che sento mai!
CALAF   L'Imperatore
  a me diè questa borsa, *(trae dal seno una borsa)*
                        un bel destriere,
  e questa ricca veste. Disperato

---

[12] *Berlas*: era il nome di una tribù stanziata non troppo lontano dalla città di Jaich, secondo l'*Histoire du prince Calaf et de la princesse de la Chine*.

[13] *ospital*: ospizio.

abbraccio i genitor. Lor dico: «Io vado
a ricercar fortuna. O questa vita
infelice vo' perdere, o gran cose
v'attendete da me; che 'l cor non soffre
in sì misero stato di vedervi».
Trattenermi volean, volean seguirmi;
e 'l Ciel non voglia, che di là partiti
sieno per caldo amor dietro al lor figlio.
Lungi dal mio Tiranno di Carizmo,
qui in Pechin giunsi, e del Gran Can intendo
sotto mentito nome esser soldato.
Se m'innalzo, Barach, se la fortuna
mi favorisce, ancor farò vendetta.
Per non so qual funzione è la cittade
piena di forestier, né da alloggiarvi
potei trovar. Qui una pietosa donna
di quell'albergo m'accettò, ripose
il mio destrier...
BARACH   Signor, quella è mia moglie.
CALAF Tua moglie! Va, che fortunato sei
possedendo una donna sì gentile.
(in atto di partire)
Barach, ritornerò. Dentro a Pechino
questa solennità bramo vedere,
che tante genti aduna. Ad Altoum,
Gran Can, poi mi presento, e grazia chiedo
di militar per lui. *(va verso la porta della Città)*
BARACH   Calaf, fermatevi.
Non vi prenda disio d'esser presente
a un atroce spettacolo. Voi siete
in un teatro abbominevol giunto
di crudeltà inaudite.
CALAF   Che! Mi narra.
BARACH Noto non v'è, che Turandot, la figlia
unica d'Altoum Imperatore,
bella, quanto crudel, qui nella China
è cagion di barbarie, e lutti, e lagrime?
CALAF Io ben tra Carazani alcune fole
udia narrar. Dicesi anzi, che 'l figlio

del Re Cheicobad in strana forma
perito era in Pechino, e che la guerra
con Altoum per questo si facea.
Ma 'l volgo ignaro inventa, e negli arcani
volendo entrar de' gabinetti,[14] narra
facete cose, e chi ha buon senno, ride.
Dì pur, Barach.
BARACH   D'Altoum Can la figlia,
Turandot, in bellezza inimitabile
da pennello il più industre, di profonda
perspicacia di mente, di cui vanno
molti ritratti per le Corti in giro,
è d'animo sì truce, ed è sì avversa
al sesso mascolin, che invan fu chiesta
da gran Monarchi in sposa.
CALAF   Ecco l'antica
fiaba, che udii tra Carazani, e risi.
Dì pur, Barach.
BARACH   Fiabe non sono. Il Padre
volle più volte maritarla, ch'ella
erede è dell'Impero, e volle darle
sposo di real stirpe, atto al governo.
Ricusò quell'indomita superba;
e 'l padre suo, ch'estremamente l'ama,
non ebbe cor di maritarla a forza.
Spesso avea guerre per cagion di lei,
e, quantunqu'è possente, e superasse
tutti gli assalitor, egli è pur vecchio,
e un giorno con parole risolute,
e con riflessi [15] alfin disse alla figlia:
«O pensa a prender sposo, o suggerisci,
com'io possa troncar le guerre al Regno,
ch'io son già vecchio, e troppi Re ho affrontati
te promettendo, e poi per amor tuo
mancando alla promessa ingiustamente.

---

[14] *negli arcani... gabinetti*: nei segreti delle stanze del potere.

[15] *riflessi*: ragionamenti.

Vedi, che giusta è la richiesta mia,
che d'amor non ti manco. O ti marita,
o di troncar le guerre un mezzo addita,
e vivi poi, come t'aggrada, e mori».
Si scosse la superba, ed ogni sforzo
fe' per disobbligarsi.[16] Assai preghiere
porse al tenero padre; ma fur vane.
S'infermò quella vipera di rabbia,
fu per morir. Al padre addolorato,
ma forte in ciò, questa dimanda fece.
Della terribil donna udite in grazia
diabolica richiesta.

CALAF   Odo la fola,
che udita ho ancor, e che rider mi fece.
Odi, s'io la so bene. Ella un editto
volle dal padre, che qualunque Principe
per sua consorte chiederla potesse,
ma con tal patto: ch'ella nel Divano
solennemente in mezzo de' Dottori
esporrebbe tre enigmi al concorrente;
che, s'egli li sciogliesse, era contenta
d'averlo sposo, e del suo Impero erede;
ma che, se i suoi tre enigmi non sciogliesse,
Altoum Can, per sacro giuramento
a' Numi suoi, troncar farebbe il capo
al Prence incauto, e mal capace a sciorre
gli enigmi della figlia. Dì, Barach,
non è questa la fola? Or dì tu 'l resto,
ch'io m'annoio nel dirla.

BARACH   Fola! Fola!
Oh lo volesse il Cielo. Si riscosse
l'Imperatore a ciò, ma quella tigre
con alterigia, ed or con vezzi, ed ora
moribonda apparendo, vacillare
fe' la mente al buon vecchio, e alla fin trasse
al padre troppo tenero la legge.

---

[16] *disobbligarsi*: esimersi dalla necessità del matrimonio.

Ell'adducea: «Nessuno avrà coraggio
d'esporsi al gran periglio; io vivrò in pace.
Se alcuno s'esporrà, non avrà taccia [17]
il padre mio, s'eseguir fa un editto
pubblicato e giurato». Questa legge
fu giurata, e andò intorno, ed io vorrei
fole narrarvi, e poter dir, che sogni
sono gli effetti della cruda legge.
CALAF Credo, poiché tu 'l narri, quest'editto;
ma certamente nessun Prence stolto
si sarà cimentato.
BARACH   Che! Mirate.
(mostra i teschi infilzati sulle mura)
Que' capi tutti son di giovanetti
Principi, esposti per discior gli oscuri
enigmi della cruda, e esposti invano
vi lasciaron la vita.
CALAF *(sorpreso)*   Oh atroce vista!
Come può darsi tal sciocchezza in uomo
d'espor la testa per aver consorte
sì barbara fanciulla?
BARACH   Ma non dite
questo, Calaf. Chiunque il suo ritratto,
che gira intorno, vede, una tal forza
sente nel cor, che per l'originale
cieco alla morte corre.
CALAF   Un qualche folle.
BARACH No, no, qualunque saggio. Oggi 'l concorso [18]
in Pechino è, perché si tronca il capo
di Samarcanda al Principe, il più bello,
il più saggio, e gentile giovinetto,
che la città vedesse. Altoum piange
della giurata legge, e l'inumana
si pavoneggia, e gode.
*(si mette in ascolto. Odesi un suono lugubre d'un tamburo
scordato)*   Udite! Udite!

---

[17] *non avrà taccia*: non potrà essere accusato di crudeltà.

[18] *concorso*: concorso di folla.

Questo suono lugubre è 'l mesto segno,
che 'l colpo segue. Io di Pechino uscito
sono per non vederlo.
CALAF   Tu mi narri
strane cose, Barach. Ed è possibile,
che da natura uscita una tal donna
sia, com'è Turandotte? Sì incapace
d'innamorarsi, e di pietà sì ignuda?
BARACH Ha mia Consorte una sua figlia, serva
della crudele nel Serraglio, e narra
di quando in quando a mia consorte cose,
che sembrano menzogne. Turandot
è una tigre, Signor; ma la superbia,
l'ambizione è in lei più, ch'altro vizio.
CALAF Vadano tra i dimoni questi mostri,
abbominevol mostri di natura,
che umanità non han. S'io fossi 'l padre,
morrebbe tra le fiamme.
BARACH *(guarda verso la Città)* Ecco Ismaele,
l'Aio infelice del già morto Prence,
amico mio, che vien piangendo.

SCENA II
ISMAELE, *e detti.*

ISMAELE *(esce piangendo dalla Città)*   Amico,
morto è 'l Principe mio. Colpo fatale!
Deh perché sul mio capo non cadesti? *(piange dirottamente)*
BARACH Ma perché mai lasciarlo esporre, amico,
nel Divano al cimento?
ISMAELE   E aggiungi ancora
all'angoscia rimproveri? Barach,
non mancai di dover. Se tempo aveva,
il suo padre avvertia. Tempo non ebbi,
ragion non valse, e l'Aio alfine è servo,
né al Principe comanda. *(piange)*
BARACH   Datti pace.
Filosofia t'assista.

ISMAELE Pace! pace!
Amor mi tenne, e sino all'ultim'ora
presso mi volle. I detti suoi mi sono
fitti nell'alma, e tante acute spine
saranno a questo seno eternamente.
«Non pianger, mi dicea, volontier muoio,
che la crudele posseder non posso.
Scusami al Re, mio padre, che partito
son dalla Corte sua senza un addio.
Dì, che 'l timor, ch'ei s'opponesse allora
al mio desir, mi fe' disubbidiente.
Questo ritratto mostragli». *(trae dal seno un ritratto)*
 «Veggendo
tanta bellezza dell'altera donna,
mi scuserà, piangerà teco il mio
caso crudel». Ciò detto, cento baci
impresse in questa maledetta effigie,
poscia il suo collo espose, e vidi a un tratto
(orribil vista, che natura oppresse!)
sangue spruzzar, busto cadere, in mano
del ministro [19] crudele il caro capo
del mio Signor. Fuggii, d'orror, di doglia
desolato, accecato. *(getta in terra, e calpesta il ritratto)*
 O maladetto,
diabolico ritratto, qui rimanti
calpestato nel fango. Almen potessi
calpestar teco Turandotte iniqua.
Ch'io ti rechi al mio Re? No, Samarcanda
più non mi rivedrà. Piangendo sempre
in un diserto lascierò la vita. *(parte furioso)*

---

[19] *ministro*: qui boia.

SCENA III
BARACH, e CALAF.

BARACH Signor, udiste?
CALAF　　　　　　Sì tutto commosso
sono per quanto udii. Ma come mai
aver può tanta forza non intesa
questo ritratto? *(va per raccogliere il ritratto: Barach lo trattiene)*
BARACH　　　　Oh Dio! Signor, che fate?
CALAF *(sorridendo)*
Quel ritratto raccolgo. Io vo' vedere
queste sì formidabili bellezze.
(vuol raccogliere il ritratto: Barach lo trattiene con forza)
BARACH Meglio saria per voi fissar lo sguardo
nella faccia tremenda di Medusa.
Non vel permetterò.
CALAF　　　　　　Sei pazzo! Eh via.
(lo respinge, raccoglie il ritratto)
Se tu sei folle, io tal non son. Bellezza
di donna non fu mai, che un sol momento
fermasse gl'occhi miei, non che nel core
potesse penetrar. Di donna viva
parlo, Barach: vedi se pochi segni
da pittor coloriti hanno a far colpo,
e 'l colpo, che tu narri, in questo seno.
Baie son queste.
　　　(sospirando) I casi miei, Barach,
chiaman altro, che amori.
(è in atto di guardare il ritratto. Barach impetuoso gli mette sopra una mano, gl'impedisce il vederlo)
BARACH　　　　　Per pietade
chiudete gli occhi...
CALAF *(respingendolo)* Eh via, stolto, m'offendi.
(guarda il ritratto, riman sorpreso, indi grado grado con lazzi sostenuti[20] s'incanta in esso)

---

[20] *con lazzi sostenuti*: «con un'azione mimica ben condotta» (Petronio).

BARACH (*addolorato*)
  Misero me! qual infortunio è questo!
CALAF (*attonito*)
  Barach, che miro! in questa dolce effigie,
  in questi occhi benigni, in questo petto
  l'alpestre cor tiranno, che narrasti,
  albergar non può mai.
BARACH   Lasso! che sento?
  Signor, più bella è Turandot, né mai
  giunse pittor a colorir le intere
  bellezze di colei. Non celo il vero.
  Ma non potria degli uomini eloquenti
  la più faconda lingua dispiegarvi
  l'ambizion, la boria, i sentimenti
  crudi, e perversi del suo core iniquo.
  Deh scagliate, Signor, da voi lontana
  la velenosa effigie; più non beva
  la mortifera peste il guardo vostro
  delle crude bellezze, io vi scongiuro.
CALAF (*che sarà sempre stato contemplando il ritratto*)
  Invano tenti spaventarmi. Care
  rosate guance, amabili pupille,
  ridenti labbra! oh fortunato in terra
  chi di sì bel complesso l'armonia
  animata, e parlante possedesse!
  (*sospeso alquanto, poi risoluto*)
  Barach, non palesarmi.[21] È questo il punto
  di tentar la fortuna. O la più bella
  donna, che viva, e in un [22] possente Impero,
  disciogliendo gli enigmi, a un tratto acquisto,
  o una misera vita, divenuta
  insofferibil peso, a un tratto lascio.
  (*guarda il ritratto*)
  Dolce speranza mia, già m'apparecchio
  vittima nuova a dispiegar gli enigmi.
  Abbi di me pietà. Dimmi, Barach;

---

[21] *non palesarmi*: non mi tradire.   [22] *in un*: in una sola volta.

là nel Divano almen, pria di morire,
vedranno gli occhi miei l'immagin viva
di sì rara bellezza?
(udirassi un suono lugubre di tamburo scordato dentro le mura della città, e più vicino della prima volta. Calaf si porrà in attenzione. Vedrassi innalzarsi per di dentro sulle mura un orrido carnefice Chinese con le braccia ignude, e sanguinose, che pianterà il capo del Principe di Samarcanda, indi si ritirerà)

BARACH   Deh mirate
prima, e v'inorridite. È quello il teschio
del Principe infelice ancor fumante,
di sangue intriso, e quel, ch'ivi lo fisse
è 'l carnefice vostro. Vi trattenga
sicurezza di morte. È già impossibile
discior gli enigmi della crudel donna.
Il caro capo vostro orrido in vista
di spettacolo agli altri invano arditi
presso a quello diman sarà confitto. *(piange)*

CALAF *(verso al teschio)*[23]
Sventurato garzon, qual forza estrema
vuol, ch'io ti sia compagno? Odi, Barach;
morto già mi piangesti, a che più piangere?
Vado ad espormi. Tu non palesare
il nome mio a nessun. Fors'è il Ciel sazio
di mie sventure, e vuol farmi felice,
perch'io sollevi i genitor meschini.
S'io disciolgo gli enigmi, a tanto amore
ti sarò grato. Addio. *(vuol partire, Barach lo trattiene)*

BARACH   No certamente...
Per pietà... caro figlio... oh Dio!... Consorte
vieni... m'assisti... questa a me diletta
persona espor si vuole a scior gli enigmi
di Turandot crudele.

---

[23] *(verso al teschio)... garzon*: la battuta detta «verso al teschio» rammenta quella di Amleto «rivolta» a Yorick durante il colloquio con Horatio: «Alas, poor Yorick» (*Hamlet* V, I, 179).

SCENA IV
SCHIRINA, *e detti.*

SCHIRINA   Oimè! che sento!
  Non siete voi l'ospite mio? Chi guida
  questo affabile oggetto in braccio a morte?
CALAF Pietosa donna, al mio destin mi tragge
  questa bella presenza. *(mostra il ritratto)*
SCHIRINA   Ah, chi gli ha data
  l'immagine infernal! *(piange)*
BARACH *(piangendo)*   Puro accidente.
CALAF *(liberandosi)*
  Assan, donna gentile, il mio destriere
  rimanga a voi con questa borsa in dono.
  (trae la borsa dal seno, e la dà a Schirina)
  Altro non ho nella miseria mia
  da spiegarvi il mio cor.[24] Se non v'incresce,
  qualche parte del dono in mio soccorso
  spendete in sacrifici a' Dei celesti,
  a' poverelli dispensate. Ognuno
  preghi per questo sventurato. Addio. *(entra nella Città)*
BARACH Signor... Signor...
SCHIRINA   Figlio... fermate... figlio...
  Ah vane son le voci. Dimmi, Assan,
  chi è quel generoso sfortunato,
  che alla morte sen corre?
BARACH   Non ti prenda
  tal curiositade. È tal d'ingegno,
  ch'io non dispero in tutto. Andiam, Consorte.
  A' poverelli tutto, e a' Sacerdoti
  vada quell'oro, onde si chieda al Cielo
  grazia per lui... Ah morto il piangeremo!
  (entra in casa disperato)
SCHIRINA Non sol quest'oro, ma di quanto mai
  spogliar mi posso, tutto in pietose opre
  dato fia pel meschin. Certo esser deve

---

[24] *spiegarvi... cor*: mostrarvi la mia gratitudine.

qualche grand'alma alle maniere nobili,
all'aspetto sublime. Egli è sì caro,
al mio sposo fedel? Tutto si faccia.
Ben trecento pollastri, ed altrettanti
pesci di fiume al gran Berginguzino [25]
saranno offerti, e a' Geni [26] sacrifizio
di legumi abbondanti, e riso in copia
certo fatto sarà. Confuzio voglia
de' Bonces [27] alle preci condiscendere.

---

[25] *Berginguzino*: «Secondo *L'Histoire du prince Calef et de la princesse de la Chine* [...] era un "legislateur"» (Perrone).
[26] *Geni*: sono le divinità domestiche dell'antica Roma che Gozzi adatta anche alla Cina.
[27] *Bonces*: i bonzi, veramente, sono sacerdoti buddisti. Niente hanno a che vedere con Confucio, che Gozzi confonde con una divinità.

ATTO SECONDO

Gran sala del Divano con due portoni l'uno in faccia all'altro. Supponesi, che l'uno apra il passaggio al Serraglio della Principessa Turandot, e che l'altro apra il passaggio agli Appartamenti dell'Imperatore, suo padre.

SCENA I
Truffaldino, Brighella, *Eunuchi, tutti alla Chinese.*

Truffaldino comanda a' suoi Eunuchi, che spazzino la Sala. Fa erigere due troni alla Chinese l'uno dall'una, l'altro dall'altra parte del Teatro. Fa porre otto sedili per gli otto Dottori del Divano; è allegro, e canta. Brighella sopraggiunge, chiede la ragione dell'apparecchio.[1] Truffaldino che devesi radunare in fretta il Divano coi Dottori, l'Imperatore, e la sua cara Principessa. Per grazia del Cielo le faccende vanno felicemente. È comparso un altro Principe a farsi tagliar la testa. Brighella esserne perito uno tre ore prima. Rimprovera Truffaldino, che sia allegro per un macello così barbaro. Truffaldino nessuno chiama Principi a farsi mozzare il capo; se sono pazzi volontari, il danno sia di loro ec. Che la sua adorabile Principessa, ogni volta, che confonde un Principe co' suoi enigmi, e lo manda al suo destino, per l'allegrezza d'esser vittoriosa lo regala ec. Brighella Abborrisce sentimenti tali nel patriota.[2] Detesta la crudeltà della Principessa. Dovrebbe maritarsi e troncar quella miseria ec. Truffaldino che a non volersi maritare ha ragione ec. Sono seccature indiscrete ec. Brighella che parla da Eunuco inutile ec. Tutti gli Eunuchi odiano i matrimoni ec. Truffaldino collerico, che odia i matrimoni, temendo che producano de' Brighelli. Brighella irritato; ch'è un galantuomo ec. Che le sue massime sono perniziose, che, se sua madre non si fosse maritata, non sarebbe nato. Truffaldino che mente per la gola. Sua madre non fu mai maritata, ed egli è nato felicemente. Brighella si vede,

---

[1] *dell'apparecchio*: dei preparativi.   [2] *nel patriota*: in un compatriota.

ch'egli è un partorito contro le buone regole. TRUFFALDINO ch'egli è capo degli Eunuchi; non venga ad impedir gli affari suoi, e vada, giacch'è maestro dei Paggi, a fare il suo dovere; ma ch'egli sa, che insegna delle belle cose ai Paggi a proposito de' matrimoni ec. Mentre il contrasto dura tra questi due personaggi, gli Eunuchi avranno assettata la sala. Odesi una marcia di strumenti. È l'Imperatore, che giugne nel Divano colla Corte, e co' Dottori. Brighella parte per rispetto; Truffaldino co' suoi Eunuchi per andar a levare [3] la sua cara Principessa.

SCENA II

Al suono d'una marcia escono le guardie alla Chinese; indi gli otto Dottori, poscia PANTALONE, TARTAGLIA, *e dopo* ALTOUM, *Can. Tutti sono alla Chinese. Altoum è un vecchione venerando, riccamente vestito anch'egli alla Chinese. Al suo comparire tutti si gettano colla fronte per terra. Altoum sale, e siede sul trono, posto alla parte da dove è uscito. Pantalone, e Tartaglia si mettono uno per parte del trono. I Dottori siedono sopr'a' loro sedili. Termina la marcia.*

ALTOUM E sino a quando, miei fedeli, deggio
    sofferir tali angosce? Appena... appena
    le dovute funebri opre hanno fine
    d'un infelice Principe sull'ossa,
    e sull'ossa di lui mi struggo in lagrime;
    nuovo oggetto s'espone, nuove angosce
    destando in questo sen. Barbara figlia,
    nata per mio tormento! Che mi vale
    il punto maledir, che sull'editto
    al tremendo Confuzio il giuramento
    feci solennemente di eseguirlo?
    Spergiuro esser non posso. Non si spoglia
    di crudeltà mia figlia. Mai non mancano
    stolti amanti ostinati, e non ritrovo
    mai chi doni consiglio in tanta doglia.

---

[3] *levare*: prendere ed accompagnare.

PANTALONE Cara Maestà, no saveria che consegio darghe. In tei nostri paesi no se zura de sta sorte de legge. No se fa de sta qualità de editti. No ghe esempio, che i Prencipi se innamora de un retrattin, a segno de perder la testa per l'original, e no nasce putte,[4] che odia i omeni, come la Prencipessa Turandot, so fia. Oibò, no ghe xe idea da nu [5] de sta sorte de creature, gnanca per sogno. Prima che le mie desgrazie me facesse abbandonar el mio paese, e che la mia fortuna me innalzasse senza merito all'onor de segretario de Vostra Maestà, no aveva altra cognizion della China, se no che la fusse una polvere bonissima per la freve terzana,[6] e son sempre come un omo incocalio [7] de aver trovà qua de sta sorte de costumi, de sta sorte de zuramenti, e de sta sorte de putti, e de putte. Se contasse sta istoria a Venezia, i me diria: «Via, sier bomba sier slappa, sier panchiana,[8] andé a contar ste fiabe ai puttelli»; i me rideria in tel muso, e i me volteria tanto de bero.[9]

ALTOUM Tartaglia, foste a visitar il nuovo
temerario infelice?

TARTAGLIA Maestà sì; è qui nelle solite stanze del palagio, che s'assegnano a' Prencipi forestieri. Sono rimasto stupefatto della sua bella presenza, della sua dolce fisonomia, della sua maniera nobile di favellare. In vita mia non ho veduta la più degna persona. Ne sono innamorato, e mi sento strappare il cuore, che venga ad esporsi al macello, come un becco,[10] un Principe così bello, così buono, così giovane... *(piange)*

ALTOUM Oh indicibil miseria! Già eseguiti
saranno i sacrifizi, onde dal Cielo
sia soccorso il meschin di tanto lume
da penetrare, da discior gli oscuri
enigmi della barbara mia figlia?
Ah invan lo spero!

---

[4] *putte*: ragazze.
[5] *da nu*: da noi.
[6] *polvere... terzana*: allude al chinino, rimedio contro la malaria (febbre terzana, qui).
[7] *incocalio*: instupidito. «Cocali», in veneziano, sono i gabbiani. Metaforicamente vale stupido, stordito.

[8] *sier bomba... panchiana*: sono tutte espressioni vernacole sinonime per indicare il contafrottole.
[9] *i me... bero*: mi volterebbero tanto di sedere. Mi volterebbero le spalle.
[10] *becco*: caprone.

PANTALONE La pol star certa, Maestà, che no s'ha mancà de sacrifizi. Cento manzi xe stai sacrificai al Cielo, cento cavalli al Sol, e cento porchi alla Luna. *(a parte)* (Mi po no so [11] cossa se possa sperar da sta generosa beccaria [12] imperial.)

TARTAGLIA *(a parte)* (Sarebbe stato meglio sacrificare quella porchetta della Principessa. Ogni disgrazia sarebbe finita.)

ALTOUM Or ben, qui si conduca il nuovo Prence.
(parte una guardia)
Si proccuri distorlo dal cimento;
e voi, saggi Dottori del Divano,
Ministri fidi, m'assistete, dove [13]
il dolor mi troncasse la favella.

PANTALONE Gavemo tante esperienze, che basta, Maestà. Se sfiateremo de bando,[14] e po l'anderà a farse sgargatar, come un dindio.[15]

TARTAGLIA Senti, Pantalone. Ho conosciuto in lui della virtù, e dell'acume; non sono senza speranza.

PANTALONE Che! che el spiega le indovinelle de quella cagna? oh fallada la xe![16]

SCENA III
CALAF *accompagnato da una guardia, e detti.*

CALAF *(s'inginocchierà con una mano alla fronte)*
ALTOUM Sorgi, incauto garzon.
(Calaf s'alza, e fatto un inchino, si pianta con nobiltà nel mezzo al Divano tra i due troni verso all'uditorio) Altoum segue *(a parte dopo aver contemplato fissamente Calaf)*
            Che bella idea!
Quanta compassion mi desta in seno!
Dimmi, infelice, donde sei? Di quale

---

[11] *Mi po no so*: Io poi non so.
[12] *beccaria*: carneficina, ecatombe.
[13] *dove*: nel caso in cui, se.
[14] *Se... bando*: ci sfiateremo per niente (è questo il significato di «de bando»: a buon mercato).
[15] *sgargatar... dindio*: sgozzare come un tacchino.
[16] *fallada la xe*: nel senso di «vi sbagliate».

Principe sei figliuol?
Calaf (sorpreso alquanto, indi con inchino nobile)
                          Signor, per grazia
il mio nome stia occulto.
ALTOUM   E come ardisci,
senza dirmi la nascita, d'esporti
a pretender le nozze di mia figlia?
CALAF *(con grandezza)*
Principe son. Se 'l Ciel vorrà, ch'io mora,
prima del fatal punto fia palese
il mio nome, la nascita, lo stato,
perché si sappia allor, che all'alto nodo,
senza sangue reale in queste vene,
d'aspirar non avrei temeritade.
(con inchino)
Grazia è per or, che 'l nome mio stia occulto.
ALTOUM (a *parte*)
(Che nobiltà di favellare! Oh quanta
compassion mi desta!)
              (alto) Ma, se sciogli
gli oscurissimi enigmi, e di non degna
nascita sei, come potrò la legge?...
CALAF *(interrompendolo arditamente)*
Per i Principi sol scritta è la legge.
Signor... oh 'l Ciel lo voglia... allor, s'io sono
d'ignobil stirpe, il capo mio la pena
paghi sotto una scure, ed insepolte
sien queste membra pascolo alle fere,
a' cani, alle cornacchie. Ho già in Pechino
chi mi conosce, e l'esser mio può dirvi.
(con inchino)
Grazia è per or, che 'l nome mio stia occulto,
alla vostra clemenza in grazia il chiedo.
ALTOUM Abbi tal grazia in dono. Io non potrei
a quella voce, alle tue belle forme
nulla negar. Così disposto fosti
grazia tu a fare ad un Imperatore,
che dall'alto suo seggio a te la chiede.
Desisti, deh desisti dal cimento,

a cui t'esponi. Tanta simpatia
di te mi prende, che del mio potere
a te tutto esibisco. Sii compagno
di me nel Regno, ed al serrar quest'occhi
ogni possibil mia beneficenza
da quest'animo attendi. Non volere,
ch'io sia tiranno a forza. Io son l'obbrobrio,
per l'incautela mia, di tutti i sudditi.
Anima audace, se pietà può nulla
sopra di te, non obbligarmi a piangere
sul cadavere tuo. Non far, che accresca
l'odio a mia figlia, l'odio a me medesmo
d'aver prodotta una perversa figlia,
orgogliosa, crudel, vana, ostinata,
cagion d'ogni mia angoscia, e della morte. *(piange)*

CALAF Sire, datevi pace. Al Cielo è nota
la pietade, ch'io sento. D'un tal padre,
qual siete voi, da educazion non ebbe
d'esser tiranna esempio vostra figlia.
Non ricerchiam di più. Colpa è in voi solo,
se colpa dir si può, tenero affetto
verso un'unica figlia, e d'aver data
al mondo una bellezza sì possente,
che trae l'uom di se stesso. Io vi ringrazio
de' generosi sentimenti vostri.
Mal vi sarei compagno. O 'l Ciel felice
mi vuol, di Turandot a me diletta
donandomi 'l possesso, o vuol, che questa
misera vita, insofferibil peso
senza di Turandot, abbia il suo fine.
Morte pretendo, o Turandotte in sposa.

PANTALONE Ma, cara Altezza, cara vita mia, averè za visto sora la porta della Città tutte quelle crepe de morto impirae,[17] no ve digo de più. No so che gusto, che abbiè a vegnirve a far scannar, come un cavron, con sicurezza, per farne pianzer, come desperai tutti quanti. Sappiè, che la Principessa ve farà un

---

[17] *crepe... impirae*: teste di morto infilzate.

impianto [18] de tre indovinelle, che no le spiegheria el strolego Cingarello.[19] Nu, che semo da tanto tempo deputai [20] con sti Eccellentissimi Dottori del Divan a dar sentenza de chi spiega ben, e de chi spiega mal, per far eseguir la legge, pratici,[21] consumai sui libri, stentemo all'improvviso a arrivar all'acutezza dei enigmi de sta Prencipessa crudel, perché no i xe miga: panza de ferro, buelle de bombaso, [22] e via descorrendo; i xe novi de trinca,[23] e maledetti; e, se no la li consegnasse proposti, spiegai, e sigillai in tante cartoline a sti Eccellentissimi Dottori, forsi gnanca elli saveria, dove i avesse la testa.[24] Andè in pase, caro fio. Se' là, che parè un fior;[25] me fe' peccà.[26] Varenta al ben, che ve vogio,[27] che se ve ostinè, fazzo più conto d'un ravanello del gobbo ortolan,[28] che della vostra testa.

CALAF Vecchio, invan t'affatichi, invan ragioni.

Morte pretendo, o Turandotte in sposa.

TARTAGLIA Turandotte... Turandotte. Mo che diavolo di ostinazione, caro figlio mio. Intendi bene. Qui non si giuoca a indovinare colla scommessa d'un caffè col pandolo [29] o di mezza chioccolata colla vaniglia. Capisci, capisci una volta; qui ci va la testa. Io non uso altri argomenti per persuaderti a desistere. Questo è grande, la testa ci va; la testa. Sua Maestà ti prega, ha fatto sacrificare cento cavalli al Sole, cento buoi al Cielo, cento porci alla Luna, cento vacche alle Stelle in tuo favore, e tu, ingrato, vuoi resistere per dargli questo rammarico. Se non vi fossero altre femmine al mondo, che la Principessa Turandotte, la tua risoluzione sarebbe ancora una gran bestialità.

---

[18] *impianto*: nel senso di «imbroglio».

[19] *Cingarello*: doveva essere un indovino ben noto al tempo di Gozzi. Il nome deriva da «cingaro», zingaro.

[20] *deputai*: deputati, incaricati.

[21] *pratici*: esperti.

[22] *panza... bombaso*: pancia di ferro, budella di bambagia è un indovinello di facile soluzione, perché universalmente noto.

[23] *novi de trinca*: nuovi di zecca.

[24] *dove... testa*: come raccapezzarcisi.

[25] *Se' là... fior*: siete lì che sembrate un fiore: allude alla precarietà della condizione di Calaf.

[26] *me fe' peccà*: mi fate compassione.

[27] *Varenta... vogio*: quant'è vero il bene che vi voglio («varenta» vale, alla lettera, garantisca, sia testimone).

[28] *gobbo ortolan*: doveva essere un modo di dire ben conosciuto nella Venezia settecentesca.

[29] *pandolo*: «specie di pasta dolce [...] intrisa con burro e zucchero che si mangia inzuppata nel caffè o nel cioccolate» (Boerio).

Scusa, caro Principe mio. In coscienza è l'amore, che mi fa parlare con libertà. Hai tu ben capito, che cosa sia il perdere la testa? mi par impossibile.
CALAF Troppo dicesti. È vana ogni fatica.
   Morte pretendo, o Turandotte in sposa.
ALTOUM Crudel, ti sazia; abbi la morte, ed abbi
   la mia disperazion.
      (alle guardie) La Principessa entri
   al cimento nel Divan; s'appaghi
   d'una vittima nuova. *(parte una guardia)*
CALAF *(da sé con fervore)*   (Eterni Numi,
   m'ispirate talento. Non m'opprima [30]
   la vista di costei. Io vi confesso,
   che vacilla la mente, e che tremore
   ho nel sen, dentro al core, e sulle labbra.)
   (all'assemblea)
   Sacro Divan, saggi Dottori, giudici,
   nelle risposte mie della mia vita,
   scusate tanto ardir; clemenza abbiate
   per un cieco d'amor, che non conosce
   dove sia, quanto vaglia, e s'abbandona
   tratto da occulta forza al suo destino.

SCENA IV

Udrassi il suono d'una marcia, intrecciato con tamburelli. Uscirà Truffaldino con la scimitarra alla spalla, i suoi Eunuchi lo seguiranno. Dietro a questi usciran varie Schiave di accompagnamento con tamburelli suonando. Dopo usciranno due schiave velate, una vestita riccamente, e maestosamente alla Tartara, che sarà Adelma, l'altra passabilmente [31] alla Chinese, che sarà Zelima. Questa avrà un picciolo bacile con fogli suggellati. Truffaldino, e gli Eunuchi, nel passar difilati si getteranno colla faccia a terra innanzi

---

[30] *Non m'opprima*: non mi schiacci, non mi confonda.

[31] *passabilmente*: in modo più modesto.

ad Altoum, poi sorgeranno. Le schiave s'inginocchieranno colla mano alla fronte. Uscirà Turandotte velata, vestita riccamente alla Chinese, con aria grave, e baldanzosa. I Dottori, e i Ministri si getteranno colla faccia a terra. Altoum si leverà in piedi. Turandotte si porrà una mano alla fronte, e farà un inchino grave al padre, indi salirà il suo trono, e siederà. Zelima si porrà al suo fianco sulla sinistra, Adelma alla destra. Calaf, che si sarà inginocchiato alla comparsa di Turandot, si rizzerà, e rimarrà incantato in essa. Tutti torneranno a' lor posti. Truffaldino, eseguite alcune cerimonie facete a suo modo, prenderà il bacile di Zelima coi fogli suggellati: li dispenserà ai Dottori, e si ritirerà dopo altre cerimonie e riverenze Chinesi. Durante tutte queste solennità mute, si sarà suonata la marcia. Al partire di Truffaldino rimarrà la gran Sala del Divano in silenzio.

SCENA V
Altoum, Turandot, Calaf, Zelima, Adelma, Pantalone, Tartaglia, *Dottori, e guardie.*

Turandot *(alteramente)*
  Chi è, che si lusinga audacemente
  di penetrar gli acuti enigmi ancora
  dopo sì lunga esperienza; e brama
  miseramente di lasciar la vita?
Altoum Figlia, egli è quello;
  (addita Calaf, che sarà attonito nel mezzo del Divano in piedi)
              e ben degno sarebbe,
  che tuo sposo il scegliessi, e che finissi
  d'esporlo al gran cimento, lacerando
  di chi ti diè la vita il core afflitto.
Turandot *(dopo aver mirato alquanto Calaf, basso a Zelima)*
  Zelima, oh Cielo! alcun oggetto, credi,
  nel Divan non s'espose, che destasse
  compassione in questo sen. Costui
  mi fa pietà.
Zelima *(basso)* Di tre facili enigmi
  lo caricate, e terminate ormai
  d'esser crudel.

TURANDOT *(con sussiego, basso)*
              Che dici! La mia gloria!
Temeraria, tant'osi?
ADELMA *(che avrà osservato Calaf attentamente, da sé)*
              (Oh Ciel! che miro!
non è costui quel, ch'alla Corte mia
de' Carazani un dì vil servo io vidi,
quando vivea Cheicobad, mio padre?
Principe è dunque! Ah ben mel disse il core,
quel cor, ch'è suo.)
TURANDOT   Principe, desistete
dall'impresa fatale. Al Cielo è noto,
che quelle voci, che crudel mi fanno,
son menzognere. Abborrimento estremo
ch'ho al sesso vostro, fa, ch'io mi difenda,
com'io so, com'io posso, a viver lunge
da un sesso, che abborrisco. Perché mai
di quella libertà, di che disporre
dovria poter ognun, dispor non posso?
Chi vi conduce a far, ch'io sia crudele
contro mia volontà? Se vaglion prieghi,
io m'umilio a pregarvi. Desistete,
Principe, dal cimento. Non tentate
il mio talento mai. Superba sono
di questo solo. Il Ciel mi diè in favore
acutezza, e talento. Io cadrei morta,
se nel Divan con pubblica vergogna
fossi vinta d'acume. Ite, scioglietemi
dal proporvi gli enigmi; ancora è tempo;
o piangerete invan la morte vostra.
CALAF Sì bella voce, e sì bella presenza,
sì raro spirto, e insuperabil mente
in una donna! Ah qual error è mai
nell'uom, che mette la sua vita a rischio
per possederla? E di sì raro acume
Turandotte si vanta? E non iscopre,
che quanto i merti suoi sono maggiori,
che quant'avversa è più d'esser d'uom moglie,
arder l'uomo più deve? Mille vite,

Turandotte crudele, in questa salma [32]
fossero pur. Io core avrei d'esporle
mille volte a un patibolo per voi.
ZELIMA *(bassa a Turandot)*
Ah! facili gli enigmi per pietade!
Egli è degno di voi.
ADELMA *(a parte)*   (Quanta dolcezza!
Oh potess'esser mio! Perché non seppi,
ch'era Prence costui, prima che schiava
mi volesse fortuna, e in basso stato!
Oh quanto amor m'accende or che m'è noto,
ch'egli è d'alto lignaggio! Ah che non manca
mai coraggio ad amor.)
    (basso a Turandot) La gloria vostra
vi stia a cor, Turandot.
TURANDOT *(perplessa da sé)* (E questo solo
ha forza di destar compassione
in questo sen? *(risoluta)* No, superarmi io deggio.)
(a Calaf, con impeto)
Temerario, al cimento t'apparecchia.
ALTOUM Principe, insisti ancor?
CALAF   Signor, già 'l dissi.
Morte pretendo, o Turandotte in sposa.
ALTOUM Il decreto fatal dunque si legga
pubblicamente; egli l'ascolti e tremi.
(Pantalone caverà dal seno il libro della legge, lo bacierà, se lo porrà sul petto, poi alla fronte, indi lo presenterà a Tartaglia, il quale, gettandosi prima colla fronte a terra, lo riceverà, poscia leggerà ad alta voce)
Ogni Principe possa Turandotte
pretender per consorte; ma disciolga
prima tre enigmi della Principessa
tra i Dottor nel Divano. Se gli spiega,
l'abbia per moglie. Se non è capace,
sia condannato in mano del carnefice,
che gli tronchi la testa, sicché muoia.

---

[32] *salma*: cadavere, letteralmente, ma qui «corpo votato alla morte» (Perrone).

Al tremendo Confuzio Altoum Can
d'eseguire il decreto afferma, e giura.
(Terminata la lettura, Tartaglia bacierà il libro, se lo porrà sul petto, e sulla fronte, e lo riconsegnerà a Pantalone, il quale, ricevutolo colla fronte per terra, si rizzerà, e lo presenterà ad Altoum, il quale, levata una mano, gliela porrà sopra)

ALTOUM *(con sospiro)*
O legge! O mio tormento! D'eseguirti
al tremendo Confuzio affermo e giuro.
(Pantalone si porrà di nuovo il libro in seno. Il Divano sarà in un gran silenzio. Turandotte si leverà in piedi)

TURANDOT *(in tuono accademico)*
Dimmi, stranier: chi è la creatura
d'ogni Città, d'ogni Castello, e Terra,
per ogni loco, ed è sempre sicura,
tra gli sconfitti, e tra i vincenti in guerra?
Notissima ad ogn'uomo è sua figura,
ch'ella è amica di tutti in sulla terra.
Chi eguagliarla volesse è in gran follia.
Tu l'hai presente, e non saprai, chi sia. *(siede)*

CALAF *(dopo aver guardato il Cielo con atto di pensare, fatto un inchino colla mano alla fronte verso Turandot)*
Felice me, se di più oscuri enigmi
il peso non mi deste! Principessa,
chi non saprà, che quella creatura
d'ogni Città, d'ogni Castello e Terra,
che sta con tutti, ed è sicura sempre
tra gli sconfitti, e tra i vittoriosi,
palese al mondo, che non soffre eguali,
e ch'ho presente (il sofferite)[33] è il Sole?

PANTALONE *(allegro)* Tartagia, el l'ha imbroccada.
TARTAGLIA Di pianta nel mezzo.[34]
(Tutti i Dottori apriranno la prima carta suggellata, indi in coro)
Ottimamente. È 'l Sole, è 'l Sole, è 'l Sole.
ALTOUM *(allegro)*

---

[33] *(il sofferite)*, sopportate ch'io lo dica.
[34] *Di pianta nel mezzo*: proprio nel mezzo («di pianta» ha il valore di «del tutto», «completamente»).

Figlio, al Ciel t'accomando a' nuovi enigmi.
ZELIMA *(a parte)*
(Soccorretelo, o Numi.)
ADELMA *(agitata a parte)*   (O Ciel, t'opponi;
fa', che non sia di Turandotte sposo.)
Io mi sento morir.
TURANDOT *(sdegnosa da sé)*
         (Che costui vinca!
Che superi, 'l mio ingegno! Eh non fia vero.)
(alto)
Folle, m'ascolta pur; spiega i miei sensi.[35]
(si leva in piedi, e segue in tono accademico)
L'albero, in cui la vita
d'ogni mortal si perde,
di vecchiezza infinita,
sempre novello, e verde,
che bianche ha le sue foglie
dall'una parte, e allegre;
bianchezza si discioglie;
son nel rovescio negre.
Stranier, dì in cortesia
quest'albero qual sia. *(siede)*
CALAF *(dopo qualche raccoglimento, e fatto il solito inchino)*
Non isdegnate, altera Donna, ch'io
disciolga i vostri enigmi. Questa pianta
antichissima, e nuova, in cui si perde
la vita de' mortali, e c'ha le foglie
bianche al di sopra, e dal rovescio negre,
co' giorni suoi, colle sue notti è l'anno.
PANTALONE *(allegro)* Tartagia, el ga dà drento.[36]
TARTAGLIA Sì in coscienza, di brocca di brocca.[37]
(Tutti i Dottori in coro, dopo aver aperta l'altra carta suggellata)
Ottimamente: è l'anno, è l'anno, è l'anno.

---

[35] *i miei sensi*: il significato delle mie parole.
[36] *el ga dà drento*: ci ha dato dentro, ha indovinato

[37] *di brocca di brocca*: in centro in centro, proprio in centro («dare di brocca» significa «colpire nel bersaglio»).

ALTOUM *(lieto)*
  Quanta allegrezza! O Numi, al fin pervenga.
ZELIMA *(a parte)* (Fosse l'ultimo questo!)
ADELMA *(smaniosa a parte)*   (Oimè! Lo perdo.)
  (basso, a Turandot)
  Signora, ogni trionfo in un sol punto
  perdete nel Divan. Costui vi supera.
TURANDOT *(sdegnosa basso)*
  Taci. Pria cada il mondo, e l'uman genere
  tutto perisca. *(alto)* Sappi, audace, stolto,
  ch'io t'abborrisco più, quanto più speri
  di superarmi. Dal Divan te n'esci;
  fuggi l'ultimo enigma; il capo salva.
CALAF L'odio vostro, adorata Principessa,
  sol mi rincresce. Il capo mio sia tronco,
  se della pietà vostra non è degno.
ALTOUM Desisti, caro figlio, o tu, mia figlia,
  desisti di propor novelli enigmi.
  Sia tuo Sposo costui, che tutto merta.
TURANDOT *(collerica)*
  Mio sposo! ch'io desista! Quella legge
  si de' eseguir.
CALAF   Signor, non v'affannate.
  Morte pretendo, o Turandotte in sposa.
TURANDOT *(sdegnosissima)*
  Sposa tua fia la morte. Or lo vedrai.
  (si leva in piedi, e segue in tono accademico)
    Dimmi, qual sia quella terribil fera
  quadrupede, ed alata, che pietosa
  ama chi l'ama, e co' nimici è altera.
    Che tremar fece il mondo, e che orgogliosa
  vive, e trionfa ancor. Le robuste anche
  sopra l'istabil mar ferme riposa;
    indi col petto, e le feroci branche [38]
  preme [39] immenso terren. D'esser felice

---

[38] *branche*: dalla risposta di Calaf si capisce che le «branche» sono le «immense ali».
[39] *preme*: copre.

ombra, in terra ed in mar, mai non son stanche
l'ali di questa nuova altra fenice.
(Recitato l'enigma, Turandotte furiosa si lacera dal viso il velo per sorprender Calaf)[40]
Guardami 'n volto, e non tremar. Se puoi,
spiega, chi sia la fera, o a morte corri.
CALAF *(sbalordito)*
Oh bellezza! Oh splendor! *(resta sospeso colle mani agl'occhi)*
ALTOUM *(agitato)* Oimè, si perde!
Figlio, non sbigottirti; in te ritorna.
ZELIMA *(a parte affannosa)*
(Io mi sento mancar.)
ADELMA *(a parte)* (Stranier, sei mio.
Mi sarà guida amor per involarti.[41])
PANTALONE *(smanioso)* Anemo, anemo, fio. Oh se podesse aiutarlo! me trema le tavernelle,[42] che el se perda.
TARTAGLIA Se non fosse per il decoro del posto, anderei a prendere il vaso dell'aceto in cucina.
TURANDOT Misero, morto sei. Della tua sorte
te medesmo condanna.
CALAF *(rientrando in se stesso)* Turandotte,
fu la bellezza vostra, che mi colse
improvviso, e confuse. Io non son vinto.
(volgendosi all'Uditorio)
Tu, quadrupede Fera, e in uno [43] alata,
terror dell'universo, che trionfi,
e vivi in terra, e in mare, ombra facendo
colle immense ali tue grata, e felice
all'elemento istabile,[44] e alla terra,
agl'Illustri tuoi Figli, e cari sudditi,
nuova Fenice, è ver, Fera beata;
sei dell'Adria il Leon feroce, e giusto.
PANTALONE *(con trasporto)* Oh siestu[45] benedetto. No me posso

---

[40] *sorprender Calaf*: stupirlo con la sua bellezza.
[41] *involarti*: rapirti.
[42] *me... tavernelle*: letteralmente «mi trema il sedere».
[43] *e in uno*: e insieme.
[44] *elemento istabile*: il mare.
[45] *siestu*: sii (sia tu).

più tegnir. *(corre ad abbracciarlo)*
TARTAGLIA *(ad Altoum)* Maestà, consolatevi.
(I Dottori aprono il terzo foglio sigillato, indi in coro)
È dell'Adria il Leone: è vero, è vero.
(Odonsi degli evviva allegri del popolo, e uno strepito grande di strumenti. Turandot cade in isfinimento sul trono. Zelima e Adelma l'assistono)
ZELIMA Datevi pace, Principessa. Ha vinto.
ADELMA *(a parte)*
  (Ahi! perduto amor mio... No, non sei perso.)
(Altoum allegro discende dal trono, assistito da Pantalone, e da Tartaglia. I Dottori si ritirano in fila nel fondo del Teatro)
ALTOUM Finisci, figlia, d'essermi tiranna
colle tue stravaganze. Amato Prence,
vieni al mio sen.
(abbraccia Calaf. Turandot rinvenuta precipita furente dal trono)
TURANDOT *(invasata)*
          Fermatevi. Non speri
costui d'esser mio sposo. Io nuovamente
pretendo di propor tre nuovi enigmi
al nuovo giorno. Troppo breve tempo
mi fu dato al cimento. Io non potei
quanto dovea riflettere. Fermate...
ALTOUM *(interrompendola)*
Indiscreta, crudel! Non è più tempo;
più facil non m'avrai. La dura Legge
è già eseguita, ed a' Ministri miei
la sentenza rimetto.
PANTALONE La perdoni. No gh'è bisogno de altre indovinelle, né de tagiar[46] altre teste, come se le fusse zucche baruche.[47] Sto putto ha indovinà. La legge xe eseguida, e avemo da magnar sti confetti. *(a Tartaglia)* Cossa diseu vu, Cancellier?
TARTAGLIA Eseguitissima. Non v'è bisogno d'interpretazioni. Che dicono gli Eccellentissimi Signori Dottori?
(Tutti i Dottori)

---

[46] *tagiar*: tagliare.
[47] *zucche baruche*: cfr. *L'amore del-* *le tre melarance*, Atto terzo, p. 87 e nota relativa (nota 22).

È consumata, è consumata, è sciolta.
ALTOUM Dunque al Tempio si vada. Quest'ignoto
riconoscer si faccia, e i Sacerdoti...
TURANDOT *(disperata)*
Ah, padre mio, deh per pietà sospendasi...
ALTOUM *(sdegnoso)* Non si sospenda; io risoluto sono.
TURANDOT *(precipitando ginocchioni)*
Padre, per quanto amor, per quanto cara
v'è questa vita, al nuovo dì concedasi
nuovo cimento ancora. Io non potrei
sofferir tal vergogna. Io morrò, prima
d'assoggettarmi a quest'uomo superbo,
pria d'esser moglie. Ahi questo nome solo
d'esser consorte ad uom, solo il pensiero
d'esser soggetta ad uom, lassa, m'uccide. *(piange)*
ALTOUM *(collerico)* Ostinata, fanatica, brutale;
più non t'ascolto. Olà, ministri, andate.
CALAF Sorgi, di questo cor bella tiranna.
Signor, deh per pietade sospendete
gli ordini vostri. Io non sarò felice,
s'ella m'abborre, ed odia. L'amor mio
non potria sofferir d'esser cagione
del suo tormento. Che mi val l'affetto,
se d'odio solo la mia fiamma è degna?
Barbara tigre, s'io non ammollisco
quell'anima crudel, sta lieta, e godi;
io non sarò tuo sposo. Ah, se vedessi
questo cor lacerato, io certo sono,
che n'avresti pietà. Della mia morte
ingorda sei? Signor, le si conceda
nuovo cimento; io questa vita ho a sdegno.
ALTOUM No; risoluto son. Vadasi al Tempio:
non si conceda altro cimento... incauto...
TURANDOT *(impetuosa)*
Vadasi al Tempio pur; ma sopra l'Ara
spirerà vostra figlia.
CALAF   Spirerà!
Mio Signor... Principessa, d'una grazia
ambi fatemi degno. Al nuovo giorno

qui nel Divano io proporrò un enigma
   all'indomito spirto, e questo fia:
   Di chi figlio è quel Principe, e qual nome
   porta lo stesso Principe, ridotto
   a mendicar il pane, a portar pesi
   a prezzo vil, per sostener la vita;
   che giunto al colmo di felicitade
   è sventurato ancor più, che mai fosse?
   Doman qui nel Divano, alma crudele,
   del padre il nome, e 'l nome del dolente
   indovinate. Se non v'è possibile,
   traete fuor d'angoscia un infelice;
   non mi negate quell'amata destra;
   s'ammollisca quel cor. Se indovinate,
   sazia della mia morte, e del mio sangue
   sia quell'alma feroce insuperabile.[48]
TURANDOT Straniero, il patto accetto, e mi contento.
ZELIMA *(a parte)*
   (Nuovo periglio ancor.)
ADELMA *(a parte)*   (Nuova speranza.)
ALTOUM Contento non son io. Nulla concedo.
   S'eseguisca la legge.
CALAF *(inginocchiandosi)*   Alto Signore,
   s'io nulla merto, se pietà in voi regna,
   appagate la figlia, e me appagate.
   Deh non manchi da me, ch'ella sia sazia,
   quello spirto si sfoghi. S'ella ha acume,
   quanto ho proposto nel Divan dispieghi.
TURANDOT *(a parte)*
   (Io m'affogo, di sdegno. Ei mi dileggia.
ALTOUM Imprudente, che chiedi! Tu non sai,
   quanto ingegno è in costei... Ben: vi concedo
   questo cimento nuovo. Sciolta sia
   d'esser tua sposa, s'ella i nomi espone,
   ma non concedo già nuove tragedie.
   Salvo te n'anderai, s'ella indovina.

---

[48] *insuperabile*: che non accetta di essere sconfitta.

Più non pianga Altoum le altrui miserie.
(basso a Calaf)
Seguimi... incauto, che facesti mai!
(Ripigliasi un suono di marcia. Altoum con le guardie, i Dottori, Pantalone, e Tartaglia, con gravità entrerà per il portone, dal quale è uscito. Turandotte, Adelma, Zelima, Truffaldino, Eunuchi, e schiave con tamburelli entreranno per l'altro portone)

ATTO TERZO

Camera del Serraglio.

SCENA I
ADELMA, *e una Schiava Tartara sua confidente.*

ADELMA *(con fierezza)*
  Ti proibisco il favellarmi ancora.
  Già capace non son de' tuoi consigli:
  altro mi parla al cor. Possente amore,
  che dell'ignoto Principe m'abbrucia,
  odio, che a questa empia superba io porto,
  dolor di schiavitù. Troppo ho sofferto.
  Scorsi cinqu'anni or son, che dentro al seno
  chiudo il velen, rassegnazion dimostro,
  e amor per questa ambiziosa donna,
  della miseria mia prima cagione.
  In queste vene real sangue scorre,
  tu 'l sai, né Turandot m'è superiore.
  In vergognosi lacci schiava umile
  e sino a quando una mia pari deve,
  come ancella, servir? Gli sforzi estremi,
  per simular m'hanno già resa inferma;
  di giorno in giorno io mi distruggo, come
  neve al sol, cera al foco. Dì, conosci
  in me più Adelma? Io risoluta sono
  oggi d'usar quant'arte posso. Io voglio,
  per la strada d'amor, di schiavitude,
  o di vita fuggir.
SCHIAVA   No, mia Signora...
  No, non è tempo ancor...
ADELMA *(con impeto)*   Va, non tentarmi,
  ch'io soffra più. D'un solo accento, un solo
  non molestarmi ancora. Io tel comando.
  (la schiava, fatto un inchino con una mano alla fronte, timorosa partirà)
  Ecco la mia nimica, accesa l'alma

di rabbia, di vergogna, forsennata,
fuor di se stessa. È questo il vero punto
di tentar tutto, o di morir. S'ascolti. *(si nasconde)*

SCENA II
Turandot, Zelima, *indi* Adelma

Turandot Zelima, più non posso. Sol pensando
alla vergogna mia, sento, che un foco
l'alma mi strugge.
Zelima   Come mai, Signora,
un sì amabile oggetto, un sì bell'uomo,
sì generoso, tanto innamorato,
può destarvi nel seno odio, e puntiglio?
Turandot Non tormentarmi... sappi... ah mi vergogno
a palesarlo... ei mi destò nel petto
commozioni a me ignote... un caldo... un gelo...
No, non è ver. Zelima, io l'odio a morte.
Ei della mia vergogna nel Divano
fu la cagion. Per tutto il Regno, e fuori
si saprà, ch'io fui vinta, e riderassi
dell'ignoranza mia. Dimmi, se 'l sai,
soccorrimi, Zelima. Il padre mio
diman vuol, che nell'alba si raduni
l'assemblea de' Dottori, e, s'io mal sciolgo
l'oscurissimo enigma, ch'è proposto,
vuol, che seguan le nozze in quel momento
«Di chi figlio è quel Principe, e qual nome
porta lo stesso Principe, ridotto
a mendicar il pane, a portar pesi
a prezzo vil per sostener la vita;
che giunto al colmo di felicitade
è sventurato ancor più, che mai fosse?»
Io scorgo ben, che questo sconosciuto
è 'l Principe proposto; ma chi puote,
del padre il nome indovinar, e 'l suo?
s'è sconosciuto? se l'Imperatore
grazia gli diè di star occulto insino

alla fin del cimento? Io l'accettai
per non ceder la destra. Ah ch'è impossibile
ch'io l'indovini. Dì, che far potrei?
ZELIMA Quivi in Pechin v'è ben, chi l'arte magica
perfettamente sa. V'è, chi la cabala
sa trar divinamente; ad un di questi
voi ricorrer potreste.
TURANDOT   Io non son folle,
come tu sei, Zelima. Per il volgo
sono questi impostori, e l'ignoranza
è fruttifero campo a tali astuti.
Altro non suggerisci?
ZELIMA   Io vi ricordo
le parole, i sospiri, il duolo intenso
di quell'Eroe: come prostrato a' piedi
del padre vostro con sì bella grazia
per voi chiese favor.
TURANDOT   Non dir più oltre.
Sappi, che questo core... Ah non è vero...
Io l'odio a morte. Io so, che tutti perfidi
gli uomini son: che non han cor sincero,
né capace d'amor. Fingono amore
per ingannar fanciulle, e appena giunti
a possederle, non più sol non le amano,
ma 'l sacro nodo marital sprezzando
passan di donna in donna, né vergogna
gli prende a dar il core alle più vili
femminette del volgo, alle più lorde
schiave, alle meretrici. No, Zelima,
non parlar di colui. Se diman vince,
più che morte l'abborro. Figurandomi
moglie soggetta ad uomo, immaginando,
ch'ei m'abbia vinta, sento, che 'l furore
mi trae fuor di me stessa.
ZELIMA   Eh, mia Signora,
è l'età vostra fresca, che alterigia
vi desta in cor. Verrà l'età infelice,
che i concorrenti mancheranno, e allora
vi pentirete invan. Che mai perdete?

Qual fanatica gloria, e qual onore?
ADELMA *(che a poco a poco si sarà fatta innanzi ascoltando, interrompendola con gravità)*
Chi bassamente è nata non ha idee
da quelle di Zelima differenti.
Scusa, Zelima. D'una Principessa,
che in un Divan con pubblico rossore,
dopo un corso[1] di gloria, e di trofei,
da un ignoto sia vinta, mal conosci
la necessaria doglia, e la vergogna.
Io con questi occhi vidi l'esultanza
di cento maschi, e un beffeggiar maligno
sugli enigmi proposti, quasi fossero
sciocchi enigmi volgari, e n'ebbi sdegno,
perch'io l'amo da ver. Che mi dirai
della sua circostanza?[2] Ella è ridotta
contro l'istinto suo, contro sua voglia,
sforzatamente a divenir consorte.
TURANDOT *(impetuosa)*
Non m'accender di più.
ZELIMA   Ma qual sventura
è divenir consorte?
ADELMA   Eh taci, taci.
Obbligo non hai tu d'intender, come
un magnanimo cor de' risentirsi.
Non sono adulatrice. E ti par poco,
ch'ella impegnata siasi con franchezza
d'indovinar que' nomi; e d'apparire
dimani nel Divan in faccia al volgo?
Che rimarrà, se in pubblico apparita
sciocamente risponde, o là confessa,
che fu stolto il suo assunto! Ah che mi sembra
mille scherzi di beffe, e aperte risa
del popolo sentir, quasi ella fosse
un'infelice comica, che caggia
in error sulla scena.

---

[1] *un corso*: un susseguirsi.   [2] *circostanza*: situazione.

TURANDOT *(furiosa)*   Sappi, Adelma,
se i nomi non iscopro, in mezzo al Tempio,
(già risoluta sono) in questo seno
m'immergerò un pugnal.
ADELMA   No, Principessa.
Per scienza, od inganno si de' sciorre
quell'enigma proposto.
ZELIMA   Ben; se tanto
Adelma l'ama, e più di me capisce,
più di me la soccorra,
TURANDOT   Cara Adelma,
soccorrimi. Del padre il nome, e 'l suo
come deggio saper, se nol conosco,
né so, d'onde sia giunto?
ADELMA   Ei nel Divano
so che disse aver gente qui in Pechino,
che lo conosce. Si de' por sozzopra
la Città tutta, ed oro e gemme spendere,
tutto si de' poter.
TURANDOT   D'oro, e di gemme
disponi a voglia tua. Pur ch'io lo sappia,
non si curi un tesoro.
ZELIMA   E dove spenderlo?
Di chi cercar? Con qual cautela, e come,
quand'anche si sapesse, un tradimento
tener occulto, e far che non si sappia,
che per inganno, e non per sua virtude
ell'ha carpiti i nomi?
ADELMA   Sarà forse
Zelima traditrice a discoprirlo?
ZELIMA *(con ira)*
Ah troppo offesa son. Mia Principessa,
risparmiate il tesoro. Io mi credea
di placar l'alma vostra, e persuadervi
sperava a dar la destra ad un ben degno
tenero amante, che a pietà mi mosse.
Trionfi in me parzialità, ch'io deggio
a chi deggio ubbidir. Fu qui Schirina
la madre mia. Fu a visitarmi allegra

per gli enigmi disciolti, e non sapendo
del novello cimento di dimani
mi palesò, che 'l Prence forestiere
alloggiò nel suo albergo, indi che Assan,
mio patrigno, il conosce, e che l'adora.
Chiesi del nome suo, ma protestommi,
ch'Assan non glielo disse, e ch'anzi nega
di volerglielo dire. Ella promise
di far quanto potrà. Dell'amor mio
la mia Regina or dubiti, se 'l merto. *(entra dispettosa)*
TURANDOT Vien, Zelima, al mio sen, perché ten vai?...
ADELMA Turandotte, Zelima v'ha scoperta
qualche util traccia, ma è imbecil di mente.[3]
Stoltezza è lo sperar, che volontario,
non usando l'ingegno, il suo patrigno
palesi i nomi or che saprà 'l cimento.
Non si perda più tempo. In più celata
parte un consiglio mio vo' ch'eseguiate,
se credete al mio amor.
TURANDOT   Sì, amica, andiamo,
pur che 'l stranier non vinca, io farò tutto. *(entra)*
ADELMA Amor, tu mi soccorri, e tu seconda
i miei desiri, onde di schiavitude
possa uscir lieta. M'apra la superbia
di questa mia nimica e strada, e campo. *(entra)*

SCENA III
Sala della Reggia.
CALAF, *e* BARACH.

CALAF Ma se 'l mio nome, e quello di mio padre
noti in Pechino solamente sono
alla tua fedeltà. Se 'l Regno nostro
da questa regione è sì lontano,
ed è perduto ben ott'anni or sono.
Occulti siam vissuti, e fama è scorsa,[4]

---

[3] *imbecil di mente*: sciocca.   [4] *è scorsa*: si è diffusa.

che la morte ci colse. Eh che si perde
di chi cade in miseria la memoria
facilmente, Barach.
BARACH   No, fu imprudenza;
scusatemi, Signor. Gli sventurati
anche degl'impossibili temere
devono sempre. Le muraglie, i tronchi,
le inanimate cose acquistan voce
contro gli sfortunati, e tutto han contro.
Io non mi so dar pace. Avete in sorte
vinta una donna sì famosa, e bella,
vinto un sì vasto regno al grave rischio
di quella vita, e poi tutto ad un tratto,
per fralezza di cor, tutto è perduto.
CALAF Non misurar Barach coll'interesse
il mio tenero amor. Di Turandot,
sola mia vita, non vedesti, amico,
l'ira, il furor, né la disperazione
contro a me nel Divan.
BARACH   Doveva un figlio,
più che al furor di Turandot, già vinta,
pensar alla miseria, in cui lasciati
ha i genitor meschini un giorno a Berlas.
CALAF Non mi rimproverar. Volli appagarla.
Tento ammollir quel cor. L'azion, ch'io feci,
forse non le dispiacque. Una scintilla
forse di gratitudine ora sente.
BARACH Chi! Turandotte! Ah, mal vi lusingate.
CALAF Perderla già non posso. Dì, Barach,
tu non mi palesasti, è ver? Avresti
alla tua sposa detto, chi io mi sia?
BARACH No, Signor, non gliel dissi. A' cenni vostri
sa Barach obbedir. Pur non so quale
presentimento mi spaventa, e tremo.

SCENA IV
PANTALONE, TARTAGLIA, BRIGHELLA, *soldati, e sopraddetti*.

PANTALONE *(uscendo affaccendato)* Oh velo qua,[5] velo qua per diana.
TARTAGLIA *(a Calaf)* Altezza, chi è costui?
PANTALONE Mo dove se fichelo? con chi parlela?
BARACH *(a parte)*
(Misero me, che fia!)
CALAF   Questo è a me ignoto.
Qui lo trovai per accidente. A lui
chiedea della Città, de' riti, d'altro.
TARTAGLIA Perdonatemi, voi siete un ragazzo col cervello sopra al turbante,[6] e avete un animo troppo cortese. Me ne sono accorto nel Divano. Perché diavolo avete fatta quella balordaggine?
PANTALONE Oh basta, quel che xe fatto, xe fatto. Altezza, ella no sa in quanti piè de acqua che la sia,[7] e se no averemo i occhi nù sulla so condotta, ella se lasserà far zo, come un parpagnacco.[8] *(a Barach)* Sier mustacchi caro, questo no xe logo per vu. Ella, Altezza, la se contenta de ritirarse in tel so appartamento. Brighella, za xe dà l'ordene, che se metta sull'arme domile soldai de guardia, e vu custodirè coi vostri paggi sin domattina le porte della so abitazion, perché no ghe entra nissun. Tolelo in mezzo alle arme,[9] e fe' el vostro debito. Questo xe ordene dell'Imperator, sala? El s'ha innamorà de ella, no gh'è caso, el trema, che nassa qualche accidente. Se no la deventa so zenero domattina, mi credo, che quel povero vecchio mora certo dalla passion. Ma la me scusa, la xe stada una gran puttellada[10] quella d'ancuo![11] *(basso a Calaf)* Per carità no ghe sbrissasse[12] mai de bocca el so nome; se però la ghe lo disesse a sto vecchietto onorato pian pianin, el lo receveria per una

---

[5] *velo qua*: eccolo qua (lett.: vedilo qua).
[6] *col... turbante*: imprudente, avventato.
[7] *in quanti... sia*: in che situazione difficile si trovi.
[8] *parpagnacco*: sciocco (il «parpagnacco» era un pane di farina di granturco).
[9] *Tolelo... arme*: prendetelo sotto la protezione delle armi.
[10] *puttellada*: ragazzata.
[11] *d'ancuo*: d'oggi.
[12] *sbrissasse*: sfuggisse, scappasse.

gran finezza. Ghe fala[13] sto regalo?
CALAF Vecchio, mal ubbidite al Signor vostro.
PANTALONE Ah bravo! O, a vù, sier Brighella.
BRIGHELLA La finisse pur ella le chiaccole,[14] che mi farò i fatti.
TARTAGLIA Signor Brighella, guardate bene, che ci va la testa.
BRIGHELLA Conosso el merito[15] della mia testa, e no go bisogno de recordi.
TARTAGLIA *(basso a Calaf)* Sono curioso, che crepo, di sapere il vostro nome. Uh, se mi faceste la grazia di dirmelo, lo saprei tenere rinchiuso nelle budella, io.
CALAF Invan mi tenti; al nuovo dì 'l saprai.
TARTAGLIA Bravissimo, cospetto di bacco.
PANTALONE Altezza, ghe son servitor. *(a Barach)* E vu, sier mustacchi caro, farè megio a andar a fumar una pipa in piazza, che a star qua in sto palazzo. Ve consegio a andar per i fatti vostri, che farè megio. *(entra)*
TARTAGLIA Oh meglio assai. M'hai un certo ceffo da birbante, che non mi piace nulla. *(entra)*
BRIGHELLA La me permetta, che obbedissa a chi pol comandar. La fazza grazia de restar servida [16] subito in tel so appartamento.
CALAF Sì, teco sono. *(a Barach)* Amico, a rivederci.
  Ci rivedremo in miglior punto. Addio.
BARACH Signore, vi son schiavo.
BRIGHELLA Allon, allon,[17] finimo le ceremonie.
  (ordina ai soldati di prender nel mezzo all'armi Calaf, ed entrano)

---

[13] *Ghe fala*: glielo fa.
[14] *chiaccole*: ciaccole, chiacchiere.
[15] *merito*: valore.
[16] *restar servida*: accomodarsi.

[17] *Allon, allon*: è il francese *allons*, andiamo, comune nel veneziano dell'epoca.

SCENA V
BARACH, *indi* TIMUR.

Timur sarà un vecchio tremante con un vestito, che dinoti un'estrema miseria.

BARACH *(verso Calaf, che parte nel mezzo all'armi)*
                     Il Ciel t'assista,
Principe incauto. Dal mio canto certo
custodirò la lingua.
TIMUR *(vedendo partire il figliuolo nel mezzo all'armi, agitato da sé)*
                  (Oimè! mio figlio!
In mezzo all'armi! Ah che 'l Soldan tiranno
di Carizmo, crudele usurpatore
del Regno mio, sino in Pechin l'ha giunto.[18]
Io seco morirò.) *(disperato, e in atto di seguirlo)*
                  Calaf, Calaf...
BARACH *(sorpreso sguainando la scimitarra, e pigliandolo per un braccio)*
Vecchio ti ferma, taci, o ch'io ti uccido.
Chi sei tu! donde vieni? come sai
di quel giovane il nome?
TIMUR *(guardandolo)*   Oh Dio!... Barach!
Tu qui in Pechin! Tu ribellato ancora!
Col ferro in pugno contro al tuo Monarca
in miseria ridotto, e contro al figlio?
BARACH *(con somma sorpresa)*
Tu sei Timur!
TIMUR   Sì, traditor... ferisci...
Tronca pur i miei giorni. Io son già stanco
di viver più; né sopraviver voglio,
se i più fidi ministri ingrati or miro
per interesse vil; se 'l figlio mio
sacrificato al barbaro furore
del Sultan di Carizmo io veggio alfine. *(piange)*

---

[18] *l'ha giunto*: l'ha raggiunto, l'ha trovato.

BARACH Signor... misero me!... questo è 'l mio Prence!
  Sì, pur troppo 'l ravviso. *(s'inginocchia)*
                    Ah mio Sovrano,
  io vi chiedo perdono... Il furor mio
  fu per amor di voi... Per quanto caro
  v'è 'l vostro figlio, mai di bocca v'esca
  né 'l nome di Timur, né quel del figlio.
  Io qui mi chiamo Assan, non più Barach.
  (sorgendo, e guardando intorno agitato)
  Ahí, che forse fu inteso. Dite... dite...
  Elmaze, vostra sposa, è qui in Pechino?
TIMUR *(sempre piangendo)*
  Non mi rammemorar la cara sposa.
  Barach, in meschinello asilo in Berlas
  tra le passate angosce, e le presenti,
  cedendo al rio destin, col nome in bocca
  dell'amato suo figlio, ed appoggiando
  a questo afflitto sen la cara fronte,
  tra queste braccia sfortunate e stanche,
  me confortando, spirò l'alma, e giacque.
BARACH *(piangendo)*
  Misera Principessa!
TIMUR   Io disperato
  in traccia dell'amato figlio mio,
  e in traccia della morte in Pechin giunsi,
  e appena giunto il misero mio figlio
  veggo tra l'armi al suo destin condotto.
BARACH Partiam, Signor. Del figlio non v'incresca.
  Diman fors'è felice; in un felice
  diverrete anche voi, pur che non v'esca
  dalle labbra il suo nome, e 'l nome vostro.
  Io qui Barach non son, ma Assan mi chiamo.
TIMUR Qual arcano mi dì?...
BARACH   Farò palese
  lungi da queste mura ogni segreto.
  Partiam tosto, Signor. *(guarda intorno con sospetto)*
                    Ma che mai vedo!
  Schirina dal Serraglio! Ohimè! meschino!
  D'onde vieni? a che andasti?

SCENA VI
SCHIRINA, *e detti.*

SCHIRINA   L'allegrezza,
  che l'ignoto gentile ospite nostro
  vittorioso sia; curiositade
  di saper, come quella tigre ircana
  s'assoggettasse a divenir consorte,
  nel serraglio mi spinse, e con Zelima,
  figlia mia, m'allegrai.   Femmina incauta...
BARACH (*sdegnoso*)
  Tu non sai tutto, e garrula ghiandaia [19]
  ten corresti al serraglio. Io ti cercai
  per proibirti ciò, che tu facesti,
  ma stolta debolezza femminile
  più sollecita è sempre d'ogni saggio
  pensier dell'uom, che rare volte è a tempo.
  Quai discorsi tenesti? Udirti parmi
  nella folle allegrezza a dir: «L'ignoto,
  Zelima, ospite è nostro, e mio consorte
  lo conosce, e l'adora». Ciò dicesti?
SCHIRINA (*mortificata*)
  Che! saria mal, se ciò le avessi detto?
BARACH No, confessalo pur: dì, gliel dicesti?
SCHIRINA Gliel dissi: ella volea dopo, che 'l nome
  le palesassi, e a dirti 'l ver, promisi...
BARACH (*impetuoso*)
  Misero me! perduto sono... Ahi stolta!...
  Fuggiam di qua.
TIMUR   Deh dì; che arcano è questo?
BARACH (*agitato*) Fuggiam da queste soglie, e di Pechino
  fuggiamo tosto. (*guarda dentro*) Ohimè! non è più tempo...
  Gli Eunuchi della cruda Turandot...
  (*a Schirina*) Ingrata... ingrata, folle... Io più non deggio
  fuggir. Tu fuggi, e questo miserabile
  salva teco, e nascondi.

---

[19] *garrula ghiandaia*: chiacchierona come una ghiandaia.

TIMUR   Ma mi narra...
BARACH *(basso a Timur)*
  Chiudete il labbro. Il nome vostro mai
  dalla bocca non v'esca. Tu, mia sposa,
  (con fretta)
  se de' tuoi benefizi, ch'io sia grato...
  se del mal, che facesti, alcun rimedio
  desideri di oppor, non nel tuo albergo,
  ma in altro asilo celati, e quel vecchio
  teco celato tien, sin che passata
  sia la metà del nuovo giorno.
SCHIRINA   Sposo...
TIMUR Con noi vieni. Perché?...
BARACH   Non replicate.
  Di me si cerca, io fui scoperto. Andate.
  Io devo rimaner. Tu non tardare.
  (guarda dentro)
  Ite a celarvi tosto... m'ubbidite.
TIMUR Ma perché mai non puoi?...
BARACH *(inquieto)*   Oh Dio! che pena!
  (guarda dentro)
SCHIRINA Dimmi, in che feci error!
BARACH   Oimè, infelice!...
  (rispingendoli)
  Ite... tacete il nome vostro. *(guarda dentro)*
                               Ah, invano
  getto il tempo, e i consigli... Ingrata sposa!...
  Misero vecchio!... sfortunato vecchio!...
  Tutti fuggiamo adunque... Ah tardi è omai.
  (tutti in atto di fuggire)

SCENA VII
TRUFFALDINO, *Eunuchi armati, e detti.*

Truffaldino li fermerà presentando loro l'arme al petto; farà chiudere tutti i passi.

BARACH So, che d'Assan si cerca, io teco sono.

TURANDOT - ATTO TERZO 145

TRUFFALDINO che non faccia romore; ch'egli è venuto per fargli una grazia grande.
BARACH Sì, nel serraglio vuoi condurmi. Andiamo.
TRUFFALDINO esagera sulla gran fortuna di Assan. Che, se una mosca entra nel serraglio, si esamina, s'è maschio o femmina, e s'è maschio, s'impala ec.: chiede, chi sia quel vecchio.
BARACH Quegli è un meschin, ch'io non conosco. Andiamo.
TRUFFALDINO che ha fatto conto di voler fare la fortuna anche di quel vecchio meschino. Chi sia quella donna.
BARACH So, che la tua Signora di me cerca.
   Lascia quel miserabile. La donna
io non vidi giammai, né so, chi sia.
TRUFFALDINO collerico rimprovera Barach della bugia detta. Ch'egli la conosce per sua moglie, e per madre di Zelima: che l'ha veduta al serraglio. Ordina con maestà a' suoi Eunuchi di coprire[20] quelle tre persone, e che col favore del buio della notte le conducano nel serraglio.
TIMUR Dimmi, che fia di me?
SCHIRINA   Io nulla intendo.
BARACH Vecchio, che fia di te? Di me che fia?
   Io tutto soffrirò: tu soffri ancora.
   Non scordarti i miei detti. Or sarai paga,
femmina stolta.
SCHIRINA   Io son fuor di me stessa.
TRUFFALDINO minacciante li fa tutti coprire, ed entrano.

---

[20] *coprire*: nascondere.

ATTO QUARTO

Notte.

Atrio con colonne. Una tavola con un grandissimo bacile, colmo di monete d'oro.

SCENA I
TURANDOT, BARACH, TIMUR, SCHIRINA, ZELIMA, *Eunuchi.*

Gli Eunuchi legheranno a due colonne separati Barach, e Timur, i quali saranno in camicia sino alla cintura. Zelima, e Schirina saranno da una parte piangendo. Turandot dall'altra, in alto di fierezza.

TURANDOT Tempo è ancor di salvarvi. Io rinnovello
  i prieghi miei. Quel monte d'oro è vostro.
  Ma se del padre, e dell'ignoto il nome
  v'ostinate a occultarmi, flagellati
  dalle robuste, braccia de' miei servi
  senza compassion cadrete morti.
  O là, ministri, pronti a' cenni miei.
  (gli Eunuchi, fatto un profondo inchino, s'armano di bastoni)
BARACH Paga sarai, Schirina. Or t'è palese
  l'effetto del tuo errore. *(con forza)* Turandot,
  saziatevi pure. Io non intendo
  di sospender tormenti. Risoluto
  anzi son di morir. Crudi ministri,
  percuotetemi, via. Del Prence ignoto
  conosco il padre, d'ambidue so i nomi;
  ma strazio, angoscia vo' soffrire, e morte;
  e non mai palesarli. Que' tesori
  meno del fango apprezzo. Tu, consorte,
  non t'affligger per me. Quelle tue lagrime,
  se in un barbaro cor penetrar ponno,
  per quell'afflitto vecchio impiega solo.
  Resti 'l misero salvo.
            (piangendo) Egli ha sol colpa
  d'esser amico mio.

SCHIRINA *(supplichevole)* Deh per pietade...
TIMUR Nessun s'affligga, alcun non prenda cura
   d'un, che a uscir di miseria ha esperienza
   che sol morte può trarlo. Amico, io voglio
   te salvare, io morir. Sappi, tiranna...
BARACH *(impetuoso)*
   No, per pietà. Non v'esca dalle labbra
   il nome dell'ignoto: egli è perduto.
TURANDOT *(sorpresa)*
   Vecchio, tu dunque il sai?
TIMUR   Se 'l so? crudele!
   (volto a Barach)
   Dimmi, amico, l'arcano. Perché mai
   non poss'io palesar?
BARACH   Perch'è la morte
   certa dell'infelice. Perché siamo
   tutti perduti.
TURANDOT   Vecchio, non temere.
   Costui vuol spaventarti. O là, ministri,
   si percuota l'audace. *(gli Eunuchi s'apparecchiano a percuoterlo)*
SCHIRINA   Oimè! che pena!...
   Marito mio... marito mio...
TIMUR   Fermate...
   Dove son!... Che mai soffro!... Principessa,
   giura sopra 'l tuo capo, che la vita
   di lui fia salva, e che fia salva quella
   del Prence sconosciuto. Sulla mia
   cada pure ogni strazio. Non mi curo
   punto di sua salvezza. Io ti prometto
   tutto di palesarti.
TURANDOT   Al gran Confuzio
   solenne giuro io fo su questa fronte,
   che salva dell'ignoto fia la vita,
   salve fieno le vostre. *(si mette la mano alla fronte)*
BARACH *(audacemente)* Ah menzognera!
   Vecchio ti ferma; il giuramento ha sotto
   velen nascosto.[1] Turandot, giurate,

---

[1] *ha... nascosto*: ha nascosto sotto un'insidia.

che, sapendo i due nomi desiati,
sposo vostro è l'ignoto, com'è giusto,
ben lo sapete, ingrata; o ch'ei non more,
ricusato, d'angoscia, o non s'uccide.
Giurate ancor, che queste nostre vite,
tosto che palesati hanno i due nomi,
non sol da crudel morte andranno esenti,
ma che a perpetua carcere rinchiuse
non saranno da voi, perché celato
resti l'enorme tradimento vostro.
Questo sia 'l giuramento: io sono il primo
a palesarvi i desiati nomi.

TIMUR *(sbalordito)*
Quali arcani son questi! O Ciel, mi togli
fuor da tante miserie.

TURANDOT *(sdegnosa)* Io stanca sono
di sì gran pertinacia. A voi, miei servi.
Muoiano tuttidue. *(gli Eunuchi s'apparecchiano alle percosse)*

SCHIRINA   Pietà, Signora...
Vi dimando pietà.

BARACH   Vecchio, or palese
t'è 'l cor della crudel.

TIMUR   Figlio, io consacro
questa vita al tuo amor. Morta è tua madre.
Seguirò l'alma sua. *(piange)*

TURANDOT *(sorpresa)* Figlio!... Fermate.
Tu Re! Tu Prence! Tu genitor sei
del sconosciuto?

TIMUR   Sì, tiranna: io sono
Re... padre... un disperato.

BARACH   Ah, che faceste!

SCHIRINA Che sento! Un Re ridotto a tali estremi?

TURANDOT *(commossa da sé)*
(In tal calamitade! Un Re! costui
padre del sconosciuto! Oh Dio! mi sento
commossa il cor... Padre è di lui, ch'io bramo
d'abborrire, e non posso... e in questo seno...
(scuotendosi)
Ah, che diceva mai! Padre all'oggetto,

cagion del mio rossor, che la mia gloria
avvilisce, distrugge. Il tempo è breve.)
(alto)
Vecchio, mi dì più oltre; io più non soffro.
TIMUR Amico, che far deggio?
BARACH *(con forza)*   Sofferire.[2]
  Turandot, quello è un Re. Non offendete
voi stessa almeno con un'azione indegna
della nascita vostra. Rispettate
le venerande membra. In me si sfoghi
l'inumana fierezza. È vana ogn'opra;
non saprete di più.
TURANDOT *(collerica)*   Sì, rispettato
questo vecchio sarà, che l'ira mia
tutta è contro di te. Tu lo stogliesti[3]
dall'appagarmi, e tu paga la pena.
(fa cenno agli Eunuchi, i quali s'avvicinano tutti a Barach per flagellarlo)
SCHIRINA Misera me! marito mio... marito...

SCENA II
ADELMA, *e detti.*

ADELMA Fermatevi. Signora, quanto basta
qui occulta intesi. Questi due ostinati
ne' sotterranei del Serraglio chiusi
sieno subitamente. Altoum parte
dalle sue stanze per venir a voi.
A me Schirina, e a me tutto quell'oro.
Corrotte son le guardie, che alle stanze
dell'ignoto han custodia. È mia l'impresa.
Puossi entrar alle stanze, ove soggiorna,
favellar seco, e, se de' miei consigli
ognun farà buon uso, consolata
fia Turandotte, sciolta e gloriosa

---

[2] *Sofferire*: sopportare.   [3] *stogliesti*: distogliesti.

Schirina, se ti preme il tuo consorte,
Zelima, se t'è cara la tua madre,
a modo mio farete. Chi avrà sorte [4]
di vincer quant'io penso, ricco fia.
Non si perda più tempo. Io spero in breve
di rallegrarvi.
TURANDOT   Amica, a te m'affido.
Teco vada il tesoro. Teco vengano
e Schirina, e Zelima. Io tutto spero,
in Adelma, in Zelima, ed in Schirina.
ADELMA Schirina, e voi, Zelima, mi seguite.
Meco sia quel tesoro. *(a parte)* (Ah forse io posso
or rivelar i nomi, e far, che resti
vinto l'ignoto; e, rinunziato [5] forse
resterà mio. Forse averò tant'arte
di sedurlo a fuggir, di meco trarlo
fuori da questo Regno.
(Adelma, Zelima, Schirina, e un Eunuco col tesoro entrano)
BARACH   Moglie, figlia,
non mi tradite. A quest'alme infernali
non siate ubbidienti. Oimè, Signore,
chi sa, che avverrà mai!
TURANDOT   Miei fidi, tosto
ne' sotterranei del Serraglio occulti
costor sien chiusi.
TIMUR   Turandot, adopra
quanto vuoi contro a me, ma 'l figlio mio
sia salvo per pietà.
BARACH   Pietà in costei!
Tradito è 'l figlio; e noi perpetua notte
chiusi terrà, che 'l tradimento celi.
Trema del Ciel, crudele, della tua
alma ingrata, selvaggia, abbominevole.
Tieni per fermo, il Ciel ti de' punire.
(Timur, e Barach vengono condotti via dagli Eunuchi)

---

[4] *sorte*: fortuna.   [5] *rinunziato*: respinto.

SCENA III
TURANDOT.

Che farà Adelma? Oh, se mai giungo al fine
di quest'impresa, chi averà più fama
di Turandotte? Chi sarà lo stolto,
che più s'arrischi a vincer la sua mente?
Quanto godrò nel rinfacciargli i nomi
nel Divan fra i Dottori, e di scacciarlo
svergognato, e deluso! *(sospesa)* E pur mi sembra
che n'avrei dispiacer... Parmi già afflitto
di vederlo, e piangente, e, non so come,
mi tormenta il pensarlo... Ah, Turandotte...
animo vil, che pensi! che ragioni!
Ebb'egli dispiacer là nel Divano
a scior gli enigmi, e a far, che tu arrossissi?
Cielo, soccorri Adelma, e fa, ch'io possa
svergognarlo, scacciarlo, e rimanere
nella mia libertà; che sprezzar possa,
sciolta da un nodo vile, un sesso iniquo,
che sommesse ci vuol, frali, ed inette.

SCENA IV
ALTOUM, PANTALONE, TARTAGLIA, *guardie, e* TURANDOTTE.

ALTOUM *(da sé pensoso)*
 (Il Sultan, di Carizmo usurpatore,
 così dovea finir. Dovea Calaf,
 figlio a Timur, qui giugnere, e per strane
 vicende esser felice. Oh giusto Cielo,
 chi di tua providenza i gravi arcani
 può penetrar? Chi può non rispettarli?)
PANTALONE *(basso a Tartaglia)* Cossa diavolo ga l'Imperator, che
 el va borbottando?
TARTAGLIA *(basso)* Egli ha avuto un messo secreto: qualche diavolo c'è.
ALTOUM Figlia, il giorno s'appressa, e tu vaneggi
 pel serraglio svegliata, che vorresti

l'impossibil saper. Io, nol cercando,
so quanto brami, e tu, che in traccia vai,
vanamente lo cerchi. *(trae un foglio)*
                    In questo foglio
scritti sono i due nomi, e gli evidenti
segni [6] delle persone. Un messo or ora
segretamente da region lontane
a me sen venne; favellommi; e dopo
da me chiuso, e in gelosa guardia posto,
sino che passi il nuovo giorno, in questo
foglio mi diede i nomi, ed altre molte
liete, e gravi notizie. È Re l'ignoto.
È figliuolo di Re. Non è possibile
che tu sappi, chi sieno; è troppo, o figlia,
rimoto il nome lor. Però qui venni,
perché mi fai pietà. Là nel Divano,
in mezzo al popol tutto, qual piacere
hai la seconda volta volontaria
a farti dileggiar? Ululi, e fischi
della vil plebe avrai, troppo giuliva
ch'una superba, odiata, ed abborrita
per la sua crudeltà, punita sia.
Mal si tenta frenar l'impeto intero
d'un popol furioso.
(fa cenno con sussiego a Pantalone, a Tartaglia e alle guardie, che partono. Tutti con prestezza, fatto il solito inchino colla fronte a terra, partono. Altoum segue)
                    Io posso, o figlia,
riparare al tuo onor.
TURANDOT *(alquanto confusa)*
                    Che onor! quai detti!
Padre, grazie vi rendo. Io non mi curo
d'aiuti, o di ripari. Da me stessa
ripararmi [7] saprò là nel Divano.
ALTOUM Ah no. Credimi, figlia, è già impossibile
quanto speri saper. Veggo in quegli occhi,

---

[6] *segni*: connotati. [7] *ripararmi*: difendermi.

nella faccia confusa, che folleggi,
che disperata sei. Io son tuo padre;
t'amo, e tu 'l sai; siam soli. Dimmi, figlia,
se tu sai que' due nomi.
TURANDOT   Nel Divano
si saprà, s'io gli so.
ALTOUM   No, Turandot.
Tu non gli puoi saper. Vedi, s'io t'amo.
Se li sai, mel palesa. Io ti dimando
questo per grazia. A quel meschin fo intendere,
ch'egli è scoperto, e fuor da' stati miei
libero il lascio uscire. Spargo fama,
che tu l'hai vinto, e che fu tua pietade,
che a un pubblico rossor non s'esponesse.
Fuggi così l'odiosità de' sudditi,
che abborron tua fierezza, e me consoli.
Ad un tenero padre, che sì poco
chiede a un'unica figlia, il negherai?
TURANDOT So i nomi... Non li so... S'ei nel Divano
della vergogna mia non s'è curato,
giustizia è, ch'egli soffra infra i Dottori,
quanto soffersi anch'io. Se saprò i nomi,
nel Divan fien palesi.
ALTOUM (*con atto a parte d'impazienza, indi sforzandosi alla dolcezza*)   Ei fe' arrossirti
per amor, ch'ha per te, per la sua vita.
Ira, furor, puntiglio, Turandot,
lascia per poco. Io vo', che tu conosca,
quanto t'ama tuo padre. Questo capo
scommetto, o figlia, che non sai que' nomi.
Io gli so: scritti sono in questo foglio,
e te li voglio dir. Vo' che s'aduni
il Divan, fatto il giorno, che apparisca
in pubblico l'ignoto, e ch'egli soffra
che tu lo vinca; che vergogna egli abbia;
che provi angoscia, pianga, si disperi,
sia per morirsi per aver perduta
te, che sei la sua vita. Sol ti chiedo,

dopo 'l tormento suo, che tu gli porga
quella destra in consorte. Giura, figlia,
che ciò farai. Siamo qui soli. Io tosto
ti paleso i due nomi. Tra noi due
rimarrà questo arcano.[8] Gloriosa
appaghi il tuo puntiglio. Amore acquisti
de' sudditi sdegnati. Hai per consorte
l'uom più degno, che viva, e dopo tante
passion [9] date al padre, nella sua
vecchiezza estrema il padre tuo consoli.
TURANDOT *(turbata e titubante, a parte)*
(Ah quant'arte usa il padre!... che far deggio?
Dovrò affidarmi a Adelma, e sol sperando
attender il cimento? O deggio al padre
chieder i nomi, e all'abborrito nodo
giurar d'esser consorte?... Turandotte,
t'assoggetta alla fin... minor vergogna
è accomandarsi al padre... Ma l'amica
troppo franca [10] promise... E se rileva?[11]...
Ed io vilmente al padre il giuramento?...)
ALTOUM Che pensi, o figlia? a che vaneggi, ondeggi
combattuta, e confusa? e vuoi, ch'io creda
in tanta agitazion, che sei sicura
di spiegar quell'enigma? Eh cedi al padre.
TURANDOT *(sempre a parte titubante)*
(No: s'attenda l'amica. Il genitore
qual zelo prende! Questo è chiaro segno,
ch'è possibil, ch'io sappia quanto ei teme.
Ama l'ignoto, e dall'ignoto istesso
ebbe i nomi in segreto, e con l'audace
è in accordo, e mi tenta.)
ALTOUM   Or via, risolvi,
calma quel spirto indomito, finisci
di tormentar te stessa.

---

[8] *arcano*: segreto.
[9] *passion*: sofferenze.
[10] *troppo franca*: con troppa sicurezza.
[11] *E se rileva?*: e se scopre il nome?

TURANDOT *(scuotendosi)*   Ho già risolto.
  Al nuovo dì là nel Divan s'aduni
  l'assemblea de' Dottori.
ALTOUM   Adunque vuoi
  rimaner svergognata, e condiscendere
  più alla forza, che al padre?
TURANDOT   Risoluta
  vo', che segua il cimento.
ALTOUM *(iracondo)*   Ah stolta... ah sciocca...
  più ignorante, che l'altre. Io son sicuro,
  che ti fai svergognar pubblicamente,
  che possibil non è, che tu indovini.
  Sappi; il Divan fia pronto, ed il Divano,
  per tua rabbia maggior, vinta che sia,
  Tempio, ed Ara sarà. Là fieno pronti
  i Sacerdoti, e in mezzo al popol tutto,
  tra le risa, e 'l dileggio, a tuo dispetto,
  ivi, in quel punto vo', che segua il nodo.
  Ben mi ricorderò, che sin poche ore
  d'agitazion al cor del padre tuo
  ricusasti di tor. Folle, rimanti. *(entra collerico)*
TURANDOT Adelma, amica mia, che tanto m'ami,
  meco è 'l padre sdegnato... abbandonata
  in te solo confido... dal tuo amore
  solo attendo soccorso al mio cimento. *(entra)*

SCENA V

Cambiasi 'l Teatro in una camera magnifica con varie porte. Nel mezzo avrà un soffà all'orientale, per servir al riposo di Calaf. È la notte oscura.

BRIGHELLA *con una torcia*, e CALAF.

BRIGHELLA Altezza, xe nove ore sonade. L'appartamento la lo ha passeggià tresento, e sedese volte in ponto. A dirghe el vero, son stracco; se la volesse un poco repossar, qua xe sicuro.
CALAF *(ottuso)* Sì, ti scuso, ministro. L'agitato
  spirto mi fa inquieto. Va, e mi lascia.

BRIGHELLA Cara Altezza, la supplico d'una grazia. Se mai capitasse qualche fantasma, la se regola con prudenza.
CALAF Quali fantasme? qui fantasme? come?
BRIGHELLA Oh Cielo! Nu gavemo commission, pena la vita, de no lassar entrar nissun in sto appartamento, dove la xe; ma... poveri ministri!... l'Imperator xe l'Imperator, la Prencipessa xe, se pol dir, l'Imperatrice, e la sa, che cuor che la ga... Poveri ministri!... xe difficile a passar tra una giozza, e l'altra...[12] se la savesse... gavemo la nostra vita tra el lancuzene,[13] e el martello... no se vorria desgustar nissun... se la me intende... Ma, poveri diavoli, se vorria anca avanzar qualcossa per l'età decrepita... ma, poveri squartai,[14] semo a una cattiva condizion.
CALAF *(sorpreso)*
  Servo, mi dì. Dunque la vita mia
  in queste stanze non sarà sicura?
BRIGHELLA No digo questo; ma la sa la curiosità, che ghe xe de saver, chi ella sia. Pol vegnir... per esempio... per el buso[15] della chiave qualche folletto, qualche fada[16] con delle tentazion... basta, che la staga in filo,[17] e che la se regola. Me spieghio?... Poveri ministri!... poveri squartai!
CALAF Va', non temer; t'intendo; avrò cautela.
BRIGHELLA Oh bravo. No la me palesa,[18] per carità. Me raccomando alla so protezion. *(a parte)* (Se pol dar, che un borson de zecchini se possa ricusar? Per mi ho fatto ogni sforzo, ma no ho podesto. Le xe catarigole;[19] chi le sente, e chi no le sente.) *(entra)*
CALAF Costui m'ha posti de' sospetti in capo.
  Chi mai giugner può qui?... Saprò difendermi,
  giunga l'inferno ancor. Troppo mi preme
  posseder Turandot. Ancor per poco

---

[12] *passar... l'altra*: passare tra una goccia e l'altra, cavarsela.
[13] *lancuzene*: incudine.
[14] *squartai*: disgraziati (l'espressione è tipica del veneziano parlato e ricorre sovente anche in Goldoni, talvolta in accezione peggiorativa).
[15] *buso*: buco.
[16] *fada*: fata.
[17] *che la staga in filo*: che stia attento.
[18] *No la me palesa*: non mi tradisca, non dica che io le ho rivelato queste cose.
[19] *catarigole*: solletico.

penar dovrò, che non è lungi il giorno.
Possibil, che quel cor sempre sia avverso?
Cerchiam, se pur si può, qualche riposo. *(è per coricarsi)*

SCENA VI
SCHIRINA, *travestita da soldato Chinese, e* CALAF.

SCHIRINA Figlio... *(si guarda intorno)*
    Signor... *(si guarda intorno)*
      mi trema il cor nel seno.
CALAF Chi sei? che vuoi? che cerchi?
SCHIRINA   Io son Schirina,
moglie d'Assan, dell'infelice Assan.
Qui con questa divisa militare,
simile a quella delle guardie vostre,
tra i soldati m'addussi; il punto colsi,
e venni in questa stanza. Assai sventure
deggio narrarvi, ma timor... sospetto...
e più pianto, e dolor mi toglie forza...
CALAF Schirina, che vuoi dirmi?
SCHIRINA   Il miserabile
mio marito è celato. A Turandot
fu detto, ch'egli vi conobbe altrove,
e perché le palesi il vostro nome,
secretamente nel Serraglio il vuole.
Della vita è in periglio. A mille strazi,
s'è scoperto, è soggetto, e, se ciò nasce,
pria vuol morir, che palesar, chi siete.
CALAF Ah caro servo!... Ah Turandot crudele!
SCHIRINA Di più deggio narrarvi. Il Padre vostro
è in casa mia, vedovo sconsolato,
di vostra madre...
CALAF *(addolorato)* Oime, che narri! Oh Dio!
SCHIRINA Di più dirovvi. Ei sa, ch'Assan si cerca;
che voi siete fra l'armi. Ha mille dubbi,
mille spaventi e piange. Ei disperato
vuol esporsi alla Corte, e palesarsi,
e «Col mio figlio», ei grida, «io vo' morire».

M'affaticai, narrando i casi vostri,
per trattenerlo: egli inventate fole
tutte le crede. Il tenni, e sol lo tenni
con la promessa di recargli un foglio
da voi firmato, e scritto dalla mano
del proprio figlio, che 'l consoli, e dica,
ch'egli è salvo, e non tema. A tanti rischi
mi sono esposta per aver un foglio,
per acchetar quell'angoscioso vecchio.
CALAF Il padre mio in Pechin! La madre morta!
Tu m'inganni, Schirina.
SCHIRINA   Se v'inganno,
m'arda Berginguzin.
CALAF   Misera madre!
Padre mio sventurato! *(piange)*
SCHIRINA   Ah, non tardate.
Maggior sventure nasceran, se 'l foglio
non vergate sollecito. Se mancano
fogli, ed inchiostro, e penna, io diligente
tutto provvidi. *(trae 'l bisognevole per iscrivere)*
             Quell'afflitto vecchio
poche note firmate abbia, che 'l figlio
è in sicurezza, e che sarà felice;
o alla Corte sen corre, e ogn'opra guasta.
CALAF Sì, mi reca que' fogli... *(in atto di scrivere; poi sospendendo)*   Ma che fo?
(pensa alquanto, indi getta il foglio)
Schirina, al padre corri, e gli dirai
per parte mia, che ad Altoum sen vada;
chieda udienza segreta, e gli palesi
quanto brama, e ricerchi quanto brama
per calma del suo core. Io mi contento.
SCHIRINA *(confusa)*
Ma non volete?... un foglio vostro basta...
CALAF No, Schirina. Non scrivo. Il nome mio
diman saprassi solo. Assai stupisco,
che la moglie d'Assan tenti tradirmi.

SCHIRINA *(più confusa)*
   Tradirvi!... che mai dite?
               (a parte) (Ah non si guastino
   l'altre trame di Adelma.)
               (alto) E bene; al padre
   dirò quanto diceste. Io non credeva,
   dopo tanta fatica, e tanto rischio,
   la taccia meritar di traditrice.
   (a parte)
   (Adelma è desta, ma costui non dorme.) *(entra)*
CALAF Ben mi disse il ministro, che fantasme
   sarebbero apparite. Ma Schirina
   con sacro giuramento ha confermato,
   che mio padre è in Pechin, la madre estinta.
   Purtroppo sarà ver; che le sventure
   piovon sopra di me... *(guarda ad un'altra porta della stanza)*
               Nuovo fantasma!
   Vediam, che venga a far.

SCENA VII
ZELIMA, *e* CALAF.

ZELIMA   Prence, io son schiava
   di Turandot, in questo loco giunta
   per quelle vie, che ad una Principessa
   possibili son sempre, e apportatrice
   son di felice annunzio.
CALAF   Oh 'l Ciel volesse!
   Schiava, non mi lusingo; è troppo barbaro
   della tua Principessa il cor sdegnato.
ZELIMA È ver; nol so negar. Ma pur, Signore,
   voi siete il primo. Impression d'affetti
   le destaste nel sen. Parrà impossibile,
   e certa son, che le parole mie
   terrete per menzogne. Ella persiste
   nel dir, che v'odia, eppur mi sono accorta,
   ch'ella è amante di voi. S'apra il terreno
   e m'ingoi, se non v'ama.

CALAF   E ben; ti credo.
È felice l'annunzio; altro vuoi dirmi?
ZELIMA Io deggio dirvi, ch'ella è disperata
sol per ambizion; ch'ella confessa,
che impossibile assunto [20] nel Divano
si prese al nuovo giorno, e che mortale
rossor la prende a comparir dimani,
dopo tante, benché crude, vittorie,
a farsi dileggiar dal popol tutto.
S'apra l'abisso, e questa schiava inghiotta,
se menzogna vi dissi.
CALAF   Non chiamarti,
donna, sì gran sventure. Io già ti credo.
Or via, dì a Turandotte, ch'io ben posso
sospender il cimento. Miglior fama
ella s'acquisterà, che co' cimenti,
a cambiar il suo core, a far palese,
che di pietà è capace, che risolta
è di darmi la cara amata destra
per consolar un disperato amante,
un padre, un Regno. Il tuo felice annunzio,
serva, saria mai questo?
ZELIMA   No, Signore;
non pensiamo così. La debolezza
scusar si deve in noi. La Principessa
una grazia vi chiede. Ella sol salva
vuol la sua vanagloria, e nel Divano
que' nomi poter dire; indi pietosa
discender dal suo trono, e la sua destra
con atto generoso unire a voi.
Qui siamo soli; a voi poco ciò costa.
Guadagnate quel cor. Sì bella sposa
tenera abbiate, e non sdegnata, e a forza.
CALAF *(con sorriso)*
Al terminar quest'ultimo discorso.
schiava, omesse hai le solite parole.

---

[20] *assunto*: impresa.

ZELIMA Quai parole, Signor?
CALAF   S'apra l'abisso,
  e questa schiava nel suo centro inghiotta,
  se menzogna vi dissi.
ZELIMA   Dubitate,
  ch'io non vi dica il ver?
CALAF   Dubito in parte,
  e sì forte è 'l mio dubbio, ch'io ricuso
  d'appagarti di ciò. Va a Turandotte,
  dille, che m'ami, e ch'io le niego i nomi
  per eccesso d'amor, non per offesa.
ZELIMA *(con audacia)*
  Imprudente, non sai quanto costarti
  può questa ostinazion.
CALAF   Costi la vita.
ZELIMA E ben; pago sarai.
          (a parte) (Vana fu l'opra.) *(entra dispettosa)*
CALAF Ite, inutili larve. Ah, le parole
  di Schirina m'affliggono. Vorrei
  che l'infelice madre... il padre mio...
  Alma, resisti. Ancor poche ore mancano
  a saper tutto, a uscir d'angoscia, e spasmo.
  Riposiam, se si può. *(siede sul soffà)*
                    La travagliata
  mente brama riposo, e par, che venga
  sonno a recar conforto a queste membra. *(s'addormenta)*

SCENA VIII
TRUFFALDINO, *e* CALAF *che dorme.*

TRUFFALDINO entra adagio, e dice, con voce bassa, che può buscare due borse d'oro, se giugne a rilevare i due nomi dall'ignoto, il quale opportunamente dorme. Ch'egli ha comperata con un soldo dal N. N.,[21] ciarlatano in Piazza, la mirabil radice del-

---

[21] *N.N.*: sta in luogo di un nome che è lasciato all'improvvisazione dell'attore.

la mandragora,[22] che posta sotto il capo di chi dorme fa parlare in sogno il dormiente, e lo fa confessare ciò, che si vuole. Narra degli stupendi casi avvenuti sul proposito,[23] cagionati dalla virtù di quella radice, narrati da N. N., ciarlatano ec. S'accosta a Calaf adagio, gli mette la radice sotto al capo, si tira indietro, sta in ascolto, fa de' lazzi ridicoli. CALAF non parla, fa alcuni movimenti colle gambe e colle braccia; TRUFFALDINO s'immagina, che que' movimenti sieno parlanti[24] per virtù della mandragora. S'idea,[25] ch'ogni movimento sia una lettera dell'alfabeto. Da' movimenti di Calaf interpreta lettere, e forma, e combina un nome strano, e ridicolo a suo senno; indi allegro, sperando d'aver ottenuto quanto voleva, entra.

SCENA IX
ADELMA, *velata la faccia, con un torchietto*,[26]
e CALAF, *che dorme.*

ADELMA *(da sé)* (Tutte le trame mie non saran vane.
Se invan tentossi aver i nomi, invano
forse non tenterò di meco trarlo
fuori da queste mura, e farlo mio.
Sospirato momento! Amor, che forza
sin'or mi desti, e ingegno; e tu, fortuna,
che modo mi donasti, onde potei
tanti ostacoli vincere, soccorri
quest'amante affannata, e fa, ch'io possa
giugnere al fin de' miei disegni audaci.
Fammi contenta, amor. Fortuna, spezza
queste di schiavitù vili catene.)
(guarda col lume Calaf)

---

[22] *mandragora*: una pianta la cui radice aveva virtù magiche, secondo un'opinione popolare diffusa. Lo sfruttamento comico di questa credenza è attestato dall'omonima commedia di Machiavelli.

[23] *sul proposito*: a questo proposito.
[24] *sieno parlanti*: abbiano un significato.
[25] *S'idea*: s'immagina.
[26] *torchietto*: torcetto, una candela, semplicemente.

(Dorme l'amato ben. Ti rassicura,
cor mio; non palpitar. Care pupille,
quanta pena ho a sturbarvi! Ah, non si perda
un momento a' disegni.) *(ripone il lume, poi con voce alta)*
              Ignoto, destati.
CALAF *(destandosi, e levandosi spaventato)*
  Chi mi risveglia? chi sei tu? che chiedi,
nuova larva[27] insidiosa? avrò mai pace?
ADELMA Qual furor! Di che temi? In me ravvisa
una donna infelice, che non viene
per saper il tuo nome, e, se pur brami
di saper, chi io mi sia, siedi, e m'ascolta.
CALAF Donna, a che in queste stanze? Invan, t'avverto,
tradirmi tenti.
ADELMA *(con dolcezza)*
              Io per tradirti! ingrato!
Deh mi narra, stranier: fu qui Schirina
a tentarti d'un foglio?
CALAF   Fu a tentarmi.
ADELMA *(precipitosa)*
  Non l'appagasti già?
CALAF   Non l'appagai;
che sì stolto non fui.
ADELMA   Ringrazia il Cielo.
Fu qui una schiava con raggiri industri
per saper, chi tu sia?
CALAF   Sì, fu; ma andossi
senza saperlo, come tu anderai.
ADELMA Mal sospetti, Signor, mal mi conosci.
Siedi, m'ascolta, e poi di traditrice,
se lo puoi, mi condanna. *(siede sul soffà)*
CALAF *(sedendole appresso)*   Or ben, mi narra;
dimmi, che vuoi da me?
ADELMA   Prima, che guardi
voglio queste mie spoglie,[28] e che palesi,
chi ti credi, ch'io sia.

---

[27] *larva*: fantasma.   [28] *queste mie spoglie*: la mia persona.

CALAF *(esaminandola)*   Donna, s'io guardo
a' gesti, al portamento, all'aere altero,
maestà tutto ispira. Alle tue spoglie
schiava umil mi rassembri, e già ti vidi
nel Divan, s'io non erro, e ti compiango.
ADELMA Ben ti compiansi anch'io, cinqu'anni or sono,
vedendoti servire in basso stato,
e più quand'oggi nel Divan ti scorsi.
Mel disse un giorno il cor, che tu non eri
nato a vili servigi. So, ch'io feci
quanto potei per te, quando il mio stato
soccorso potea dar. So, che i miei sguardi,
per quanto puote una real donzella,
ti parlavano al cor. *(si svela)* Dì, questo volto,
mira, vedesti mai?
CALAF *(sorpreso)*   Che miro! Adelma,
de' Carazani Principessa! Adelma,
creduta estinta!
ADELMA   Di Cheicobad,
de' Carazani Re, tra lacci indegni
di schiavitù miri la figlia Adelma,
per regnar nata, ed a servir ridotta,
miserabile ancella, oppressa, afflitta. *(piange)*
CALAF Morta ti pianse ognun. Qual mai ti veggio!
Del gran Cheicobad figlia! Regina!
In catene! vil serva!
ADELMA   Sì, in catene.
Non istupir, non isdegnar, ch'io narri
delle miserie mie l'aspra cagione.
Ebbi un fratel, che fu cieco d'amore,
come sei tu, di Turandotte altera.
S'espose nel Divan. *(piangendo)*
                    Fra i molti teschi
fitti sopra alla porta, avrai veduto,
spettacolo crudele! il capo amato
del caro mio fratel, ch'io piango ancora. *(piange dirottamente)*
CALAF Misera! Udii narrare il caso altrove,
lo credei fola, or così dir non posso.
ADELMA Cheicobad, mio padre, uom coraggioso,

sdegnato del fin barbaro del figlio,
radunò le sue forze, ed ebbe core,
per vendicar il figlio, d'assalire
gli stati d'Altoum. La sorte iniqua
gli fu contraria, e fu sconfitto, e morto.
Un Visir d'Altoum senza pietade
volle estirpar della famiglia nostra,
per gelosia di stato, ogni rampollo.
Tre miei fratelli trucidati furo,
la madre mia, colle sorelle mie
meco scagliate in un rapido fiume
a terminar i giorni. In sulla riva
il pietoso Altoum giunse, e sdegnato
contro al Visir, fe' ripescar nell'acque
nostre misere vite. Era mia madre
colle sorelle morta. Io, più infelice,
semiviva fui tratta, e in diligenza
alla vita riscossa;[29] indi in trionfo
schiava alla cruda Turandotte in dono
mi diede il padre suo. Principe ignoto,
se d'uman sentimento non sei privo
compiangi i casi miei. Pensa a qual costo,
con qual core a servir schiava m'indussi
delle miserie mie la cagion prima,
l'abborribile oggetto de' miei mali,
in Turandotte. *(piange)*
CALAF *(commosso)* Sì, pietà in me destano,
Principessa, i tuoi casi; ma la prima
cagion de' mali il fratel tuo fu certo,
indi 'l padre imprudente. E che mai puote,
Adelma, Principessa, in tuo favore
un sfortunato oprar? S'io giungo al colmo
de' miei desir, spera da un core umano
libertade, e soccorso. Or il racconto
delle sciagure tue non fa, che accrescere
mestizia alla mestizia, che m'opprime.

---

[29] *in... riscossa*: richiamata in vita con molte cure.

ADELMA A te mi palesai, scoprendo il volto.
  Noto t'è 'l mio lignaggio, e note or sono
  le mie sventure a te. Vorrei, che l'essere
  nata figlia di Re trovasse fede
  a quanto, mossa da compassione,
  giacché mossa da amor dir non ti deggio,
  mi convien palesarti. Oh voglia il Cielo,
  quantunque io sia chi son, ch'un core amante,
  per Turandotte prevenuto, e cieco,
  mi presti fede, ed i veraci detti
  contro di Turandotte non disprezzi.
CALAF Dimmi Adelma, alla fin che vuoi narrarmi?
ADELMA Narrarti io vo'... Ma tu dirai, ch'io sono
  qui giunta per tradirti, e mi porrai
  coll'altre anime vili a servir nate. *(piange)*
CALAF Non mi tener, Adelma, in maggior strazio.
  Delle viscere mie,[30] dì, che vuoi dirmi?
ADELMA *(a parte)* (Ciel, fa ch'ei creda alla menzogna mia.)
  (a Calaf con forza)
  Signor, la cruda Turandotte irata,
  la scellerata Turandotte iniqua,
  di trucidarti alla nuov'alba ha dati
  gli opportuni comandi. Sono queste
  delle viscere tue le amanti imprese.[31]
CALAF *(sorpreso, levandosi furiosamente)*
  Di trucidarmi!
ADELMA *(levandosi, con sommo vigore)*
              Trucidarti, sì.
  All'uscir tuo diman da queste stanze,
  venti e più ferri acuti in quella vita
  s'immergeranno, e tu cadrai svenato.
CALAF *(smanioso)*
  Avvertirò le guardie. *(in atto di partire)*
ADELMA *(trattenendolo)* No: che fai?
  Se tu speri, Signor, di dar avviso

---

[30] *viscere mie*: è Turandot. [31] *amanti imprese*: imprese d'amore.

alle guardie, e salvarti... Oh te meschino!
Non sai, dove tu sia... quanto s'estenda
della cruda il poter... dove sien giunti
i maneggi, le trame, i tradimenti.
CALAF *(in disperato cieco trasporto)*
Oh misero Calaf!... Timur... mio padre...
Ecco il soccorso, ch'io ti reco alfine.
(resta fuori di sé addolorato colle mani alla fronte)
ADELMA *(sorpresa a parte)*
(Calaf, figlio a Timur! Oh fortunata
menzogna mia! Tu a doppio favorisci [32]
forse quest'infelice. Amor, m'assisti,
colorisci i miei detti,[33] e, s'ei non cede,
ho quanto basta ad annullar la brama
d'esser di Turandot.)
CALAF *(segue disperato)* Or che ti resta,
scellerata fortuna, a porre in opra
dopo tante miserie co' tuoi colpi
contr'un oppresso, un disperato, un Principe
tutto amor, tutto fede, ed innocenza?
E fia di tanto, sì, di tanto fia
capace Turandotte!... Ah, non può darsi
un cor sì traditore in sì bel volto. *(con isdegno)*
Principessa, m'inganni.
ADELMA   Io non m'offendo
del torto, che mi fai. Già ben previdi,
che dubitar dovevi. Sappi, ignoto,
che per l'enigma tuo là nel Serraglio
furente è Turandot. Ella già scorge
impossibil l'impresa del disciorlo.
(caricata)
Forsennata passeggia, e, come cagna,
latra, si scuote, si difforma,[34] e grida.

---

[32] *a doppio favorisci*: doppiamente favorisci.

[33] *colorisci i miei detti*: dai forza alle mie parole.

[34] *si difforma*: si deforma in volto. Trasparente il ricordo del cerbero dantesco (cfr. *Inferno* VI, 12-18).

Verde ha la faccia, di color sanguigno
ha gli occhi enfiati, loschi, e 'l ciglio oscuro.
Orrida ti parrebbe, e non più quella,
che nel Divan t'apparve. Io m'ingegnai
di colorir [35] le tue soavi forme,
per placare i trasporti, e tutto feci,
perch'ella in suo consorte ti prendesse.
Ogni sforzo fu vano. Alcune insidie
ella ordì; tu le sai. S'eran fallaci,
a certi suoi fedeli Eunuchi diede
ordine d'ammazzarti a tradimento.
Son più vasti i comandi. Infernal alma
peggior non nacque, e tu compensi morte,
ch'hai sopra il capo, alla crudel d'amore.[36]
Se tu non credi, il torto, che mi fai,
men mi dorrà, che 'l mal, che a te sovrasta. *(piange)*
CALAF Dunque in mezzo a' soldati d'un Monarca,
posti per mia salvezza, io son tradito!
Ah, ben mel disse quel ministro infame,
che interesse, e timor spezza ogni fede.
Vita, più non ti curo. Invan si tenta
fuggir da cruda stella, che persegue.
Barbara Turandot, in questa forma
paghi un amante fuor di se medesmo,
che s'abbassa, si sforza, e l'impossibile
vince in sé stesso ad appagar tue brame?
(furioso) Vita, più non ti curo. Invan si tenta
fuggir da cruda stella, che persegue.
ADELMA Ignoto, di fuggir tua cruda stella
t'apre Adelma una via. Sappi, un tesoro
giusta compassion m'indusse a spendere
per corromper le guardie. Io cerco trarre
te dalla morte, e me dalle catene.
Là nel mio Regno in sotterraneo loco

---

[35] *colorir*: descrivere in modo appropriato.

[36] *e tu... d'amore*: e tu, in cambio della morte che ti incombe sulla testa, alla crudele dai amore.

TURANDOT - ATTO QUARTO 169

    altro immenso tesoro sta nascosto.
    Congiunta son di sangue, e d'amistate
    ad Alinguere, Imperator di Berlas.
    Qui tra le guardie un numero è già pronto
    per scorta mia. Destrier parati sono.
    Fuggiam da queste sozze orride mura
    in odio ai Dei. Forze avrò in campo, ed armi,
    unite a quelle d'Alinguer, di Berlas,
    da riscattare il Regno mio. Fia tuo.
    Tua questa destra fia, se gratitudine
    per me ti prende, e, se ti spiace il nodo,
    fra' Tartari non mancan Principesse,
    che avanzano in bellezza questa fiera,
    affettuose in cor, degne del tuo;
    suddita io resterò. Pur che tu sia
    salvo da morte, e ch'io d'indegno laccio
    esca di schiavitù, saprò in me vincere
    quell'amor, che mi strugge, e che rossore
    mi prende a palesarti. Ah, la tua vita
    ti stia a cor solamente, ed abborrisci,
    quanto vuoi, questa destra. È presso il giorno...
    Io mi sento morir... stranier fuggiamo.
CALAF Adelma generosa! Oh qual dolore
    provo per non poter condurti a Berlas,
    trarti di schiavitù. Che mai direbbe
    Altoum della fuga? Egli a ragione
    mi diria traditor; che per rapirti
    le sacre leggi d'ospitalitade
    non curai di tradir.
ADELMA   Anzi la figlia
    d'Altoum le tradisce.
CALAF   Io non ho 'l core,
    che più sia mio. Godrò morendo, Adelma,
    per commession [37] d'una crudel, che adoro.
    Tu puoi fuggire. Io risoluto sono
    di morir per colei. Che val la vita?

---

[37] *per commession*: per ordine.

Senza di Turandotte io più, che morto,
mi considero al mondo: ella s'appaghi.
ADELMA Dì tu da ver! sì cieco sei d'amore?
CALAF Sol d'amore, e di morte io son capace.
ADELMA Ah, ben sapea, stranier, che la tiranna
di bellezza m'avanza, e sperai solo,
che 'l mio cor differente gratitudine
potesse ritrovar. Io non mi curo
de' disprezzi, che soffro, e sol mi preme
l'adorabil tua vita. Deh fuggiamo:
salva quella tua vita, io ti scongiuro.
CALAF Adelma, io vo' morir; son risoluto.
ADELMA Ingrato! resta pur; per tua cagione
io pur non fuggirò, rimarrò schiava,
ma per momenti ancor. Se 'l Ciel m'è contro,
vedrem chi di noi due la propria vita
sa sprezzar maggiormente a' casi avversi.
(a parte)
(Perseveranza amor premia sovente.
Calaf di Timur figlio?) *(alto)* Ignoto, addio. *(entra)*
CALAF Notte più cruda chi passò giammai?
Combattuto lo spirto da un ardente
amor, che mi distrugge. Sfortunato,
dall'amata abborrito, circuito
da tante insidie, ed intronato il capo
da funeste novelle di mia madre,
del genitor, del servo, e, quando io spero
d'esser in porto, in mezzo a chi mi salvi,
al colmo d'ogni gioia; trucidato
mi vuol chi è la mia vita, e chi tant'amo.
Turandotte spietata! Ah, ben mi disse
la tua schiava crudele, a cui non volli
palesar il mio nome, e quel del padre,
che la mia ostinazion costar dovrebbe
a caro prezzo. Or ben, già spunta il sole. *(si rischiara)*
Tempo è, che 'l sangue mio satolli alfine
la serpe, che n'è ingorda. Usciam d'angoscia.

SCENA X
BRIGHELLA, guardie, e CALAF.

BRIGHELLA Altezza, questa xe l'ora del gran cimento.
CALAF *(agitato)*
  Ministro, sei tu quello?... Via, s'adempiano
  gli ordini, ch'hai. Crudel, finisci pure
  di troncar i miei giorni; io non li curo.
BRIGHELLA *(attonito)* Che ordeni! Mi no go altro ordene, che de
  farla incamminar verso el Divan, perché l'Imperator s'ha za
  pettenà la barba, per far l'istesso.
CALAF *(con entusiasmo)*
  Vadasi nel Divan. Già nel Divano
  so che non giugnerò. Vedi, se intrepido
  io so andar a morir. *(getta la spada)*
                Non vo' difesa.
  Sappia almen la crudel, che ignudo esposi
  volontario il mio seno alle sue brame. *(entra furioso)*
BRIGHELLA *(sbalordito)* Cossa diavolo diselo! Gran maledette femene! No le l'ha lassà dormir, e le ga fatto zirar la barilla.[38] O
  là, presentè l'arme, compagnello, steghe attenti. *(entra. Odesi un suono di tamburi, e d'altri strumenti)*

---

[38] *le... barilla*: l'hanno fatto impazzire (letteralmente: «gli hanno fatto girare il barile», cioè la testa).

ATTO QUINTO

Il Teatro rappresenta il Divano, come nell'Atto secondo. Nel fondo vi sarà un Altare con una Deità Chinese, e due Sacerdoti; ma tutto dietro una gran cortina. All'aprirsi della scena Altoum sarà sul suo trono: i Dottori saranno al lor posto; Pantalone, e Tartaglia a' fianchi d'Altoum: le guardie disposte come nell'atto secondo.

SCENA I
ALTOUM, PANTALONE, TARTAGLIA, *Dottori, guardie*
indi CALAF.

(Calaf uscirà agitato, guardandosi intorno sospettoso. Giunto nel mezzo della scena farà un inchino ad Altoum, indi da sé.)

(Come! Tutta la via felicemente
scorsi,[1] e l'immagin della morte avendo
sempre dinanzi, alfin nessun m'offese!
O Adelma m'ha ingannato, o Turandotte
seppe que' nomi, l'ordine sospese
della mia morte, ed io perdo il mio bene.
Meglio era morte, s'avverar si deve
il mio dubbio crudel.) *(resta pensoso)*
ALTOUM   Figlio, tu sei,
ben ti scorgo, agitato. Io vo' vederti
ilare in volto; più non dei temere.
Oggi hanno fin le tue sventure. Io tengo
secreti in sen di giubilo, e di pace.
Mia figlia è tua consorte. Tre ambasciate
ebbi sin'or da lei. Calde preghiere
spedì reiterate, ond'io volessi
dispensarla da esporsi nel Divano,
e dalle nozze ancor. Vedi, se devi
rassicurarti, e intrepido aspettarla.

---

[1] *scorsi*: percorsi.

PANTALONE Certo, Altezza. Mi in persona son sta do volte a ricever i comandi della Principessa alle porte del Serragio. Me son vestì in pressa,[2] e son corso. Gera un agerin freddo,[3] che me trema ancora la barba. Ma gnente. Confesso, che ho abuo un gran spasso a vederla desperada, e pensando alla allegrezza, che avemo da aver.

TARTAGLIA Io ci sono stato a tredici ore.[4] Cominciava appunto a spuntar l'alba. M'ha tenuto mezz'ora a pregarmi. Tra 'l freddo, e la rabbia, credo di averle detto delle bestialità. *(a parte)* (L'averei sculacciata.)

ALTOUM Vedi, come ritarda? Ho già spedite
commession risolute, e vo' che venga
a forza nel Divan. S'ella ricusa,
dissi, che a forza ella sia qui condotta.
Forte ragione ho di mostrarle sdegno.
Eccola, e mesta a comparir la veggio.
Soffra il rossor, ch'io volli torle invano.
Figlio, t'allegra pur.

CALAF   Signor, scusate.
Grazie vi rendo. Io combattuto sono
da sospetti crudeli, e combattuto
sono d'esser cagion, ch'ella patisca
violenza e rossor. Vorrei piuttosto...
Ah, ch'io nol posso dir. Se non è mia,
come viver potrei! Col tempo io voglio
co' più teneri affetti far, che scordi
certo l'abborrimento. Questo core
tutto fia della Sposa. Io vorrò sempre
ciò, ch'ella bramerà. Grazie, e favori
chi cercherà da me, non andrà in traccia
di adulator, di parasiti iniqui,
dell'altrui donna, che mi possa;[5] e solo
dalla consorte mia richieste attendo

---

[2] *in pressa*: in fretta.
[3] *agerin freddo*: arietta fredda.
[4] *a tredici ore*: circa le sette del mattino. Le ore della giornata venivano infatti calcolate dalle sei del pomeriggio, dal suono dell'Avemaria.
[5] *che mi possa*: che eserciti un potere, un'influenza su di me.

per favorire altrui. Fedel, costante
sempre sarò nell'amor suo. Giammai
sospetti le darò. Forse non molto
andrà, che adorerammi, e pentimento
dell'avversion, che m'ebbe, in breve io spero.
ALTOUM Olà, ministri miei, più non si tardi.
Questo Divan sia Tempio, ond'ella entrando
scopra, ch'io so voler quanto le dissi.
Si permetta l'ingresso al popol tutto.
Tempo è, che paghi quest'ingrata figlia
con qualche dispiacer le tante angosce,
che suo padre ha sofferte. Ognun s'allegri.
Le nozze seguiran. L'Ara sia pronta.
(apresi la cortina nel fondo, e scopresi l'Altare co' Sacerdoti Chinesi)
PANTALONE Cancellier, la vien, la vien. Me par che la pianza.
TARTAGLIA L'accompagnamento è malinconico certo. Questo è un noviziato,[6] che mi pare un mortuorio.

SCENA II
TURANDOT, ADELMA, ZELIMA, TRUFFALDINO, *Eunuchi, Schiave, e sopraddetti.*

Ad un suono di marcia lugubre esce Turandotte, preceduta dal solito accompagnamento. Tutto il suo seguito avrà un segno di lutto. S'eseguiranno tutti i cerimoniali, come nell'Atto secondo. Turandotte salita in trono farà un atto di sorpresa nel veder l'Altare, e i Sacerdoti. Ognuno sarà al solito posto, come nell'Atto secondo. Calaf sarà in piedi nel mezzo.

TURANDOT Questi segni lugubri, ignoto, e questa
mestizia, che apparisce ne' miei servi,
so che 'l cor ti rallegra. Io miro l'Ara
parata alle mie nozze, e mi contristo.

---

[6] *noviziato*: matrimonio.

TURANDOT - ATTO QUINTO

    Quant'arte usar potei, sappi c'ho usata
per vendicarmi del rossor, che ieri
mi facesti provar; ma alfin conviemmi
cedere al mio destin.
CALAF   Mia Principessa,
vorrei poter farvi veder l'interno,
come la gioia amareggiata viene
dal vostro dispiacer. Deh, non v'incresca
di far felice un, che v'adora, e sia
con reciproco amor sì dolce nodo.
Io vi chiedo perdon, se chieder dessi
perdon d'amar chi s'ama.
ALTOUM   Ella non merta,
figlio, sommesse [7] espression. È tempo,
ch'ella s'umili alfin. S'innalzi il suono
degli allegri strumenti, e 'l nodo segua.
TURANDOT No, non è tempo ancor. Maggior vendetta
non posso aver, che far con apparenza
l'animo tuo sicuro, in calma, e allegro,
per poi scagliarti inaspettatamente
da letizia ad angoscia. *(si leva in piedi)*
                      Ognun m'ascolti.
Calaf, figlio a Timur, dal Divan esci.
Questi i due nomi a me commessi [8] sono.
Cerca altra sposa, e Turandot impara
quanto sa penetrar, misero, e trema.
CALAF *(attonito, e addolorato)*
    Oh me infelice!... oh Dio!
ALTOUM *(sorpreso)*   Dei, che mai sento!
PANTALONE Sangue de donna Checa,[9] che la ne l'ha fatta in barba, Cancellier!
TARTAGLIA Oh Berginguzino! questa cosa mi passa l'anima.
CALAF *(disperato)*
    Tutto ho perduto. Chi mi dona aita?

---

[7] *sommesse*: umili.
[8] *a me commessi*: che mi fu imposto di indovinare.
[9] *Sangue... Checa*: esclamazione popolare («sangue di donna Francesca»).

Ah, nessun può aiutarmi. Io di me stesso
fui l'omicida, e perdo l'amor mio
per troppo amor. Io potea pur errore
far negli enigmi ieri; or questo capo
tronco sarebbe, e l'alma mia spirata
non sentiria più doglia in queste membra,
peggior di morte. E tu, Altoum pietoso,
perché non lasciar correre la legge,
ch'anche morir dovessi, se scoperti
fosser dalla tua figlia quei due nomi,
ch'or più allegra saria? *(piange)*
ALTOUM   Calaf, l'affanno
vecchiezza opprime... L'impensato caso
trapassa questo sen.
TURANDOT *(basso a Zelima)*
                   Zelima, il misero
mi fa pietà. Difender più non posso
il mio cor da costui.
ZELIMA *(basso)*   Deh ceda alfine.
Sento il popol, che freme.
ADELMA *(da sé)*   (È questo il punto
o di vita o di morte.)
CALAF *(vaneggiante)*   Un sogno parmi...
Mente, non vacillar. *(furioso)* Tiranna, dimmi;
a non veder morir chi sì t'adora
t'incresce forse? Io vo', che tu trionfi
anche sulla mia vita. *(furente s'avvicina al trono di Turandot)*
                    Ecco dinanzi
a' piedi tuoi vittima sfortunata
quel Calaf, che conosci, e ch'abborrisci,
e ch'abborrisce il Ciel, la terra, il fato,
che disperato, fuor di se medesmo
spira sugli occhi tuoi.
(trae un pugnale; è per ferirsi; Turandotte precipita dal trono, e lo trattiene)
TURANDOT *(con tenerezza)* Calaf, che fai?
ALTOUM Che vedo!
CALAF *(sorpreso)*   Tu impedisci, Turandotte,
quella morte, che brami! Tu capace

TURANDOT - ATTO QUINTO 177

    sei d'un atto pietoso! Ah, tu vuoi, barbara,
ch'io viva senza te, che in mille angosce,
ed in mille tormenti io resti in vita.
Di tanto almen non esser cruda; lascia,
ch'esca di tal miseria, e, se capace
sei di qualche pietà, so, che in Pechino
è Timur, padre mio, privo di Regno,
perseguitato, lacero, mendico.
Invan cercai di sollevar quel misero.
Abbi di lui compassione, e lascia
ch'io m'involi dal mondo. *(vuol uccidersi; Turandot lo trattiene)*
TURANDOT   No, Calaf.
Viver devi per me. Tu vinta m'hai.
Sappi... Zelima a' prigionier ten corri,
consola il vecchio afflitto, ed il fedele
Ministro suo; la madre tua consola.
ZELIMA E come volontier! *(entra)*
ADELMA *(con entusiasmo da sé)*
                    (Tempo è di morte;
    più speranza non c'è.)
TURANDOT   Sappi, ch'io vinsi
per un trasporto sol.[10] Tu palesasti
ad Adelma, mia schiava, in non so quale
trasporto tuo stanotte, i due proposti
nomi, e gli seppi. Il mondo tutto sappia,
ch'io capace non son d'un'ingiustizia,
e sappi ancor, che le tue vaghe forme,
l'aspetto tuo gentile, ebbero alfine
forza di penetrare in questo seno,
d'ammollir questo cor. Vivi, e ti vanta.
Turandotte è tua sposa.
ADELMA *(da sé con dolore)* Oh, estrema doglia!
CALAF *(gettando in terra il pugnale)*
Tu mia! lasciami in vita, estrema gioia.
ALTOUM *(discendendo dal trono)*
Figlia... mia cara figlia, io ti perdono

---

[10] *per un trasporto sol*: per una sola commozione dell'animo.

tutto il duol, che mi desti. In questo punto
compensi al padre tuo tutte l'offese.
PANTALONE Nozze, nozze. Siori Dottori, le daga logo.[11]
TARTAGLIA Si ritirino nella parte diretana[12] del Divano. *(i Dottori si ritirano in dietro)*
ADELMA *(furente si fa innanzi)*
Sì, vivi pur, crudele, e lieto vivi
colla nimica mia. Tu, Principessa,
sappi, ch'io t'odio, e che gli arcani miei
furono sol per divenir consorte
di costui, ch'adorai, cinqu'anni or sono,
sin nella Corte mia. Tentai stanotte,
fingendo favorir le tue premure,
di fuggir seco, e ti dipinsi iniqua;
tutto fu vano. Dalle labbra sue
uscir per accidente que' due nomi.
Palesandoli a te sperai per questo,
che tu 'l scacciassi, e di poter ancora
meco a fuggir sedurlo, e farlo mio.
Troppo t'ama costui per mio tormento.
Tutto fu vano, ogni speranza è persa.
Una sol via mi resta, e usar la deggio.
Di regio sangue io nacqui, e mi vergogno
d'esser vissuta in vil lorda catena
di schiavitù sin'ora. In te abborrisco
un oggetto crudel. Tu mi togliesti
padre, fratelli, madre, suore, regno,
e l'amante alla fin. Esca da tante
sciagure Adelma. Togli anche il residuo
della mia stirpe, ed il mio sangue lavi
viltà fin'or sofferta. *(raccoglie il pugnale di Calaf, indi fieramente)* È questo il ferro,
che risparmiasti al sen del sposo tuo,
perch'io mi trucidassi. Il popol miri,

---

[11] *le daga logo*: facciano passare.
[12] *diretana*: posteriore, ma è evidente il gioco di parole.

se dalla schiavitù so liberarmi. *(in atto di ferirsi. Calaf la trattiene)*
CALAF Fermati, Adelma.
ADELMA Lasciami, tiranno...
(con voce piangente)
Lasciami, ingrato... io vo' morir. *(si sforza d'uccidersi. Calaf le leva il pugnale)*
CALAF Non fia.
Io da te riconosco ogni mio bene.
Util fu il tradimento. Ei disperato
mi rese sì, che 'l cor potei commovere
di chi m'odiava, e ch'or mi fa felice.
Scusa un amor, che vincer non potrei.
Non mi chiamar ingrato. Ai Numi io giuro,
che, s'altra donna amar potessi, tua
questa destra saria.
ADELMA *(prorompendo in pianto)*
No; mi son resa
di quella destra indegna.
TURANDOT Adelma, e quale
furor ti prese!
ADELMA A te palesi sono
le mie sciagure. Or sappi, che mi togli
anche un amante, in cui sperava solo.
Per lui son traditrice, ed ei mi toglie
modo di vendicarmi. Almen mi lascia
nella mia libertà. Lascia ch'io fugga
raminga di Pechin. Non usar meco
l'ultima crudeltà, ch'io miri in braccio
Calaf di Turandot. Io ti ricordo,
ch'un cor geloso, un'alma disperata
tutto può, tutto tenta; e mal sicura
ognor sei, dov'è Adelma. *(piange)*
ALTOUM *(a parte)* (Io ti compiango,
misera Principessa.)
CALAF Adelma, lascia
di tanto lagrimar. Vedi, che in grado
son or di compensare in qualche parte
quant'ho per tua cagion. Sposa, Altoum,

se nulla posso in voi, quest'infelice
Principessa abbia libertade in dono.
TURANDOT Padre, anch'io ve lo chiedo. Io mi conosco
oggetto agli occhi suoi troppo crudele
da poter sofferir. L'amor, l'intera
confidanza, che in lei posi, fu vana.
L'odio chiuso tenea. Mai non potrebbe
Turandotte ad Adelma esser amica
più, che Signora; ella nol crederia.
Libera vada, e se maggior favori
puote ottener, padre, a Calaf mio sposo,
ed alla figlia vostra li donate.
ALTOUM In sì festevol giorno non misuro
le grazie mie. Le mie felicitadi
vo' anch'io da lei. La libertà non basti.
Abbia Adelma il suo Regno, e scelga sposo,
che seco regni di prudenza ornato,
e non di cieca, e mal fondata audacia.
ADELMA Signor... troppo confusa da' rimorsi...
Oppressa dall'amor... de' benefizi
il peso [13] non conosco. Il tempo forse
rischiarerà la mente... Or sol di pianto
capace son, né raffrenar lo posso.
CALAF Padre, in Pechin tu sei? Dove poss'io
ritrovarti, abbracciarti, e d'allegrezza
colmarti 'l sen?
TURANDOT   Presso di me è tuo padre;
a quest'ora gioisce. In faccia al mondo
non obbligarmi a palesar le mie
stravaganti opre; che di me medesma
meco arrossisco. Già tutto saprai.
ALTOUM Timur presso di te! Calaf, t'allegra.
Quest'Impero è già tuo. Timur gioisca.
Libero è 'l Regno suo. Sappi che 'l crudo
Sultano di Carizmo, mal sofferto

---

[13] *peso*: valore.

per le sue tirannie, da' tuoi vassalli
fu trucidato. Un tuo fido Ministro
tien per te 'l scettro, ed a' Monarchi invia
segretamente lumi, e contrassegni
di te, del padre tuo, chiamando al trono
l'uno, o l'altro, se vive. In questo foglio
leggi, che tronche son le sue sventure. *(gli dà un foglio)*
CALAF *(osservato il foglio)*
O Dei celesti, puote esser mai questo!
Turandotte... Signor... Ma a che mi volgo
a' mortali in trasporto? I miei trasporti
sieno a voi, Numi; a voi le mani innalzo,
voi benedico, e a voi chiedo sventure
maggiori ancor delle sofferte, a voi,
a voi, che contr'ogni pensiere umano
tutto cambiate, umil perdono io chiedo
de' miei lamenti, e, se talor la doglia
questa vita mortal disperar fece
d'una provida mano onnipossente;
a voi chiedo perdono, e l'error piango.
(tutti gli astanti saranno commossi, e piangeranno)
TURANDOT Nessun funesti più le nozze mie.
(in atto riflessivo)
Calaf per amor mio la vita arrischia.
Un Ministro fedel morte non cura
per far felice il suo Signor. Un altro
Ministro, ch'esser puote Re, riserva
pel suo Monarca il trono. Un vecchio oppresso [14]
vidi pel figlio apparecchiarsi a morte;
ed una donna, che qui meco tenni
amica più, che serva, mi tradisce.
Ciel, d'un abborrimento sì ostinato,
che al sesso mascolino ebbi sin'ora,

---

[14] *oppresso*: «sfinito dagli anni e dalle malattie» (Petronio).

delle mie crudeltà, perdon ti chiedo. *(si fa innanzi)*
Sappia questo gentil popol dei maschi,
ch'io gli amo tutti. Al pentimento mio,
deh qualche segno di perdon si faccia.

LA DONNA SERPENTE

La donna serpente è la quinta delle *Fiabe* teatrali e viene rappresentata per la prima volta il 29 ottobre 1762.

Lo spunto dell'intreccio è di nuovo in un racconto orientale tratto da *Les mille et un jour* («Le Cabinet des fées», vol. XIV), *Histoire du roi Ruzvanshad et de la princesse Cheheristani*, ma Gozzi salda con questa novella anche l'altra, in essa contenuta, *Le roi du Thébet*: essa offre il destro per tratteggiare la figura della strega Dilnovaz, rammentata da Pantalone (I, III). La *pièce* fa ricorso a una tecnica ad incastro che trasporta nell'invenzione teatrale quella del racconto nel racconto con cui la storia di Dilnovaz si inserisce in quella di Ruzvanshad. Al solito l'originale favolistico non è reimpiegato in modo passivo: Gozzi inclina ad accentuare il rischio tragico che incombe sui personaggi. Allo scioglimento finale non si perviene attraverso una prova di coraggio che consiste nella separazione dei due amanti per due anni, bensì attraverso la morte dei figli che Cherestanì è costretta a fingere agli occhi del marito. La prova tremenda ricorda da vicino quelle subite dalla Griselda del *Decameron* (un archetipo che forse sarebbe da rintracciare con più cura: anche la Dugmè di *Zeim re de' Geni* sembra presupporlo).

Nell'episodio dell'oracolo Checsaia (interpretato da Pantalone nell'atto I, scena VII) non è improbabile che Gozzi attinga all'idolo Késaia che compare in *Arlequin roi de Serendib*, di Lesage, confermando così l'interesse per il teatro della *foire*.[1]

Accanto ai personaggi desunti da *Les mille et un jour*, e che occupano la zona tragica della *Donna serpente,* compaiono al solito le maschere, con ruoli assai diversificati, ma in prevalenza secondari. E questo anche se, rispetto al ridimensionamento compiuto in *Turandot*, si assiste ad un vero dilatarsi degli intermezzi farseschi, in cui maschere come Brighella e Truffaldino agiscono da controcanto parodico alla storia principale. Tuttavia, nella complessità delle vicende che si snodano, proprio ad una maschera, quella di Truffaldino in veste di venditore di relazio-

---

[1] Cfr. A. Beniscelli, *Turandot*, in *La finzione del fiabesco*, cit. p. 103 nota 18.

ni, viene affidato (III, V) il compito di riassumere avvenimenti di cui il pubblico deve essere informato, e che però risultano difficilmente rappresentabili.

La donna serpente si configura come la prosecuzione del filone esotico avviato da *Turandot*, ma nello stesso tempo anche come la rinuncia all'assenza completa di elementi magici e favolosi: *Turandot* risulta infatti un modello marginale, che sarà replicato dopo un certo intervallo solo nei *Pitocchi fortunati* (1764). Al teatro di Gozzi è più congeniale l'impiego di tutte le risorse illusionistiche e spettacolari, che proprio nel favoloso e nel magico trovano appoggio. Nondimeno, il veicolo del magico, la fata Cherestanì, non appare la riproposizione inerte di figure già utilizzate nel *Corvo* e nel *Re cervo*. Norando (*Il corvo*) e Durandarte (*Il re cervo*) sono i *deus ex machina* che regolano dall'esterno l'intreccio, rimanendone pochissimo coinvolti. Con la fata della *Donna serpente* siamo di fronte ad una soluzione profondamente diversa. Cherestanì conosce tutte le tappe attraverso le quali la *pièce* deve passare per giungere allo scioglimento finale: ciò che, nei termini della finzione drammatica, la fa coincidere con la necessità del destino che si attua e nello stesso tempo con la coscienza drammatica che l'accompagna. Tutti gli altri personaggi hanno informazioni molto limitate, talvolta inesatte, e proprio per questo introducono o incrementano un'istanza tragica, potenzialmente devastante, nella tessitura drammatica della fiaba, cui Cherestanì è costretta faticosamente a riparare. La fata è peraltro doppiamente implicata: personaggio che tira continuamente le fila dell'azione, ma anche direttamente coinvolto dall'esito della vicenda ed esso stesso posto alla prova. La fedeltà al giuramento di non maledirla mai, promessa ma non mantenuta da Farruscad, si riflette immediatamente sulla sorte di Cherestanì, rendendone più arduo il riscatto dalla condizione di fata. Cherestanì inaugura dunque un uso più sapiente e meno esteriore del personaggio magico e delle risorse favolistiche (solo in parte annunciato da Durandarte), che ritroviamo in Zelou (*Il mostro turchino*) e addirittura virtuosisticamente replicato nell'*Augellino belverde*, attraverso l'Augellino medesimo e Calmon, re dei simulacri.

LA DONNA SERPENTE

*Fiaba teatrale tragicomica
in tre Atti*

PREFAZIONE

Il mio nuovo genere di rappresentazion teatrale fiabesco andava felicemente, e come apparisce dalla verità inalterabile delle precedenti mie prefazioni.

Aveva omai poca forza la derisione de' partigiani de' Signori Chiari, e Goldoni. Questa non era che, un'offesa al Pubblico, il qual era già trasportato, e gentilmente desideroso di veder delle nuove Fiabe nel Teatro.

Un tal genere era tanto diverso dall'usato da' due sopraccennati Poeti, che non doveva danneggiar le loro opere, dette regolate, e dotte. Non potrei assicurare nessuno tuttavia, che non avessero del danno. In una battaglia di Poeti teatrali, la diversione del Pubblico decide delle perdite e, delle vittorie.

Il difficile in questo nuovo genere (tra gli altri difficili, ch'egli contiene, che sono moltissimi) era lo sfuggir la somiglianza delle circostanze, e l'inventarne di nuove, e di forti.

Il mirabile è una picciola fonte per un picciolo talento, com'è il mio. Chi avrà però ingegno sufficiente a preparare un'orditura appoggiata alla critica, e ad una chiara allegoria sui costumi degli uomini, e sui falsi studi de' secoli con verità, modestia, e grazia, chi la tratterà con eloquenza, e collocherà il mirabile al suo vero posto, troverà, che 'l mirabile non ha sterilità, e ch'egli sarà sempre sulle scene dell'Italia il più robusto, e 'l più utile alle Italiane comiche Truppe.

Protesto di aver usata tutta la mia attenzione per far dissimiglianti l'una dall'altra le mie dieci Fiabe nell'orditura, e ne' dati loro.

La *Donna serpente* fu la quinta mia Fola scenica. Posta in iscena dalla Truppa Sacchi nel Teatro di S. Angelo a Venezia a dì 29 di ottobre l'anno 1762, si fecero di questa tra l'autunno, e 'l carnovale susseguente diciassette fortunatissime recite.

La scena quinta dell'atto terzo di questa Fiaba è una di quelle invenzioni, dette triviali inezie dai ridicoli seri[1] scrittori di fogli, e d'inette, e goffe satire.

Essendo questa rappresentazione pienissima di prodigi, per ri-

---

[1] *ridicoli seri*: ridicoli malgrado la loro intenzione di essere seri.

sparmio di tempo, e di spesa alla Truppa comica, e per non obbligarla alla dimostrazione col fatto di molti avvenimenti mirabili, ma necessari da sapersi all'Uditorio, feci uscire il Truffaldino imitator di que' mascalzoni laceri, che vendono le relazioni a stampa per la Città,[2] accennando il contenuto in compendio di quelle con de' spropositi.

Il Sacchi Truffaldino uscendo con un tabarro corto, e lacero, un cappello tignoso,[3] e un gran mazzo di relazioni a stampa, gridava, ad imitazione di que' birbanti, accennando in compendio al contenuto della relazione, dichiarando i successi accaduti, ed eccitando il popolo a comperar il foglio per un soldo.

Tal scena inaspettata, ch'egli faceva con molta grazia, e verità, e con una di quelle imitazioni sempre fortunate, spezialmente nel Teatro, cagionava un intero tumulto, e continuati scoppi di risa nell'uditorio, e si scagliavano da' palchetti a quel personaggio confezioni,[4] e danari per avere la relazione.

Questa fantasia, che sembra triviale, usata da un privilegio di franca libertà, che sostenni sempre nelle mie Fole, fu apprezzata da' buoni ingegni; e una tal scena ha cagionati di quegli accidenti popolari, che scossero tutta la Città, e la fecero curiosa di andar a vedere quella rappresentazione.

Giunto agli orecchi de' venditori delle relazioni il successo di questa scena, si unirono, e posti alla porta del Teatro con un gran fardello de' loro già disutili, e muffati fogli, che nulla avevano a fare colla rappresentazione, all'uscire dell'Uditorio si posero a gridare con quanta voce avevano la relazione de' gran casi avvenuti nella *Donna serpente*. Nel buio della notte venderono un numero infinito di que' fogli, ingannando il popolo, e se n'an-

---

[2] *mascalzoni... Città*: il riferimento è alla scena V dell'Atto terzo. Quello delle relazioni a stampa (sorta di fogli volanti, scandalistici più che informativi) era un costume popolare in voga nella Venezia del Settecento: «A Venezia vivono molti viziosi scioperati della plebaglia vendendo relazioni a stampa, vere, inventate, o false, bandi e notizie di rei giustiziati, gridando con voci fastidiose e correndo per tutta la città» (nota alla stanza XII, 56 della *Marfisa bizzarra*). Ancora più feroci i versi della *Marfisa*: «pur i miei fogli esser denno imbrattati /di relazion da fare il gozzo pieno / a' mascalzoni affamati e assetati, / che con lor voci chiocce van gridando, / seguita la sentenza o dato il bando».

[3] *tignoso*: malridotto.

[4] *confezioni*: dolciumi.

darono all'osteria a far de' brindisi al Sacchi, e a far nascere di que' pubblici discorsi, che sono favorevolissimi ad una Comica Truppa.

Una bassezza posta in un Teatro sviluppata, e nel suo vero aspetto, che cagiona rivolta, e concorso, non è più bassezza. Ella è un colpo d'invenzion dilettevole, ed utile. S'ella sia dilettevole, si chieda a' Comici, e si troverà, ch'ella è uniforme all'intenzione di Orazio.[5]

È superfluo il dire, che questa Fola si replica ogn'anno ad un Pubblico, che ogn'anno ha la gentilezza di sofferirla.[6]

---

[5] *intenzione di Orazio*: il riferimento è al mescolare l'utile al dolce dell'*Ars poetica* («Omne tulit punctum, qui miscuit utile dulci, / lectorem delectando pariterque monendo», vv. 343-344).

[6] *sofferirla*: sopportarla.

PERSONAGGI

FARRUSCAD,[1] Re di Teflis [2]
CHERESTANÌ, Fata, Regina di Eldorado, sua sposa
CANZADE, sorella di Farruscad, guerriera, amante di
TOGRUL, Visir, ministro fedele
BADUR, altro ministro, traditore
REZIA } fanciulli, figliuoli gemelli di Farruscad,
BEDEDRINO } e di Cherestanì
SMERALDINA, damigella di Canzade, guerriera
PANTALONE, Aio [3] di Farruscad
TRUFFALDINO, cacciatore di Farruscad
TARTAGLIA, basso ministro
BRIGHELLA, servitore di Togrul, Visir
FARZANA } Fate
ZEMINA }
UN GIGANTE
SOLDATI, e DAMIGELLE, che non parlano
Diverse voci, di persone, che non si vedono.

La scena è parte in un ignoto deserto, parte nella città di Teflis, e nelle sue vicinanze.

---

[1] *Farruscad*: in *Les mille et un jour* (tomo XIV: *Contes persanes*) si chiama Ruzvanschad (*Histoire du roi Ruzvanshad et de la princesse Cheherestani*) ed è re della Cina. Il nome proposto da Gozzi nasce dall'incrocio con quello di Farrukhnaz, la nutrice che racconta la storia)

[2] *Teflis*: o Tiflis. È Tiblisi, la capitale della Georgia, nel Caucaso.

[3] *Aio*: precettore.

ATTO PRIMO

Bosco corto.[1]

SCENA I
FARZANA, e ZEMINA, *Fate.*

ZEMINA *(con mestizia)*
  Farzana, dì, e non piangi?
FARZANA   E di che piangere,
  cara Zemina?
ZEMINA   Ah ti scordasti, amica,
  quando Cherestanì, l'amabil Fata,
  figlia di Abdelazin, Re di Eldorado,
  uomo a morte soggetto, e della vaga
  Fata Zebdon, Cherestanì, diletta
  nostra compagna, a Farruscad amante,
  uomo mortal, volle esser sposa, e volle,
  d'immortal,[2] come noi, chieder natura
  mortal, come il suo sposo? e che 'l Re nostro,
  Demogorgon,[3] collerico le disse,
  che desistesse, ma che...
FARZANA   Sì, Zemina,
  so che giurò Demogorgon, che, s'ella
  passa il canicolar secondo giorno,[4]

---

[1] *Bosco corto*: boschetto.
[2] *immortal*: nell'*Histoire* le fate non sono immortali. I geni (categoria cui appartengono anche le fate), «quoiqu'ils vivent plus longtemps que les hommes, ne laissent pas d'être comme eux sujets à la mort» (p. 118).
[3] *Demogorgon*: di Demogorgone – genio ctonio, in origine compagno di Caos ed Eternità, genera il movimento della terra e il sole, che poi unisce in matrimonio con la terra stessa – parla anche Boccaccio nella *Genealogia deorum gentilium*. Più che attingere alle fonti classiche, Gozzi sembra però far ricorso all'*Orlando innamorato*, dove Demogorgone appare il violento dominatore di fate ed altre creature incorporee (cfr. II, XIII, 27).
[4] *il... giorno*: il secondo giorno dopo l'ingresso del sole nella costellazione del Cane, dunque nella fase più calda dell'estate.

sin che tramonta il sol del corrente anno,
senz'esser maladetta dal suo sposo,
che mortal diverrà, come il marito,
poich'ella così vuole.

ZEMINA   Oh Dio! dimani
allo spuntar del sole il dì comincia
fatal per noi. Perdiam Cherestanì
di cinque lustri appena in sul bel fiore,[5]
la più amabile Fata, la più cara,
la più bella fra noi. Perdiam, Farzana,
il più bel fregio del congresso[6] nostro.
Quanto è amabil, tu 'l sai.

FARZANA   Non ti ricorda,
quante Demogorgone opre in dimani
vuol che Cherestanì crude, e inaudite
in apparenza a Farruscad suo faccia?
Che condannata l'ha a tener occulto
l'esser suo per ott'anni, e 'l fatal giorno,
e a non scoprir dell'opre sue gli arcani?
Credimi pure: no, diman non passa,
che sarà maladetta dal suo sposo,
che rimarrà nostra compagna.

ZEMINA   Ma
tu sai, che Farruscad deve giurare
di non mai maladirla, e poi spergiuro
dee maladirla, e allor Fata rimane.

FARZANA E bene; ei giurerà; sarà spergiuro,
e la maladirà; nostra ella fia.

ZEMINA Non giurerà.

FARZANA   Sì, giurerà.

ZEMINA   Se giura,
manterrà 'l giuramento.

FARZANA   No, Zemina,
ei la maledirà. Fia nostra.

---

[5] *di cinque... fiore*: sul fiorire dei venticinque anni.

[6] *congresso*: nel senso di consenso, ma anche di congregazione, gruppo di persone che obbediscono a disciplina e regole comuni.

ZEMINA   Cruda!
  Né ti sovvien dell'orrida condanna,
  alla qual per due secoli è ristretta?[7]
  Che cambierà la sua bella presenza
  in schifo, abbominevole serpente,
  se lo sposo in diman la maledice?
FARZANA Ben lo so, ma che importa? Della folle
  richiesta sua pagar dee qualche pena.
  I dugent'anni passeranno, e intanto
  morrassi il temerario sposo suo,
  e, passati due secoli, averemo
  Cherestanì compagna nostra ancora.
ZEMINA Puolla lo sposo suo dalla condanna
  sciogliere ancor, come t'è noto, e allora
  fatta è mortale, e noi l'abbiam perduta.
FARZANA Sogni son questi: ei lascierà la vita.
  A me commessa è l'opra. A me la guardia
  della nostra compagna condannata
  è commessa,[8] e commessa è a me in dimani
  la morte del suo sposo, onde 'l periglio,
  ch'ella mortal divenga, in lui finisca.
ZEMINA Ma di Geonca, il Negromante amico
  di Farruscad, non temi?
FARZANA   No, non temo.
  Andiam; che non è onesto il recar tedio
  al mondo aspettator d'opre inaudite,
  e sopratutto, con gli arcani nostri
  convien non recar noia a chi ci ascolta,
  poiché d'essi 'l miglior saria perduto.
ZEMINA Oh Ciel, pria d'annoiar chi è 'l nostro bene [9]
  con Farruscad, Cherestanì perisca. *(entrano)*

---

[7] *ristretta*: costretta.　　　　　[9] *nostro bene*: il pubblico.
[8] *commessa*: affidata.

SCENA II

Cambiasi la scena, che rappresenterà un orrido deserto con varie rupi nel fondo, e vari sassi sparsi, atti a servir di sedili.

Truffaldino, *e* Brighella.

Questi due personaggi escono insieme abbracciandosi. Brighella ha trovato in quel punto Truffaldino; è desideroso, di sapere, come Truffaldino sia in quel deserto, e nuove del Principe Farruscad. Truffaldino si pianta, com'uno, che narra una Fola ad un fanciullo, usando spesso la formula: «e cusì, sior mio benedetto ec.».[10] Narra, che nel tal anno (accenna un millesimo, che venga a formare il termine in quel punto degli ott'anni, accennati dalle due Fate), alli dodici del mese di Aprile, come Brighella sa, uscirono dalla città di Teflis il Principe Farruscad, Pantalone, suo Aio, egli, e molti cacciatori per andar a caccia. Che giunti in un bosco, lontano dalla città, trovarono una cerva bianca, come la neve, tutta fornita di cordelle[11] d'oro, di fiori, di gioie al collo, anella alle zampe, diamanti sul tuppè[12] ec. «La più bella cosa... la più bella cosa, che si possa vedere con due occhi ec.». Che 'l Principe Farruscad s'innamorò di quella perdutamente, e la seguì. Pantalone correva dietro al Principe, egli dietro a Pantalone; «e corri, e corri, e cammina, e cammina ec.». Che la cerva giunse sulla riva d'un fiume; che 'l Principe le era appresso, e tutti erano «lì lì lì» per pigliarla per la coda, quando la cerva spiccò un salto, si scagliò nel fiume, e non si vide più. Brighella che si sarà annegata. Truffaldino No, che non interrompa una narrativa di somma importanza. «E così, sior mio benedetto ec.», il Principe smanioso, innamorato della cerva, e disperato, fece pescare tutto 'l giorno per trovarla viva, o morta. «E pesca, e pesca ec.» e invano. Quando... Oh maraviglia! Si sentì una voce dolcissima uscir dal fiume, chiamare, e dire: «Farruscad, seguimi». Che 'l Principe invasato non si poté più trattenere, ma col capo in giù si gittò nel fiume. Pantalone disperato con la bar-

---

[10] «*e cusì... ec.*»: qui, come in seguito, tra virgolette sono le parole che Gozzi suggerisce espressamente all'attore.

[11] *cordelle*: cordoncini.

[12] *tuppè*: è il francese *toupet*, acconciatura dei capelli, ma qui ciuffo.

ba in mano, si gettò dietro al padrone: egli voleva gettarsi dietro a Pantalone, ma che 'l timore di bagnarsi lo trattenne. Che guardando nel fiume vide poi nel fondo una mensa imbandita di vivande, e che la fedeltà al suo padrone l'indusse a gettarsi nel precipizio. Oh maraviglia! trovò nel fondo non più la mensa, ma la cerva cambiata in una Principessa con un seguito di damigelle, «la più bella cosa, la più bella cosa che si possa vedere con due occhi ec.». Che 'l Principe era ginocchioni innanzi a quella Principessa. Che Pantalone stava, come un balordo. Che 'l Principe diceva:

«Dimmi chi sei, bellezza inusitata.
Abbi pietà di questo core afflitto,
che di sì fiero ardor non arse unquanco.»[13]

Che la Principessa rispondeva:

«Non ricercar chi sia. Verrà 'l momento,
che saprai tutto. L'amorosa smania
di te mi piace, e, s'hai sì forte il core
da sofferir le più terribil cose,
sposo t'accetto, e questa destra è tua.»

Che 'l Principe voleva sposarla, se cadesse il mondo. Che Pantalone gridava, e lo dissuadeva; ma ch'entrarono in un palazzo dalle colonne di diamanti, le porte di rubini, le travi d'oro ec. ec. Che seguirono le nozze a dispetto di Pantalone, e che nove mesi dopo la Principessa aveva partoriti un fanciullo, e una fanciulla, «le più belle creature, fradello, le più belle creature ec.». Che il fanciullo aveva nome Bedredin, e la fanciulla Rezia; che potevano avere sette anni circa. Che si mangiava, si beveva, e si dormiva bene, e si faceva all'amore colle damigelle con somma felicità. Che Pantalone era sempre afflitto, non conoscendo il paese, né la Principessa. Che 'l Principe replicava sempre:

[13] *unquanco*: mai.

«Dimmi chi sei, bellezza ec.»

Che la Principessa rispondeva:

«Non ricercar chi sia. Verrà 'l momento,
che saprai tutto. L'amorosa smania
di te mi piace, ed abbi forte il core
per sofferir le più tremende cose.
Oimè: pur troppo giugnerà l'atroce
punto per me, per te, dolce mio sposo.»

Sempre arcani, sempre cose secrete ec. Ch'erano tre giorni, che 'l Principe curioso sforzava uno scrittoio della Principessa per trovar qualche lettera di lei, e per rilevar dalla soprascritta,[14] chi fosse. Che la Principessa lo aveva trovato in sul fatto, e che furiosa per la disobbedienza avendolo piangendo rimproverato, posto[15] un grido, e battuto un piede per terra... Oh maraviglia! era sparita co' figliuoli, colle damigelle, e col palazzo, ed erano rimasti in quell'orrido deserto, come vedeva. BRIGHELLA fa degli stupori della narrazione: non presta fede. TRUFFALDINO fa de' giuramenti, e protesta di fargli vedere cose mirabili in quel deserto. Chiede a Brighella, come sia capitato. BRIGHELLA, che non è capitato solo, ma in compagnia del Visir Togrul, e di Tartaglia, fedeli ministri del Principe Farruscad. Narra che 'l vecchio Re, Atalmuch, padre di Farruscad, dopo ott'anni di afflizione per non aver nuova del figliuolo, era morto. Che Morgone, brutto Re Moro, gigante, pretendeva per moglie Canzade, Principessa, sorella di Farruscad, e la Corona, e che aveva assalito il Regno, e assediata la Città di Teflis. Che Togrul, Visir, amante di Canzade, era andato alla grotta di Geonca, Negromante, per aver notizia del Principe Farruscad in tal calamità. Che Geonca gli avea detto, che si portasse sul monte Olimpo,[16] dove troverebbe un buco, e che, discendendo per quel buco, troverebbe il Prin-

---

[14] *dalla soprascritta*: dall'intestazione.
[15] *posto*: lanciato, emesso.
[16] *Geonca... Olimpo*: la mitologia greca si innesta qui sul fiabesco del racconto orientale. La dislocazione nello spazio è, come già nell'*Amore delle tre melarance*, totalmente irrealistica.

cipe. Che aveva dati a Togrul dei segreti, tra gli altri, perché 'l viaggio di quel buco era lungo, e non troverebbe cibo, né bevanda, gli aveva dato un cerotto, che posto sulla bocca dello stomaco, teneva sazi, e senza sete gli uomini per due mesi. Che Togrul, Tartaglia ed egli con quel cerotto sulla bocca dello stomaco, giunti sull'Olimpo, trovato il buco, discesero con de' torchi accesi; che avevano fatti quaranta milioni, settemila, dugento e quattro scaglioni, e ch'erano giunti in quel deserto. TRUFFALDINO stupisce. Chiede, dove sieno Togrul e Tartaglia. BRIGHELLA; che gli aveva lasciati sotto un albero a riposare, poco discosti. Chiede, dove sieno il Principe, e Pantalone. TRUFFALDINO Che sono raminghi pel deserto, perché 'l Principe smanioso cerca sempre la Principessa; che tuttavia verso la sera si riducono in quel recinto per cenare e riposare. BRIGHELLA Qual cosa si mangi, e come si dorma in quel deserto, dove non vede, che pietre, e bronchi.[17] TRUFFALDINO Che si dorme sotto alcuni padiglioni[18] appariti dopo lo sparire del bellissimo palagio, e si mangia benissimo, cibi, che appariscono in apparecchio [19] ad una sola dimanda, né si vede da chi. BRIGHELLA Stupisce; sente che 'l cerotto, che ha sullo stomaco, perde la facoltà. I due mesi della sua virtù spirano. Egli è languido,[20] non resiste più. TRUFFALDINO Che lo segua, e non dubiti ec. BRIGHELLA Che bisogna anche soccorrere Togrul, e Tartaglia. TRUFFALDINO Che sarà fatto, che lo segua, che gli narrerà dell'altre maraviglie. «E cusì, sior mio benedetto ec.» *(In atto di seguitar de' racconti, entrano)*

SCENA III
FARRUSCAD, *e* PANTALONE.

FARRUSCAD *(uscendo inquieto)*
  Vani sono i miei passi. Dunque, amico,
  più non degg'io veder Cherestanì,
  la dolce sposa mia?

---

[17] *bronchi*: sterpi contorti.
[18] *padiglioni*: tende.
[19] *in apparecchio*: apparecchiati.
[20] *languido*: debole.

PANTALONE Mi no go più testa; el cervello me boge.[21] Cara Altezza, a tor suso ste solane [22] tutto el dì, chiaparemo una rescaldazion de rene, un mal maligno, le petecchie.[23] Qua no gavemo miedeghi, né spezieri, né ceruseghi.[24] Moriremo, come le bestie. Caro fio, caro fio, desmenteghéve [25] sta sorte de amori.

FARRUSCAD Come poss'io dimenticarmi, amico,
tanto amor, tanta tenerezza, tante
beneficenze, e spasmi? Ah, caro servo,
tutto ho perduto; io non avrò più pace.

PANTALONE Mo tenerezze, amori, spasemi, sospiri, de chi? de chi?

FARRUSCAD D'un'alma grande, generosa, altera,
della più bella Principessa, e cara,
che 'l sol vedesse, da che 'l mondo irraggia.

PANTALONE D'una striga [26] maledetta, che tol la fegura, che la vol, co ghe piase;[27] che deve aver quattro, o cinquecent'anni sulle tavarnelle.[28] Oh anello incantà de Angelica,[29] dove xestu? Ti, che ti ha scoverto ai occhi de Ruggiero che le bellezze de Alcina gera tante deformità, ti averessi pur guario anca sto povero putto, scoverzendoghe la Redodese [30] in sta siora Cherestanì.

FARRUSCAD *(in trasporto da una parte)*
Belle chiome, ove siete? io v'ho perdute.

PANTALONE *(dall'altra parte dopo averlo udito)* Zucca pelada maledetta, con quattro cavelli canui sulla coppa, e forsi con della tegna,[31] scoverzite per carità.

FARRUSCAD *(come sopra)* Occhi, stelle brillanti; ahi dove siete?

PANTALONE *(come sopra)* Occhi infossai, come quelli del caval-

---

[21] *me boge*: mi bolle.
[22] *a... solane*: a prendere tutti questi colpi di sole.
[23] *le petecchie*: il tifo (tifo petecchiale).
[24] *ceruseghi*: chirurghi.
[25] *desmenteghéve*: dimenticatevi.
[26] *striga*: strega.
[27] *che la... piase*: che prende l'aspetto che vuole, quando le piace.

[28] *tavarnelle*: sedere.
[29] *anello... Angelica*: è l'anello che nel *Furioso* consente ad Angelica di scomparire e di sfuggire ai suoi inseguitori. Con esso Ruggero annulla gli incantesimi di Alcina e ne rivela l'autentico aspetto di vecchia.
[30] *la Redodese*: la befana.
[31] *con della tegna*: con la tigna.

lo del Gonella [32] pieni de sgargàgi,[33] copai [34] lasseve veder.
FARRUSCAD Bocca, rubini ardenti, bianche perle,
   più non vi rivedrò! chi mi v'ha tolto?
PANTALONE Zenzive paonazze, con quattro schienze marze;[35] lavri scaffai,[36] bocca de sepia col negro,[37] in to tanta malora, lassete veder.
FARRUSCAD Guance di rosa, e gigli, ahi, chi v'invola!
PANTALONE Ganasse de baccalà, barambagole rapae,[38] salté fuora, come sè, e guarì sto putto de sta desgrazia, da sta fissazion.
FARRUSCAD Ah delizioso sen della mia sposa,
   latte rappreso, ove ti sei nascosto?
PANTALONE O borse de camozza [39] sporca, braghesse de soatto de luganegher [40] palesève come ve vedo mi coi occhi della mente, e fe' dar una gomitadina a sto povero strigà.[41] *(a Farruscad)* Altezza, care viscere, no la se recorda la brutta burla fatta dalla striga Dilnovaz al Re de Tebet?[42]
FARRUSCAD Qual burla mai? che mai vorreste dirmi?
PANTALONE Schienze![43] La striga Dilnovaz, che aveva tresento anni, per virtù de una vera [44] incantada, che la aveva in tel deo

---

[32] *cavallo del Gonella*: Gonella è un personaggio comico del Sacchetti, il quale però non fa cenno di cavalli. Il paragone con i cavalli del Gonella appare invece in Cervantes (Beniscelli).
   La figura doveva essere piuttosto cara a Gozzi se, come rammenta ancora Beniscelli, l'aveva eletta a protagonista di un giovanile poema burlesco lasciato poi inedito.

[33] *sgargàgi*: cispe (Petronio).

[34] *copai*: espressione familiare equivalente a che vi colga il malanno, maledetti.

[35] *con... marze*: con quattro schegge marce. Il riferimento è ai denti. È evidente la parodia dell'affettato petrarchismo nella battuta di Farruscad che precede.

[36] *lavri scaffai*: labbra sporgenti («scafa» è detto il mento aguzzo).

[37] *bocca... negro*: bocca piena di nero di seppia.

[38] *barambagole rapae*: «carne floscia che pende dal mento e dalle gote» (Boerio), dunque «barambagole rapae» vale guance flosce e rapate.

[39] *borse de camozza*: borse di camoscio.

[40] *braghesse... luganegher*: brache di cuoio da salumaio.

[41] *strigà*: stregato.

[42] *la brutta... Tebet*: lo spunto nasce dal racconto *Le roi du Thébet*, che nel vol. XIV di *Les mille et un jour* interrompe la narrazione della vicenda di Ruzvanschad. Dilnovaz è il nome della strega anche in *Le roi du Thébet*.

[43] *Schienze!*: capperi! (esclamazione).

[44] *vera*: anello. Oltre si trova «veretta», anellino.

menuello,[45] s'ha cambià in tela fegura della Regina, muger del Re de Tebet, che gera una zogietta [46] de vint'anni, e la ha buo tanta forza de scazzar dal letto real la vera muger, come una impostora, e de restar ella Regina. Alle quante la vustu?[47] Siccome sta striga gera una squartada de prima riga,[48] el Re l'ha trovada un zorno in un certo atto, che no ga piasso,[49] con un... che sogio mi?...[50] da casa del diavolo. Nol s'ha podesto tegnir, e el ga lassà andar una sablada.[51] La sorte ha fatto, che el ga tagià el deo menuello, dove la gaveva el servizio incantà,[52] causa della orbariola;[53] mo sì da bon servitor,[54] che el se l'ha vista a restar una carampia [55] senza un dente in bocca, con tanti de peli sulla barba, e tante grespe,[56] che la pareva un cento pezzi de manzo.[57] Questi xe fatti de verità, Altezza, no le xe miga fiabe da contar ai puttelli. El povero Re ha buo po de grazia de cercar so muger, che poveretta la andava cercando la lemosina con quelle parole famose:

«Io son moglie di Re, pur non son quella.
Son Principessa, e pur non son chi sono.»[58]

A vu canella.[59] Ghe scometteria mi, che Cherestanì xe un'al-

---

[45] *deo menuello*: dito mignolo.
[46] *zogietta*: gioietta.
[47] *Alle... vustu?*: la vuoi sapere tutta?
[48] *una... riga*: «una donnaccia di prim'ordine» (Petronio).
[49] *che no ga piasso*: che non gli è piaciuto.
[50] *che sogio mi?*: che ne so io?
[51] *sablada*: sciabolata.
[52] *servizio incantà*: incantesimo.
[53] *orbariola*: abbaglio, accecamento.
[54] *da bon servitor*: «quant'è vero che vi sono servitore fedele» (Petronio).
[55] *carampia*: espressione di dispregio per una donna vecchia, strega.
[56] *grespe*: rughe.
[57] *cento pezzi de manzo*: detto altrimenti «cento pelli»: una parte delle interiora del bue.
[58] «*Io... sono*»: è traduzione pressoché letterale di: «Je suis fille et femme de roi, et cependant je ne suis point ce que je dis. Je suis princesse, et je ne suis point ce que je dis» (*Les mille et un jour*, XIV, p. 122). Sono le parole della Princesse des Naïmans che racconta a Ruzvanschad la sua storia. Anche le precedenti parole di Pantalone si riferiscono all'incontro fra la principessa e Ruzvanschad.
[59] *canella*: espressione di meraviglia analoga a «Schienze» (cfr.).

LA DONNA SERPENTE - ATTO PRIMO 201

tra striga, come Dilnovaz. Oh chi avesse podesto trovarghe la veretta incantada, so ben mi.
FARRUSCAD Eh, non mi dite più. Come può darsi,
che vecchia sia Cherestanì, mia sposa,
s'ella mi fu feconda di due figli?
Figli perduti, anime mie, mio sangue! *(piange)*
PANTALONE Certo che quelli m'ha portà via el cuor anca a mi. I giera i più cari cocoli, el mio solo devertimento. Quel puttello, quel Bedredin, aveva una vivacità, una prontezza de spirito, oe da farghene un capital grando.[60] Quella puttella po, quella Rezia, cara culia,[61] la gera la gran cara cossa: me par de vedermeli sempre intorno a zogatolar,[62] e de sentirme a chiamar nono. No bisognaria, che ghe pensasse, perché me sento a spezzar le viscere; *(piange)*; ma, Altezza, qua bisogna darse pase, e coraggio. Finalmente, fioi d'una striga certo. Bisogna che la gabbia el cuor con tanto de pelo a destaccar con quella furia dal sen paterno l'unica consolazion, el proprio sangue.
FARRUSCAD Ah, Pantalone! io fui di me medesmo
il traditor. Disubbidii la moglie.
Avea proibizion di non cercare
mai, chi ella fosse, insino a un certo punto
determinato. Di saperlo prima
tentai del tempo. Fui disubbidente,
la curiosità mia maledico.
PANTALONE Vardè che misfatti! No s'ha da saver più gnanca, chi sia la propria muger? Sta proibizion, a dirghela, m'ha fatto sempre spezie, come m'ha fatto sempre stomego sto matrimonio. Figurarse, tor per muger una cerva! Xela seguro, che un dì o l'altro no la lo fazza deventar un cervo anca ella? Da galantomo me trema sempre el cuor de vederghe a spontar i corni.[63] Vorla, che diga? Ringraziemo el Ciel de esserse sbrigai[64] de sta striga. Mettemose in viazo. Qualche buso ghe sarà

---

[60] *capital grando*: nel senso di una gran dote.
[61] *cara culia*: è espressione affettuosa, «cara lei» (*culia* letteralmente è colei).
[62] *zogatolar*: giocherellare.
[63] *spontar i corni*: l'equivoco è trasparente.
[64] *sbrigai*: liberati.

da andar fuora de sto inferno. Andemo a trovar el povero vecchio Atalmuc, so pare. Chi sa, quanti pianti che l'ḥa fatto per ella! Chi sa, se el xe più vivo! povero infelice! Chi sa, se ghe xe più Regno! La sa, quanto nemigo ghe gera quel barbaro Moro, el Re Morgon, pretendente la Prencipessa Canzade, so sorella. La restarà un Re senza Regno, un pitocco, un pezzente in vita sua, mario d'una striga, d'un diavolo, dell'orco, d'una saetta, che la possa scoar via.[65]

FARRUSCAD Tacete, Pantalone. Io morrò, prima
d'abbandonar queste contrade, il giuro.
Sognai già di veder l'amata sposa;
parmi d'averla innanzi. Umil perdono
chiedo al padre, se vive, e, s'egli è morto,
perdon gli chiedo ancor. Ramingo sempre
andrò per questi boschi ognor chiamando
Cherestanì, mia sposa. Rezia amata,
Bedredin, caro figlio, e figli, e sposa.
(entra con un atto di disperazione)

PANTALONE Oh povero Pantalon! Mo la vada dove che la vol, che per adesso mi no go più fià de seguitarla.

SCENA IV
Togrul, Tartaglia, *e* Pantalone.

TARTAGLIA *(uscendo dal fondo, vedendo Pantalone, con trasporto di allegrezza.)* Signor Togrul, Togrul, signor Visir.
TOGRUL *(uscendo)*
  Che c'è, Tartaglia?
TARTAGLIA Pantalone, Pantalone: non lo vedete?
TOGRUL   E sarà ciò possibile!
  O Cielo! ti ringrazio... Ti ringrazio.
  Tartaglia, abbiam trovato Farruscad.
PANTALONE *(vedendoli in lontano)* Togrul... Togrul... Tarta... m'ingosso...[66] ogio[67] forsi le vertigini?

---

[65] *scoar via*: spazzar via.
[66] *m'ingosso*: ho un nodo alla gola (letteralmente «m'ingozzo»).
[67] *ogio*: ho.

LA DONNA SERPENTE - ATTO PRIMO 203

TARTAGLIA *(correndo)* O caro Pantalone mio.
TOGRUL *(abbracciandolo)*
  Oh, caro amico, quanto mi solleva
  il ritrovarti!
PANTALONE La scusa... Tartagia, scusè... Son ingroppà el cuor...
  Oimè... *(in atto di deliquio, Tartaglia lo sostiene)*
TARTAGLIA Signor Togrul, il vecchio crepa, e ancora non ci ha
  detto, dove sia il Principe. Pantalone, narraci dov'è 'l Principe Farruscad, e poi mori in pace.
TOGRUL   Amico, Pantalone.
PANTALONE *(rinvenendo)* Sior Visir, come mai capità in sto deserto?
TOGRUL La storia è lunga. Prima, deh, mi dite,
  dove sia Farruscad, il mio Sovrano,
  che più tempo non è di perder tempo.
PANTALONE El xe qua vivo, e san; ma perso, ma impetolà [68] insin ai occhi in tuna desgrazia granda. Cosse grande, ma grande; ghe dirò tutto. Come mai mo ella xela arrivà in sto logo fora del mondo?
TOGRUL Qui venni coll'aiuto di Geonca,
  il Negromante amico, con Tartaglia,
  e Brighella, mio servo. Assai segreti
  mi diè Geonca per cavar da questo
  luogo ignoto il mio Re. Dove s'attrova?
PANTALONE Eh i sarà [69] secreti per i calli, ma no per cavar el Prencipe da sta miseria. Aséo![70] ghe vol altro. Se la crede, che sia da cavar un ravano,[71] la se inganna.
TARTAGLIA Mo dì, dov'è, dov'è, vecchio flemmatico, non ci seccare.
TOGRUL Ogni momento perso, Pantalone,
  è della più crudele conseguenza.
PANTALONE Naturalmente el sarà poco lontan; el fa qualche ziro, e po el torna a mea;[72] ma preghiere, né lagreme no lo cava

---

[68] *impetolà*: invischiato.
[69] *i sarà*: saranno.
[70] *Aséo*: letteralmente significa aceto, ma ha valore di esclamazione di meraviglia: caspita!
[71] *che... ravano*: che sia come sradicare un ravanello (vale una cosa da nulla).
[72] *e... a mea*: e poi torna qui da me.

de qua certo. Co la dise po,[73] che la ga sti gran secreti, xe megio, che se scondemo,[74] che nol ne veda. Bisognerà consegiar,[75] pensar, stabilir. Qua no ghe posso dir tutto; i arcani xe grandi. Alle bisogno de restoro?[76]

TARTAGLIA Ma veramente sì, perché 'l cerotto perde la sua virtù, e mi sento languido, languido.

PANTALONE Che cerotto?

TOGRUL Eh nulla. Andiamo, Pantalone, andiamo. (*entra*)

PANTALONE La se retira drio quell'arzere, che son con ella.[77] Dixè, Tartagia; no allo dito che ghe xe anca Brighella qua? dove xello?

TARTAGLIA Sì, certo; sarà qui d'intorno.

PANTALONE Mo i totani![78] Se el Prencipe lo vede, la fortagia[79] xe fatta. Che secreti ga el Visir, caro fradello?

TARTAGLIA Oh, son belli ve; senti. (*gli parla all'orecchio*)

PANTALONE Minchionazzi! Sior sì che se pol sperar. Fe' una cossa. Scondeve in qualche logo qua intorno. Se vedè el Prencipe, no ve lassé veder. Se vedé Brighella, per carità, se mai podé, feghe de moto[80] che nol se lassa veder, e che nol diga gnente, e po vegnì drio a quell'arzere. Oh el cielo vogia, che el Prencipe no l'abbia visto, e che podemo cavarlo da sta miseria. (*entra*)

TARTAGLIA Ei, ei, Pantalone; e mangiare? Oh bella! mi lasciano qui col cerotto sullo stomaco. Questo aveva la virtù di tener sazi due mesi. Sono passati cinquantanove giorni, e cinque ore; per poche ore potrò ancora resistere, ma poi cascherò morto. Bella virtù è però quella di questo cerotto! A quante povere genti sarebbe necessario! I Padri giugnerebbero col cerotto in scarsella, troverebbero le loro famiglie affamate a piangere, e taffete, un pezzo di cerotto sullo stomaco a tutti; rimedierebbero a quella miseria, in cui sono abbandonati. A quanti comici, a quanti poeti sarebbe una manna! Oh se 'l Masgomie-

---

[73] *Co la dise po*: dal momento che dice.
[74] *scondemo*: nascondiamo.
[75] *consegiar*: consultarsi.
[76] *Alle... de restoro?*: avete bisogno di rifocillarvi?
[77] *La se retira... ella*: si ritiri dietro quell'argine e io sarò con lei (*arzere* è forma parallela ad *arzene*).
[78] *totani!*: altra esclamazione, accidenti!
[79] *fortagia*: frittata.
[80] *feghe de moto*: fateci cenno.

ri [81] avesse questo cerotto, farebbe certo più fortuna che col suo balsamo greco, e col suo taccamacco [82] del Cavalier Burri per le sciatiche, e per l'inappetenza, e per l'indigestione. Qui bisogna nascondersi per non essere scoperto; ma io mi sento venire una fame che divorerei un bue. *(si nasconde)*

SCENA V
FARRUSCAD, TARTAGLIA *nascosto, e una voce di donna.*

FARRUSCAD *(uscendo smanioso)*
  Ah invan la cerco, invano ansante corro
  pel deserto dolente, che la troppo
  sdegnata mia Cherestanì crudele
  sorda è al dolor, che mi distrugge il core.
  Io fui disubbidente; ma ti chiedo
  umil perdon. Cherestanì, mia sposa...
  Cherestanì... per un momento solo
  lasciati riveder. Lascia, che un bacio
  agli amati miei figli ancora imprima;
  toglimi poi la vita, io mi contento.
TARTAGLIA *(da sé indietro)* (Quello è il Principe Farruscad... è lui senza dubbio. Uh che allegrezza!... Io non mi posso trattenere... Voglio abbracciarlo.) *(fa qualche passo con trasporto, poi si ferma)* (Ma, Tartaglia, che fai? Crepa per l'amore, ma non alterare gli ordini, che ti furono dati.) *(si nasconde di nuovo. Qui apparirà una picciola mensa imbandita di vivande)*
FARRUSCAD *(osservando la mensa)*
  No che cibo non prendo. Io vo' morire
  d'inedia, e di dolor. Qual tirannia
  è questa, di voler, che in vita io resti,
  perch'io mora d'angoscia ogni momento,
  e non morendo mille morti io soffra?

---

[81] *Masgomieri*: ciarlatano ben noto nella Venezia di Gozzi, che lo ricorda anche nella *Marfisa bizzarra* IX, 63.
[82] *taccamacco*: o taccamacca, dal francese *tacamaque*. Gomma o resina un tempo usata a scopo terapeutico. Qui, in associazione con il nome esemplare del cavalier Burri, sta ironicamente ad indicare una sorta di ingannevole panacea.

TARTAGLIA *(in dietro)* Quella mensa non c'era. Chi l'ha portata? mi sento morire di fame. Se potessi di nascosto prendere qualche cibo. *(si va avvicinando con timore alla mensa di nascosto)*
(Una voce di dentro)
Farruscad, cibo prendi, e ti nodrisci.
TARTAGLIA *(spaventato)* Che voce è questa! Dove diavolo m'hanno lasciato? *(corre a nascondersi dall'altra parte)*
FARRUSCAD Voce, tu non sei già della consorte.
Voce crudele, ho di morir risolto,
se i figli miei, se la mia sposa amata
più non deggio veder.
VOCE   No, non morrai.
Disubbidente, impara, quanto costi
il trasgredir della tua sposa i cenni.
TARTAGLIA *(di nuovo s'avvicina di nascosto alla mensa per prendere qualche cibo. La mensa sparisce. Tartaglia spaventato fugge a nascondersi dall'altra parte.)*
FARRUSCAD *(alla voce)*
Dimmi, che far degg'io per porre in calma
Cherestanì, che offesi? Io farò tutto.
(fa pausa per udire la voce, che non risponde; egli segue)
Tu non rispondi! Dimmi almeno, dimmi,
se mai non vedrò più la dolce sposa,
se abbraccierò i miei figli, il sangue mio?
(fa pausa, e come sopra)
Ah più non mi risponde! indegno sono,
abbandonato, disperato, solo
qui senz'alcun compagno, ognun mi lascia,
ed i ministri miei tra i cibi, e 'l vino
allegri goderan. Sol Farruscad
inquieto, rabbioso, in mille angosce
si flagella, si strugge... Ah, ingiusto
sono a condannar chi passion non sente.
Io solo vo' perir, cibi non voglio.
Sien questi sassi letto alle mie membra
omai stanche, languenti, e presso a morte.
(siede sopra un sasso, e appoggia il viso ad una mano in atto di dormire, e s'addormenta)
TARTAGLIA *(esce in dietro)* Mi gira il capo, come una ruota di fuo-

chi artifiziali. Ho vedute, e udite le gran cose! Mi sembra, che 'l Principe dorma.

SCENA VI
Truffaldino, *e* Brighella, *con vari cibi, e* Tartaglia.

Truffaldino si fa sentir di dentro con voce alta, chiedendo a Brighella, dove sieno Togrul, e Tartaglia. Tartaglia disperato fa cenni a quella parte, che si deva tacere, e passare per il fondo del Teatro in dietro. Escono Truffaldino, e Brighella. Brighella mostra a Truffaldino Tartaglia. Truffaldino allegro alza la voce. Tartaglia si dispera. Mostra il Principe, che dorme. Si guardano l'un l'altro incantati, e dopo breve scena di lazzi muti, di monosillabi, e di stupori, ridicola, entrano tutti tre per mangiare.

SCENA VII
Pantalone, *e* Farruscad.

Pantalone uscirà senza la solita sua maschera, ma ingombrato il viso da gran basette, e gran barba bianca. Sotto questa avrà nascosta la consueta sua barba. Abbia una gran mitra sacerdotale. Sotto a questa sia nascosta la sua maschera di Pantalone, a tale che possa cadergli sul viso allo sparir della mitra. Abbia una veste sacerdotale; sotto a questa la sua sottana, e le brache da Pantalone. Sia accomodato in modo, che possa trasformarsi dalla figura di sacerdote in quella di Pantalone. Si avverte, che 'l Pantalone accomodato da sacerdote non dovrà avere nessun segno, per cui gli spettatori possano riconoscerlo. Dovrà egli accompagnar con gesti proporzionati[83] *ciò, che un altro di dentro dirà per lui, sino al punto della trasformazione, e 'l gesto dovrà esser grave, e decente ad un vecchio sacerdote.*

---

[83] *proporzionati*: convenienti.

PANTALONE *(uscendo in dietro accompagnando col gesto la voce, che parlerà per lui)*
  Farruscad, ti risveglia.
FARRUSCAD *(levandosi)*   Oime! qual voce
  è questa mai?
PANTALONE   È di Checsaia voce,
  del sacerdote solitario, a cui
  dona il Cielo alti lumi, e grazia somma
  di veder tutto, di soccorrer quelli,
  che ubbidiscono al Ciel, non all'inferno.
FARRUSCAD Checsaia, al Ciel diletto! Io ben conosco,
  che sei Checsaia in questa parte giunto
  per mio soccorso. Dimmi, sacerdote,
  che tutto vedi: per pietà m'insegna,
  dove sieno i miei figli, ove s'asconda
  Cherestanì, la mia compagna.
PANTALONE   Taci,
  empio, non nominar chi è in odio al Cielo,
  d'un'abborribil sozza maga il nome.
  Io vengo a liberarti; sì, qui vengo
  a trarti dalle man d'una novella
  Circe [84] barbara, iniqua. Ah quanto!... ah quanto
  dovrai patir, stolto garzon, che cieco
  a lei ti desti in preda, a ripurgare [85]
  la colpa tua d'esserti a lei congiunto!
FARRUSCAD Come! Checsaia... Che mai narri!... No,
  non è possibil quanto narri...
PANTALONE   Taci,
  belva, e non uomo. Sappi, che imminente
  è la sciagura tua. Tutte le fiere,
  e gli alberi, che vedi, e i duri sassi,
  che miri in questa erema [86] valle, furo
  uomini, come tu. L'ingorda maga,
  lasciva, infame, poiché amanti gli ebbe,
  che saziate ha l'avide sue brame,

---

[84] *novella Circe*: Circe è evocata per indicare, come si vede nel seguito, una maga che trasforma gli uomini in animali.
[85] *ripurgare*: espiare.
[86] *erema*: solitaria.

LA DONNA SERPENTE - ATTO PRIMO

    l'un dopo l'altro in fiera, in pianta, in sasso
    gli ha trasformati, e gemono rinchiusi.
FARRUSCAD *(spaventato)*
    Oh Dio! che sento mai!
PANTALONE *(come sopra)* Ti scuoti, folle.
    Il tuo destino in poco d'ora è questo.
    La forma d'uomo in spaventevol drago
    sarà cambiata, e fuor dagli occhi fiamme,
    e dall'orrida bocca schifa[87] bava
    velenosa spargendo, e strascinando
    squamoso ventre, sucido, e deforme,
    andrai per il diserto, inaridendo,
    ovunque passerai, l'erbe, e 'l terreno,
    con urla orrende, e a te stesso spavento
    invan ti lagnerai di tua sventura.
FARRUSCAD *(più spaventato)*
    Misero! che far deggio?
PANTALONE *(come sopra)* Seguitarmi
    dei senz'alcun ritardo.
FARRUSCAD   Oimè! Checsaia,
    deggio lasciare i figli miei perduti?
    No, non ho cor.
PANTALONE *(come sopra)*
              Vergognati. Mi segui.
    Perdi omai la memoria di tai figli,
    figli di sozzo amor, figli d'abisso.
    Dammi la destra tua.
FARRUSCAD   Sì, sacro lume,
    ti seguirò; ma qui 'l mio cor rimane...
    Mi raccomando a te.
    (porge la mano al Sacerdote, il quale si trasforma, rimanendo nella figura di Pantalone, che senz'avvedersi di essersi trasformato segue con la propria sua voce)
PANTALONE   Così mi piaci.
    Ubbidiente, Farruscad, ti mostra.
    Saggi riflessi,[88] e salutar bevanda,

---

[87] *schifa*: schifosa.   [88] *riflessi*: riflessioni.

che di Cherestanì scordar ti faccia,
e de' tuoi figli, abbominevol frutti,
non mancheranno a me.
FARRUSCAD *(dopo gesti di sorpresa sulla trasformazione)*
                    Come! Che vedo!
(s'allontana alquanto: da sé)
(Chi Checsaia mi parve è Pantalone?)
PANTALONE *(segue, come sopra)*
Che! stolto, ti pentisti?
FARRUSCAD   Temerario,
col tuo Signor tant'osi? Di qua parti,
levamiti dinanzi, audace, indegno.
PANTALONE *(guardandosi intorno)* Oime! Oime! Ah, che l'ho dito, che co tutti i bei secreti no lo despettolevimo [89] più da sta striga scarabazza.[90] *(entra fuggendo)*
FARRUSCAD *(in trasporto)*
Cherestanì, tu m'ami ancora, e vuoi,
ch'io qui t'attenda... Ma che vidi mai!
Qual meraviglia!

SCENA VIII
TOGRUL, e FARRUSCAD.

Togrul uscirà trasformato in un vecchio Re, vestito riccamente, e in figura di Atalmuc, padre di Farruscad. Una voce di dentro parlerà per Togrul; egli l'accompagnerà co' gesti sino al punto della trasformazione, che dovrà seguire. Si segua l'ordine della scena precedente. Togrul uscirà dalla parte opposta a quella, dov'è entrato Pantalone.

TOGRUL   È maraviglia, sì.
Questa esecranda maga ha tanta forza
da render vano ogni pietoso uffizio,
e sin di far cambiar i Sacerdoti

---

[89] *no lo despettolevimo*: non lo libereremo.

[90] *scarabazza*: sgualdrina, baldracca.

in ministri sospetti. Io tutto vidi.
(Farruscad vedendo la figura del Padre rimarrà estatico, ed immobile. Togrul si avanza, e segue)
A me nulla è nascosto. Sappi, figlio,
che colui, che a te parve Pantalone,
Checsaia è, il Sacerdote. Non t'abbagli
il cambiamento suo, la fuga sua,
ch'opra della tua maga è quanto apparve.

FARRUSCAD *(confuso)*
Padre... Mio genitor... come voi qui!...
Come in questo deserto!... Ah, caro padre...
(corre per abbracciarlo)

TOGRUL Scostati. Io fui tuo padre, or di tuo padre
sono lo spirto, ed implacabil ombra.
(con voce piangente)
Tale m'ha reso il duol d'aver perduto
miseramente un figlio. Ott'anni piansi,
ed alle angosce mie cessero alfine
le stanche membra, or mute in breve fossa
cener freddo ridotte. È tua l'impresa.[91]

FARRUSCAD Ah, caro genitore. Io dunque fui
morte del padre mio! Cielo, che sento! *(piange)*
Qual vi rivedo qui! Fu la più bella
donna, ch'unqua mortale occhio vedesse,
che qui mi tenne. Ella è consorte mia.
Due figli ebbi di lei. Padre, tre giorni
son che disparve, e...

TOGRUL   Non mi dir più oltre.
Abborrirti dovrei. Cherestanì,
lorda maga, ti tenne. In cerva apparve,
e tu folle... arrossisco a dire il resto
di quanto è a me palese... inorridisco.
Se del tuo genitor dramma,[92] scintilla
di rispetto, e d'amor più senti al core,
segui almen l'ombra sua, dirigi i passi
dietro alla traccia mia; staccati, figlio,

---

[91] *È tua l'impresa*: è colpa tua.   [92] *dramma*: una minima parte.

da questo asilo d'ogni scelleraggine,
di bruttura, e di vizio.
FARRUSCAD   Padre mio...
Quanto sento dolor l'aver perduto
un padre, come voi! Se v'adorai,
se rispettar so l'ombra vostra, è questo
il segno, ch'io vi do. Dove a voi piace,
pien di rimorsi, di dolor, confuso,
seguirò 'l padre mio. Cherestanì,
rimanti. Oh Dio! qual forza a Farruscad
è necessaria, il sai.
TOGRUL   Figlio, ti lodo.
Io ti precederò; segui i miei passi.
(*è per inviarsi, nasce la trasformazione di Atalmuc in Togrul*)
FARRUSCAD (*attonito*)
Togrul, Visir! in questo loco! in forma
del padre mio!
TOGRUL (*con la propria voce, altero*)
            Principe, troppa forza
ha questa maga, e indarno opre fedeli
uso, e sento dolore estremo invano.
FARRUSCAD Qual stravaganza, e qual temeritade!
TOGRUL (*con grandezza*)
Sieno le stravaganze di chi sono.
Qui con l'aiuto di Geonca venni,
l'amico Negromante, e sperai trarvi
dalla miseria vostra. Ah, ben mi disse,
che invan m'affannerei. Ma, se fur vane
le virtù di Geonca, alfin vi mova
la verità, ch'io son per dirvi. Morto
è l'infelice padre vostro. Il regno
dal Re moro, Morgone, inesorabile,
è assalito, distrutto. Le campagne,
gli alberghi, i Templi sacri saccheggiati
sono, e scorre per tutto il ferro, e 'l foco.
Stupri, pianti, rovine, e sangue sparso,
che de' sudditi vostri allaga il piano,
sono i trofei d'un Principe accecato,
che in lunga inerzia, in scellerate trame

LA DONNA SERPENTE - ATTO PRIMO

d'una vil maga, in odio a' Numi eterni,
vive sepolto, sozzo, e al Cielo a schifo.
FARRUSCAD Più non dirmi, Togrul; basta; ti ferma.
TOGRUL *(ardito)*
Di chi deggio temer? D'un, che s'è reso
inutile a se stesso? Che abbandona
i sudditi vilmente? i suoi più cari
sotto a barbare stragi? Ah, Farruscad,
Teflis, la capital città del regno
fors'ora è presa, e a ferro, e a foco posta.
Canzade, valorosa Principessa,
il sangue vostro, la sorella vostra,
l'unico affetto mio, fors'ora è preda
del barbaro Morgon, colma d'angoscia,
svergognata vilmente. Io solo... io solo
posso far cor di seguitar gli avvisi
di Geonca fedel, che mi promise,
che all'apparir di Farruscad nel regno,
per non intese vie salvo fia 'l regno,
io solo... io solo abbandonar l'amante
alla testa di pochi sbigottiti,
in periglio evidente, io sol potea,
per salvare il mio Re, serbargli il regno.
Ma qual regno! qual Re! L'un forse d'altri,
l'altro suddito inetto, anzi in catene
di abbominevol femmina sommesso,
che di Padre defunto, di sorella,
di trucidati sudditi, di regno
più non si cura, e del suo mal si pasce.
Farruscad, io la via so di qui trarvi.
Se le miserie altrui, se 'l vostro stato
non vi move, e giustizia, i Numi irati
temete un giorno, e, se non puossi alfine
nulla ottener da voi, perdono almeno
un ministro fedel, da zelo mosso,
che troppo ardì nel favellarvi, ottenga. *(s'inginocchia)*
FARRUSCAD Togrul, non mi dir più. Parti ritirati
colà ne' padiglioni, e ti riposa.
Già la notte è avanzata. Io vo' star solo

qualche momento ancor. Lascia, ch'io pensi
sulla sventura mia. Io ti prometto
alla nuov'alba d'esser teco, e, dove
vorrai, ti seguirò.
TOGRUL   Deh non perdiamo,
  Signor, più tempo.
FARRUSCAD   Lasciami. Riposa.
  Giuro, che fra poche ore io sarò teco.
TOGRUL V'ubbidisco, Signor. *(entra)*

SCENA IX
FARRUSCAD *solo.*

                    Oh, qual tormento!...
Oh qual mente agitata! Dovrò dunque
allontanarmi, perdere i miei figli,
la mia consorte! Ah qual consorte, e quali
figli abbandono alfin? Meglio è, ch'io fugga
senza rifletter più. M'inorridiscono
mille sospetti, mille angosce, mille
passioni d'amor. Qui fosti, o cara
Cherestanì, qui t'ho disubbidita,
qui sparisti co' figli, e coll'albergo
di delizie, di gioia. Ah quai delizie?
quai gioie mai? Diaboliche illusioni.
Padre, regno, miei sudditi perduti,
dolce sorella mia, Canzade amata,
voi si soccorra, e s'abbandoni questo
duro asilo infernale, aspro, ed atroce.
(è in atto di partire)
Ma qual fiacchezza, e qual sonno improvviso
m'assale, e mi trattien! Non so partire...
Non so fermarmi... e vorrei pur... né posso...
(siede sopra un sasso)
L'inaspettato... prodigioso sonno...
Qualcosa vuol da me. *(s'addormenta)*

SCENA X
FARRUSCAD, CHERESTANÌ, *seguito di Damigelle.*

Mentre Farruscad dorme, s'andrà il deserto trasformando in un giardino. Il prospetto,[93] che sarà di macigni, si cambierà in un magnifico palagio risplendente. Tutto ciò succederà al suono d'una sinfonia soave, che terminerà sonora, e strepitosa. Allo strepito, Farruscad si risveglierà attonito.

FARRUSCAD *(mirando intorno)* Come! Ove sono!
  Qual dolce suono!... *(vede il palagio; si rizza con impeto)*
                Ah che l'albergo è questo
dell'amata mia sposa. Oh dolce sogno!...
Se pur sei sogno, non finir giammai.
(corre verso il palagio, dal quale uscirà Cherestanì vestita riccamente, e con tutta la maestà. Sarà seguita da damigelle. Farruscad con tutto il trasporto segue)
  Cherestanì... Cherestanì...
CHERESTANÌ *(con nobile mestizia)*
                   Crudele!
  Tu volevi partir; dimenticarti
  della tua sposa.
FARRUSCAD   Ah, sappi... i miei ministri...
CHERESTANÌ Sì, giunti son per torti all'amor mio
  con arti portentose, e fatte vane
  dal mio poter.
FARRUSCAD   Ma sappi... il padre mio...
CHERESTANÌ Sì, morto è per dolor d'aver perduto
  Farruscad, il suo figlio.
FARRUSCAD   Il regno mio...
CHERESTANÌ Scorre di sangue, a foco, e ferro posto.
  Tua sorella è in periglio. Ah, Farruscad,
  tu m'amasti, io ti amai; so, quanto io t'amo,
  so quanto grande è 'l mio dolor, ch'io sono
  cagion di tante stragi. Ma le stelle,
  il destin mio crudel così comanda.

---

[93] *prospetto*: fondale.

Sforzata sono a comparir tiranna
per eccesso d'amor. Son condannata
a farmi sospettar maga, deforme,
sotto a finte bellezze, e tutto è amore,
e 'l più fervido amor, che a te mi stringe. *(piange)*
FARRUSCAD Non pianger, per pietà. Se tanto m'ami,
perché m'abbandonasti?
CHERESTANÌ   Perché fosti
disubbidente, e vuoi saper, chi io sia.
FARRUSCAD Da tanto amor non posso ottener grazia
di saper, chi tu sia? di chi figliuola?
d'ond'esci? di qual clima? Dillo.
CHERESTANÌ   Barbaro!
Non te lo posso dir. Quanto m'affligge
la tua curiosità! Cieco abbastanza
non è 'l tuo amor per me. So, che sospetti;
che ti lasci destar sospetti ognora
in discapito mio, per non sapere,
chi io mi sia, donde venga, e di chi nata.
Di tanto è offeso l'amor mio. Crudele!
La curiosità, tiranna tua,
pur troppo al nuovo dì sarà appagata;
che la sentenza mia, da me voluta
per eccesso d'amor per Farruscad,
si compie al nuovo dì. So, che non hai
tanta costanza in cor da sofferire
quanto nascer vedrai nel vicin giorno;
e perirà, Cherestanì, tua sposa.
Sorgerà 'l nuovo sol sanguigno in vista,
l'aere fia tetro, tremerà 'l terreno,
questo non fia per Farruscad più asilo,
egli saprà, chi sono; indi pentito
piangerà la miseria della sposa
inutilmente, e solo mio fia 'l danno. *(piange)*
FARRUSCAD No, amato ben, non piangere... Ah, ministri,
vedeste almen tanta bellezza afflitta,
per scusar l'amor mio. Cherestanì,
qual destin!... qual decreto!... Oh stella!... dimmi...
m'ha condannato... te condanna... Oh misero!

Dimmi più oltre per pietà.
CHERESTANÌ   Non posso
più oltre ragionar. Per troppo amore
sono a te di tormento, a me d'angoscia.
Farruscad, io ti prego, al nuovo giorno,
giorno per me terribile, con pace
soffri quanto vedrai. Non aver brama
di saper la ragion di quanto vedi;
non la chieder giammai. Credi; ogni cosa
nascerà con ragion.[94] Ma sopratutto,
per quanto nascer vedi, mai non esca
dalla tua bocca verso la tua sposa
la maladizion. Ahi so, ch'io chiedo
l'impossibile a te. *(piange)*
FARRUSCAD *(agitato)*   Di quanti arcani,
e di quanti spaventi mi riempi!
Non ho più lume...[95] un disperato io sono.
CHERESTANÌ *(pigliandolo per una mano con isviceratezza)*[96]
Deh dimmi, al nuovo giorno, soffrirai
quanto nascer dovrà?
FARRUSCAD   Soffrirò tutto
a costo della vita.
CHERESTANÌ   Ah no, m'inganni;
so, che nol soffrirai. Deh dimmi... dimmi...
a quanto nascerà, t'indurrai, crudo,
a maladirmi?
FARRUSCAD   In questo seno un ferro
prima mi pianterò.
CHERESTANÌ *(con impeto)*
                    Giuralo... *(con agitazione)*
                              Ah no,
nol giurar, Farruscad; sarai spergiuro;
e 'l giuramento tuo per me è fatale.

---

[94] *ogni cosa... ragion*: ogni cosa accadrà secondo una precisa ragione.
[95] *Non... lume*: non capisco più nulla.

[96] *con isviceratezza*: con appassionato trasporto.

FARRUSCAD A' più sacri del Ciel Numi lo giuro.
CHERESTANÌ *(staccandosi agitatissima)*
  Barbaro!... Oh Dio!... Fatale giuramento,
  io pur trarti dovea da quelle labbra...
  Compiuta è la sentenza, il rio destino.
  Farruscad, l'esser mio tutto dipende
  dalla costanza tua, dal tuo coraggio:
  io già perduta son; che l'amor tuo
  non giugne a vendicarmi. *(ripigliandolo per la mano)*
                           Amato sposo,
  io ti deggio lasciar.
FARRUSCAD   No... perché ingrata?...
  Deh non abbandonarmi. I figli miei,
  dimmi, ove sono?
CHERESTANÌ   Al vicin giorno i figli
  vedrai, non dubitare. Oh fosti cieco
  per non vederli!
FARRUSCAD   Cieco! Come!... Oh Dio!

SCENA XI
FARZANA, *seguito di damigelle*, FARRUSCAD, CHERESTANÌ.

FARZANA Cherestanì...
CHERESTANÌ   Sì, morto è 'l padre mio;
  di qua principio hanno le mie sventure.
  Misero padre!... *(piange)*
FARZANA   Omai del vostro nome
  suona ogni lido. Il popolo affollato
  chiama Cherestanì, Cherestanì.
  Voi sua Regina vuole. Il regno, il trono
  per voi sta pronto. I sudditi in affanno
  chiedon Cherestanì; più non tardate.
CHERESTANÌ Farruscad, io ti lascio. In parte udisti,
  chi mi sia, ma non tutto. È ignoto al mondo
  il regno mio; ma di più doppi avanza [97]

---

[97] *di più doppi avanza*: è più volte il doppio.

il regno tuo di Teflis. Va, riposa,
se 'l puoi, sino al novello giorno, e poi
abbi costanza, e cor. Ah non avanzano [98]
le angosce tue della tua sposa i mali.
(entra nel palagio con le damigelle, e Farzana)
FARRUSCAD *(seguendola)*
Io vengo... io vengo...morir teco io voglio...
Non mi fuggir.
(mentre è per entrare nel palagio odonsi tuoni, fulmini, e terremoto. Sparisce il palagio, e 'l giardino, rimane il primo deserto in somma oscurità. Farruscad disperato colle mani spinte innanzi segue)
    Misero me! che pena!
Qual doglia è questa! Oime, ministri, oh Dio,
Cherestanì è Regina, è d'uom mortale
nata: deh udite maraviglie, udite. *(entra)*

---

[98] *non avanzano*: non superano.

ATTO SECONDO

Il Teatro rappresenta il solito deserto.

SCENA I
BRIGHELLA, *e* TRUFFALDINO.

TRUFFALDINO diceva a Brighella d'aver udita una gran confusione quella notte tra la vigilia, e 'l sonno; chiedeva s'egli aveva udito nulla. BRIGHELLA che 'l cibo, e i vini perfetti l'avevano fatto dormire profondamente; benediceva il punto del suo arrivo in quel luogo, dove si trovava tanta abbondanza. Rifletteva, che, se anche i cibi erano infernali, il loro sapore era delicato a segno che non si curava.[1] TRUFFALDINO aggiungeva, che in quel deserto si stava assai meglio, che nelle Città. Faceva una satira sui disturbi, e sui costumi delle città, massime sulla Corte, e spezialmente sulla penosa vita de' servi. BRIGHELLA accresceva[2] sopra questo proposito. TRUFFALDINO adduceva il gran disturbo de' servi nelle commedie, che piacevano a' padroni, e a' servi no. A lui piaceva l'Arlecchino, a' padroni no. Lo faceva ridere; i padroni dicevano, che il ridere delle buffonate di quel personaggio era una sciocchezza. Se dovesse ficcarsi degli aghi nelle natiche, per non ridere a ciò, che lo faceva ridere. BRIGHELLA che certo quello era un gran disturbo. Che quando le maschere dicevano nella commedia delle cose, che lo facevano ridere, conveniva per la vergogna, ch'egli ridesse sotto al tabarro.[3] TRUFFALDINO ch'egli aveva vedute moltissime Dame, e moltissimi Cavalieri ridere senza vergognarsi; che tuttavia è contento d'esser partito da un mondo, che sosteneva un'incomoda serietà in apparenza, e in sostanza era assai ridicolo. Quella solitudine gli piaceva ec. Proponevano di fare una collezione,[4] perché l'aere era perfetto, e gli

---

[1] *non si curava*: non se ne curava.
[2] *accresceva*: nel senso di «aggiungeva esagerazioni».
[3] *tabarro*: ampio mantello.
[4] *collezione*: colazione.

aveva fatti digerire. Contrastavano sulla qualità de' cibi, che si dovevano chiedere al diavolo. BRIGHELLA voleva una merenda polita [5] con salse ec. TRUFFALDINO voleva una merenda da veneto cortigiano[6] ec. Entravano alquanto discordi sopra questo punto.

SCENA II
PANTALONE, *e* TARTAGLIA.

Questi due personaggi uscivano spaventati per il tremuoto udito quella notte. TARTAGLIA aveva udito piovere; aveva posta una mano fuori del padiglione, e dalle goccie si era avveduto, che la pioggia era d'inchiostro; mostrava i segni. PANTALONE faceva delle osservazioni, confermava un tal accidente; si spaventava. TARTAGLIA aveva udito tutta la notte civette ululare. PANTALONE aveva uditi cani ad urlare. TARTAGLIA, ch'era da consolarsi, perché Togrul, Visir, lo aveva accertato,[7] che al levar del sole il Principe era disposto a partire da quel diabolico paese. PANTALONE guardava l'oriente; vedeva sorgere il sole come sanguinoso; si spaventava. TARTAGLIA accresceva gli spaventi, scorgendo alberi seccati, montagne cambiate di luogo, ruscelli scorrere d'acque pavonazze, ed altri segni di spaventevoli auguri. Volevano fuggire, non volevano abbandonare il Principe.

---

[5] *una merenda polita*: un buon spuntino.

[6] *da veneto cortigiano*: traduce il termine veneziano «cortesan». «Incomincia dalla pratica d'un ceto di persone, che a Venezia si appellano "cortigiani". Questi erano bottegai, artisti, e non senza qualche prete, uomini destri, onorati, conoscitori di tutto il mondo veneto, bravi, rispettati dalla plebe per il loro coraggio, per le loro inframmesse nelle baruffe e per il titolo che s'erano acquistato di "cortigiani" e che sapevano come si fa a poco spendere e poco godere» (*Memorie inutili*, vol. I, p. 113). A conclusione del ritratto Gozzi aggiunge però che la «razza de' "cortigiani"» è ora corrotta.

[7] *accertato*: rassicurato.

SCENA III
FARRUSCAD, TOGRUL, *e detti.*

TOGRUL Nulla, Signor, di quanto mi narraste
 la risoluzion vostra infiacchir deve,
 anzi accrescer de' fretta alla partenza.
FARRUSCAD Togrul, turbato son sì crudelmente,
 che vigore non ho. Soggetto sono
 a imminenti sventure; io vo' soffrirle.
 «Sorgerà 'l nuovo sol sanguigno in vista»:
 sì mi diss'ella, ed ecco il sol sanguigno.
 «L'aere fia tetro, tremerà 'l terreno».
 Tremò 'l terreno, e l'aere è oscuro, e tetro.
 «Questo non fia per Farruscad più asilo»:
 so, che non mancherà; dovrò seguirti.
 Ma, sopratutto... orribili parole,
 strazio al mio core! Odile ancora: udite:
 «Tu saprai, chi io mi sono, e poi pentito
 piangerai la miseria della sposa
 inutilmente, e solo mio fia 'l danno».
TOGRUL Arti d'inferno, crudeltadi, inganni
 da fuggir tosto. Di partir giuraste,
 vi risovvenga. Questa incantatrice
 il Re moro, Morgone, favorisce.
 Per le più strane vie cerca la strage
 del vostro regno, e vostra. Vi scuotete.
PANTALONE *(a Tartaglia)* Mi son contaminà[8] a veder sto povero putto redotto una spezie de stolido. Assistìlo vu;[9] che mi son tanto flosso,[10] che no son bon da altro, che da pianzer.
TARTAGLIA *(a Pantalone)* Siamo qui tre, Truffaldino, e Brighella doverebbero essere qui d'intorno. In cinque potressimo legarlo, e portarlo via.
FARRUSCAD *(da sé)*
 («Farruscad, io ti prego al nuovo giorno
 soffri quanto vedrai! Non aver brama

---

[8] *contaminà*: intenerito, commosso.
[9] *Assistìlo vu*: assistetelo voi.
[10] *flosso*: accasciato, affranto.

di saper la ragion di quanto vedi,
non la chieder giammai! Credi; ogni cosa
nascerà con ragion. Al nuovo giorno
i figli rivedrai, ma oh fosti cieco
per non vederli!») *(con entusiasmo agli astanti)*
              Amici... Amici... Oh Dio!
Chi mi sa dir ciò, che dovrò soffrire?

SCENA IV
(dopo un lampo, ed un tuono strepitoso)

BEDREDIN, REZIA *fanciulli, e detti.*

PANTALONE *(allegro)* Soffrir! Soffrir! cossa? Veli qua le mie raìse,[11] i mii cocoli. *(corre ad abbracciarli)* Cocoli, cocoli, cocoli, no me scamperé[12] miga più, vedè, scagazzeri.[13]
FARRUSCAD Figli miei, cari figli! Ah ben mi disse
la madre vostra, ch'io vi rivedrei.
(Bedredino, e Rezia baciano le mani a Farruscad)
TOGRUL *(a Tartaglia)*
Che avvenenti fanciulli! Quai portenti!
Son fuor di me.
TARTAGLIA Io sono di stucco. Come diavolo sono giunti qui, questi belli piscia a letto?
FARRUSCAD Rezia, mia figlia, dì, dov'è la madre?
REZIA Padre, la genitrice... Bedredino,
sai tu, dov'ella fosse?
BEDREDINO   Ell'era, padre,
in un palagio luminoso, e grande,
coronata Regina, in mezzo al suono
di ben mille strumenti, e tante grida
di voci allegre, che m'aveano fatto

---

[11] *le mie raìse*: le mie radici, è espressione affettuosa.
[12] *no me scamperé*: non mi scapperete.
[13] *scagazzeri*: letteralmente «merdosi». È espressione affettuosa come il successivo «piscia a letto».

tanto di testa.[14] Ma non saprei dirvi,
qual città fosse quella.
REZIA   Eravam, padre,
io, e Bedredino in una bella stanza
con cento servi... Oh se veduto aveste!
FARRUSCAD Come giugneste qui?
BEDREDINO   Rezia, lo sai?
REZIA Lo so, come 'l sai tu. Credo, che un vento
sia quel, che ci ha portati in un baleno.
PANTALONE *(a Togrul, e a Tartaglia)* Sentiu, che negozi![15] Un vento, un vento.
FARRUSCAD Che vi disse la madre? Che diceva
pria del vostro partir?
REZIA   La madre venne
a ritrovarci nella stanza nostra.
Ci guardò fisi, e sospirò. S'assise
sopr'una sedia; e poi si mise a piangere
dirottamente. Noi corremmo a lei,
le prendemmo le man, gliele baciammo.
Ella accrebbe il suo pianto. Un braccio al collo
pose di Bedredin, l'altro sul mio.
Colla bocca or al viso del fratello,
ora sul mio s'abbandonava. Oh Dio,
quanto piangeva mai! Tutti eravamo
di lagrime bagnati. Io fui la prima,
e piansi anch'io con lei, poi Bedredino
pianse anch'ei, non è ver? Piangemmo tutti
senza saper perché.
FARRUSCAD   Ciel! che avverrà!
Quai parole vi disse?
BEDREDINO   Spaventose.
«Ite al padre, ci disse, ah, miserabili!...
Io mi sento morir. Figli infelici,
oh non v'avessi partoriti! Oh quanto

---

[14] *m'aveano... testa*: si direbbe «che mi avevano fatto girare la testa».

[15] *Sentiu, che negozi!*: sentite che razza di storie!

soffrir dovrete! Oh quanto vostra madre
crudel sarà con voi! Con sé medesma
quanto cruda sarà! Mi precedete;
ite allo sposo, al padre vostro; ch'io
fra poco giugnerò. Ditegli, quanto
piansi sopra di voi». Ciò detto, ignota
forza in aere ci spinse, e qui giugnemmo
ripieni di spavento. *(piange)*
REZIA   Ah, Bedredino;
tu piangi, e sei cagion, che pianga anch'io:
non mi posso tener. Deh, caro padre,
salvaci per pietà dalla miseria,[16]
che ci sta sopra. *(piange)*
TOGRUL   Farruscad, Signore,
a che tardar? Che attendere? Si salvino
le vostre carni,[17] e usciam da quest'averno.[18]
FARRUSCAD Qui attender vo' la mia disgrazia fermo.
La sposa mia disubbidir non voglio.
PANTALONE *(risoluto)* Tartagia, deghe man [19] a quel puttello; mi custodirò sta nonola.[20] Sì, minchionazzi,[21] semio indormenzai[22] qua? *(va per pigliar Rezia)*
TARTAGLIA Pantalone, si rompa il collo chi si pente.
(va per pigliar Bedredino. Odesi tremuoto, e dopo alcun prodigio apparisce Cherestanì, coronata da Regina con seguito di damigelle, e di guardie. Tutti si spaventano)

SCENA V
CHERESTANÌ, *seguito, e detti.*

PANTALONE Vela qua, vela qua per diana, sta striga; no semo più a tempo. *(si ritira al suo posto)*

---

[16] *dalla miseria*: dalla sciagura.
[17] *le vostre carni*: i vostri figli.
[18] *averno*: inferno.
[19] *deghe man*: date una mano.
[20] *sta nonola*: vezzeggiativo, «questo mio bene»
[21] *minchionazzi*: altra espressione d'affetto.
[22] *indormenzai*: addormentati.

TARTAGLIA Rompiti 'l collo, che sei pentito prima di me. *(si ritira al suo posto)*
CHERESTANÌ Fermatevi. Non puossi a' grand'arcani
della nascita lor tor que' due figli.
TOGRUL *(da sé)*
(Quanta bellezza! Quanta maestade!
Io scuso il mio Signor.)
CHERESTANÌ   Miei cari figli,
care viscere mie. *(piange)*
REZIA *(pigliandola per una mano supplichevole)*
Che mai t'affanna, a che piangi, a che piangi?
CHERESTANÌ *(piangendo sempre)*
Anime mie... ciò, che non voglio... voglio...
Deggio voler... ciò, che voler non posso...
Piango per voi... per me... pel padre vostro.
(gli abbraccia, e bacia piangendo)
FARRUSCAD Non mi tener, Cherestanì, più oppresso.
Quai lagrime son queste? A che soggetti
vanno i miei figli? A un colpo sol mi leva
almen la vita; più non tormentarmi.
TARTAGLIA *(basso)* Che arcani son questi, Pantalone?
PANTALONE Arcani, che, se no schioppo ancuo,[23] no moro mai più.
CHERESTANÌ Farruscad, ti sovvenga il giuramento.
Tu cominci a mancar. Non chieder mai
ragion di quanto vedi. Taci sempre.
Deh non mi maladir. Se in questo giorno
avrai costanza, avrai coraggio, credi,
sarai contento appien. Per amor tuo
nasce ciò, che vedrai. Di più non posso,
dirti. Ammutisci. Guarda. Soffri tutto.
Credi, ch'io sia tiranna a me medesma
più, che non sono a te. Di qua comincia
il crudo punto. *(smaniosa, e piangente)*
                    Oimè dolente! Ahi figli!

---

[23] *se... ancuo*: se non scoppio oggi.

(apparirà nel fondo al teatro una voragine, da cui uscirà una grandissima fiamma di fuoco; Cherestanì volta a' suoi soldati seguirà con impero)
Soldati, entro all'ardente orrida fiamma
que' figli miei senza pietà scagliate.
(si copre la faccia per non mirar lo spettacolo)
REZIA Aiuto, padre.
BEDREDINO   Padre, padre... Oh Dio.
(i due fanciulli fuggono dentro, due soldati gl'inseguono)
TOGRUL Qual crudeltà! non si permetta questo.
(trae la spada; rimane incantato)
<CHERESTANÌ> Per amor tuo nasce ciò, che vedrai!
PANTALONE che vedrai! Fermeve,[24] fermeve, fermeve, cagadonai.[25] *(sfodera l'arma; rimane incantato)*
TARTAGLIA Lascia fare a me, Pantalone. *(rimane, come gli altri. Escono i due soldati, i quali avranno due bambocci, simili ai due ragazzi, gli scaglieranno nella voragine di fuoco. Udransi le strida de' ragazzi di dentro. Si chiuderà la voragine)*
PANTALONE Oh squartada, squartada! Oh che mare![26] Povere le mie raìse! *(piange)*
TARTAGLIA Oh saette, saette, arrostite anche la madre stregona, friggetela, friggetela.
TOGRUL Son fuor di me. Deh per pietà fuggiamo.
FARRUSCAD *(a Cherestanì)*
Crudel...
CHERESTANÌ Taci, non più, deh ti ricorda
del giuramento tuo. Perdono io chiedo
delle mie tirannie. Già s'avvicina
al punto più crudel la tua consorte.
Farruscad, di qui parti. In queste piagge
più albergo non avrai. Vanne al tuo regno.
Sappi, ch'egli è nell'ultima sciagura.
La tua presenza è necessaria in quello.
Verso quel poggio co' seguaci tuoi

---

[24] *Fermeve*: fermatevi.
[25] *cagadonai*: «mascalzoni» (Petronio).

[26] *Oh squartada... che mare!*: Oh maledetta, maledetta! Oh madre!

veloce il passo movi. Ignota forza
vi leverà, né paventar di nulla.
Gravi sventure troverai; ma sappi,
che le sventure mie saran più gravi.
Ci rivedremo ancor, ma forse... barbaro,
per tua cagion vedrai l'ultima volta
in aspetto a te grato la tua sposa.
Mi mancherai d'amor, di fé, spergiuro;
per viltà estrema tua sarò a me stessa
per il corso de' secoli, e a' viventi,
miserabile oggetto, orrido, e schifo.
(con prodigiosi lampi, e tuoni sparisce Cherestanì, e 'l suo seguito. Rimangono gli altri spaventati, ed attoniti)

PANTALONE Ghe ne vorla de più? Se fermela a aspettar, che i ghe brusa el cesto anca a ella.[27]

TARTAGLIA Se non mi tagliano le gambe, io non mi fermo più certo.

TOGRUL Scuotetevi, Signore; a che tardate?

FARRUSCAD *(scuotendosi)*
Oh infernal piaggia! Oh figli miei perduti!
Dolor, che non m'uccidi? Amici, al poggio.
Me maladico, non la sposa mia.
Fuggiam di qua: soccorso: al poggio, al poggio.
(entra con Togrul, che lo segue)

TARTAGLIA Al poggio. Corri, Pantalone, che ecco la strega.
(entra)

PANTALONE Ma no la me toccherà miga le tavernelle,[28] vedè.
(entra)

SCENA VI
TRUFFALDINO, *e* BRIGHELLA.

Escono inorriditi. Hanno chiesto de' soliti cibi, e sono loro comparsi rospi, scorpioni, serpenti ec. Riflettono, che 'l paese si è

---

[27] *Ghe ne vorla... anca a ella?*: Che altro vorrà? Si fermerà ad aspettare che bruci il sedere («cesto») anche a lei?
[28] *le tavernelle*: il sedere.

cambiato. Non vedono i compagni. Gli scoprono in lontano. Con grida gli seguono.

SCENA VII
Il Teatro cambia, e vedesi una Sala della Reggia in Teflis.

SMERALDINA, *e* CANZADE *sono armate, e vestite da Amazzoni.*

SMERALDINA *(colla scimitarra alla mano)*
  Mi trema il cor. Parmi di aver ancora
  que' diavoli alle spalle. Io credo certo
  d'averne uccisi almeno cinquecento;
  ma sono un mare. Oh Dio, la mia padrona
  non vedo comparir. Canzade mia,
  Principessa adorata. Ah voi voleste
  a troppo esporvi. Sempre fiera, sempre
  por la vita a periglio. Figurarsi,
  con mille soli assalir tutto il campo
  di centomila, e più soldati Mori,
  che non hanno pietà! Chi sa, qual strage
  della misera han fatto! Se Morgone
  l'ha fatta prigioniera, addio Canzade.
  Un gigantaccio egli è, che con la testa
  spezzerebbe un pilastro. Figurarsi,
  se Canzade sta fresca!

SCENA VIII
CANZADE, *e* SMERALDINA.

CANZADE *(colla scimitarra ignuda)*
              Ah, Smeraldina!
  Siamo perdute.
SMERALDINA   Oh cara figlia mia...
  Ciel vi ringrazio!... Come vi salvaste?
  Che vi successe al campo? Ove scorreste?
CANZADE Rabbia, furor, disperazion mi spinse.
  Tanto il destrier spronai, che giunsi al centro

delle truppe nimiche, con la spada
facendomi la via, spingendo a terra
cavalli, e Cavalier morti, e feriti.
Qui cieca d'ira con la voce altera
del barbaro Morgon chiamava il nome,
sol per morire, o per troncar dal busto
l'orrida testa, d'ogni mal cagione.
Vidi 'l gigante, e disdegnosamente
or a fianchi, or a fronte, di fendenti,
di punte, di rovesci, e mandiritti [29]
caricai quel feroce. Ei colpi vani
della ferrata mazza disperato
menava all'aria. Il mio destrier veloce
saltar facendo, a vuoto egli ferìa.
Già di più piaghe sanguinoso, irato
ruggìa, come leon. Quando un torrente
de' suoi sopra mi furo, e tante spade,
e tanti dardi ebbi d'intorno, e in capo,
che morta mi credei. Morgone amante,[30]
benché irato, e ferito, minacciava
chiunque mi feria, ché prigioniera,
e in vita mi voleva. Allor ben vidi,
che follemente era trascorsa,[31] e invano.
Spinsi 'l destriero, e insuperabil cerchio
di soldati spezzai. Gli spron battendo,
e col ferro fischiando, al ponte giunsi.
Innumerabil torma di nimici
confusamente sopra 'l ponte arriva,
e cadermi 'l destrier tagliato l'anche [32]
mi sento in dietro. Disperata il brando
contro al ponte rivolgo, e con più colpi,
dal grave pondo [33] di destrieri, e Mori

---

[29] *mandiritti*: colpi tirati di destra.
[30] *amante*: innamorato di me.
[31] *follemente era trascorsa*: ero andata troppo avanti, tra le schiere nemiche.

[32] *tagliato l'anche*: con le gambe tagliate. È una sineddoche.
[33] *pondo*: peso.

aiutati,[34] le travi crepitando,
cavalli, Cavalieri, e travi, ed asse
furon nel fiume, ed io ghermii ben forte
del ponte una catena, indi soccorsa
da' miei soldati a salvamento giunsi.
SMERALDINA Voi mi fate tremare. Io più sollecita
volli salvar la vita, e, come morta,
vi piangeva qui sola. Il Ciel ringrazio
di vedervi ancor viva.
CANZADE   Ah ancor per poco
viva mi vederai. Morgon sdegnato
sta preparando il campo, e vuol, che in oggi
presa sia la Città. Non v'è speranza
di difendersi più. L'amante mio,
Togrul, più non si vede. Mio fratello
già perduto sarà. Preda fra poco
di quel barbaro Moro, orrido, atroce,
sarà Canzade, e prima d'esser sua
con un pugnal trapasserommi il seno.
SMERALDINA *(guardando dentro)*
Signora... Ah, che mai vedo! Ecco il fratello.
Ecco il Visir Togrul. E viva, e viva.

SCENA IX
FARRUSCAD, TOGRUL, *e dette.*

CANZADE Farruscad, Visir, qual man celeste
v'ha qui condotti? Ah tardi siete giunti. *(piange)*
TOGRUL Vi rallegrate, Principessa.
FARRUSCAD   Suora,
non accrescete al mio dolor col pianto
crudi rimorsi. Ah, queste soglie... Tutto
mi risveglia alla mente il padre mio,

---

[34] *aiutati*: si riferisce ai «gravi colpi»: il peso di cavalli e cavalieri facilita Canzade nel suo tentativo di far crollare il ponte.

per mia colpa già estinto, e mi rimprovera.
Io mi sento morir. *(piange)*
SMERALDINA   Signor, Togrul,
ch'è di Tartaglia? Di Brighella? Il vecchio
Pantalon, Truffaldino, sono morti?
TOGRUL No, vivi sono, e son nell'altre stanze,
che narrano a' ministri i nuovi casi
de' lor viaggi.
SMERALDINA   Oh vo' sentirli anch'io.
Truffaldin vivo! Uh che allegrezza è questa! *(entra)*

SCENA X
FARRUSCAD, CANZADE, *e* TOGRUL.

TOGRUL Farruscad, Principessa, in pianti vani
non vi perdete. Al minor mal si pensi.
FARRUSCAD Dimmi, sorella mia, Canzade amata,
dimmi, in qual stato è la Città; mi narra.
CANZADE Perduta è la Città. Già s'apparecchia
l'ultimo assalto da Morgon feroce.
Più difesa non v'è. Morti i soldati
son quasi tutti. Per l'assedio crudo
d'inedia, e fame mezzi i cittadini
languendo estinti son. Mancati i cibi,
i destrier furon cibo, indi ogni cane,
ogni animal domestico fu cibo.
Che più? m'inorridisco. Uomini morti
cibo furo a' viventi, e padri a' figli,
e figli a' padri, ed alle mogli furo
delle ingorde, e per fame empie mascelle,
abbominevol pasto, orrido, e fiero.
Pianti, ululati, e maladizioni
pe' desolati alberghi, e per le vie
s'odon reiterar sopr'al tuo capo.
Conta la vita tua, la vita mia,
de' pochi tuoi fedeli, che respirano
per poco ancora, e poi tutto è perduto.
TOGRUL Farruscad, che vi dissi?

FARRUSCAD   Ah, taci, taci;
    non caricarmi di maggiore angoscia;
    sento ch'io mi distruggo. Miei fedeli
    sudditi, padre mio, non dimandate
    altra vendetta al Ciel, ch'io son punito. *(piange)*
CANZADE Fratel, non soffro di vederti in tutto
    disperato, ed afflitto. Una speranza
    sola ci resta ancor. Badur, Ministro,
    mi promise soccorso alla Cittade.
    Per incognite vie lungi è più miglia
    ito per provveder di vettovaglia
    all'oppressa Città. Forse ristoro
    recherà a' Cittadini. Ancor potremo
    colla tua forza, e con Togrul amico
    respinger questi Mori. Può star poco
    Badur a ritornar. Oh voglia il Cielo,
    che salvo arrivi, e vettovaglia porti.
TOGRUL Io non dispero ancor. So, che Geonca,
    il Negromante, certo mi promise,
    che all'arrivar di Farruscad nel regno,
    per non intese vie [35] salvo fia 'l regno.
    La non intesa via forse fia questa.
FARRUSCAD *(guardando dentro)*
    Non è questi Badur? Ben lo ravviso.
    Badur... Badur... dì, rechi morte, o vita?

SCENA XI
BADUR, *due soldati, e detti.*

I due soldati avranno sopra due bacili parecchie bottiglie di liquori.

BADUR *(con sorpresa)*
    Voi qui, Signor!

---

[35] *per non intese vie*: «in modo inaspettato e incomprensibile» (Petronio).

FARRUSCAD   Sì; non mi chieder questo.
  Narrami pur, se rechi alcun ristoro,
  o se uccider mi deggio. Dimmi... dimmi...
BADUR Nuove di morte, e d'inauditi casi
  solo posso recar.
CANZADE   Oimè, che fia!
  Dì; vettovaglia non recasti in Teflis?
BADUR Io la recava già; ma, oh Ciel, che vidi!
  A me impossibil par ciò, che m'avvenne.
TOGRUL Narralo, a che tardar?
FARRUSCAD   Via, dì; finisci
  di troncar questa vita.
BADUR   A salvamento,
  di carnami, di biade, e vini, copia
  di carriaggi io conduceva in Teflis.
  Di Cur, il fiume, lungo alla riviera
  chetamente venia, quando assalito
  da immensa schiera di soldati io fui.
  Non eran di Morgon, ma gente indomita,
  da me non conosciuta, in ricche vesti
  d'oro, e gemme splendenti, ed alla testa
  una Regina avea, che di bellezza
  avanzava ogni donna. Ella gridando
  a' suoi: «Su, miei soldati, si distrugga
  tutta la vettovaglia, e chi s'oppone,
  perché non sia distrutta». In un momento
  fummo assaliti, e i pochi miei poterono
  poca difesa far. Quella crudele
  nel fiume Cur fece scagliar carnami,
  biade, vin, pane, e tutto ciò, che aveva
  con tanta pena quasi in porto tratto.
  Dopo innanzi mi venne, e fiera in vista
  mi disse: «A Farruscad, ch'è mio consorte,
  porta la nuova,[36] e dì che l'opra è mia»;
  indi è co' suoi, come balen, sparita.
  Meco avea cento, e novant'otto furo

---

[36] *nuova*: notizia.

trucidati a furor. Con questi due
potei salvarmi appena, e della tanta
vettovaglia, Signor, potei salvare
quel solo avanzo di liquor, *(mostra le bottiglie)*
                                    che puote
darvi alquanto vigor; perduto è 'l resto.
TOGRUL Barbara incantatrice! Ogni speranza,
di vita, e regno ella v'ha tolto. Ah, 'l dissi,
che quella maga infame il Re Morgone
favoria con gl'incanti, e che gli arcani
avrieno fin col torvi il padre, il regno,
i sudditi, ogni asilo, e alfin la vita.
CANZADE Qual sposa!... Qual barbarie! Ah, che mai sento!
Morti siamo, fratel.
FARRUSCAD *(disperato)* Tacete tutti.
Più non mi tormentate. Or apro gli occhi,
e tardi gli apro; che non v'è più scampo.
Qui m'inviò quella spietata, e volle,
ch'io nell'ultima strage immerso, afflitto,
con gli occhi propri la miseria mia
mirassi, e sotto al peso disperato
spirassi l'alma dalla rabbia oppresso.
Cieco son dal furor. Perduto ho 'l padre...
Perduti ho i figli... e in qual atroce forma!
Perdo il regno, la vita, e per mia colpa
periscon gl'innocenti. Oh Cielo... come!...
come comporti [37] tante scelleraggini?
«E soffri, e taci, e mai non maladirmi?»
Che mi resta a soffrir, femmina iniqua?
Sia maladetto il punto, in cui ti vidi,
ti maladico, infernal maga infame.
Ti maladico sì... Ma inutil sfogo
è questo al mio dolor di maladirti.

---

[37] *comporti*: tolleri, permetti.

SCENA XII
(dopo alcuni lampi e tuoni ed un tremuoto)

CHERESTANÌ, *e detti.*

CHERESTANÌ *(uscendo furiosa)*
  Empio... Oh Dio! che facesti!... Io son perduta. *(piange)*
CANZADE Che vidi!
TOGRUL *(a Canzade)*
      Questa è quella maga iniqua,
  sposa al fratel, cagion delle miserie.
BADUR Signor, questa è colei, che m'ha assalito.
FARRUSCAD *(con impeto)*
  Rendimi il padre mio, rendimi il regno.
  Rendimi i figli, scellerata maga;
  risarcisci de' sudditi le stragi.
  Gli arcani tuoi, crudel, tutto m'han tolto,
  e mi torranno in breve anche la vita.
CHERESTANÌ Spergiuro!... ingrato!... affetto mio tradito!
  Un punto sol mancava a sofferire,
  poi tutto era compiuto, eri felice.
  Sappi, crudele... Oh Dio! dammi tu forza,
  ch'io lo faccia pentir... Dammi un momento
  di tempo ancor, sicch'io dichiarar possa
  quanto tacqui sin or, la mia innocenza,
  il memorando [38] amor, né mi sia tolto
  modo di favellare; e al mio destino
  poi, maladendo me medesma, io cedo. *(piange)*
FARRUSCAD Soliti arcani; iniqua, che dirai?
CHERESTANÌ Sappi, spergiuro, d'uom mortale io nacqui,
  e di Fata immortal. Per esser sempre
  immortal nacqui, e Fata. Di Eldorado
  è il regno mio felice, ignoto al mondo.
  Mal sofferia l'esser di Fata; ed aspra
  m'era la legge, che noi Fate cambia
  spesso, e per alcun tempo, in animale,
  per non morir giammai, soggette sempre

---

[38] *memorando*: degno di essere ricordato.

a sventure crudeli infra i mortali,
e al terminar de' secoli a infinite.
M'innamorai di te... fatal momento!
Sposo mio t'accettai. Crebbe in me brama
d'esser mortale, come tu, di correre
la stessa sorte tua, d'esserti unita,
e di teco morir,[39] per poi seguirti
dopo la morte ancor. Chiesi tal grazia,
(ché lo poteva) al Re, Monarca nostro.
Irato, bestemmiando, mi concesse
quanto chiedei, ma sotto aspro decreto.
«Va, mi diss'egli, tu mortal sarai,
se per ott'anni, e un dì, lo sposo tuo
non ti maladirà. Ma ti condanno
a usar [40] l'ultimo giorno in apparenza
opre atroci così, che Farruscad
posto al cimento sia di maladirti.
Se maladetta sei, d'orride squame
ti copri tosto, e 'l tuo corpo divenga
mostruoso serpente. In quella spoglia
rinchiusa per due secoli starai».
Barbaro... iniquo... mi maledicesti!
Sento vicino il cambiamento mio.
Più non ci rivedremo. *(piange)*

FARRUSCAD   In apparenza?
Perduto ho 'l regno. Io son vicino a morte.
Ogni soccorso tu m'hai tolto. Cruda!
Apparenze son queste?

CHERESTANÌ   Non temere
del regno tuo, della tua vita. Io tutto
con ragion [41] feci, e pur tel dissi, e invano.
(verso Badur)
È questi un traditor. Le vettovaglie
erano avvelenate. Egli è in accordo
col tuo nimico assediator. Distrussi
le vettovaglie. La ragione or sai.

---

[39] *di teco morir*: di morire con te.
[40] *usar*: compiere.
[41] *con ragion*: con un preciso motivo.

BADUR *(sbigottito a parte)*
  (Ahi, son perduto.)
  (a Cherestanì)   Incantatrice iniqua...
  (a Farruscad)
  Signor, no, non è ver...
CHERESTANÌ   Traditor, taci.
  Bevi di quelli avanzi, scellerato,
  che qui recasti. Verità si scopra.
BADUR *(disperato)*
  Signor... vero è pur troppo... Io son scoperto...
  Da quel velen... da ignominiosa morte
  tormi saprò colla mia stessa mano.
  (trae un pugnale, si ferisce, e cade entro alle quinte)
CANZADE Quai cose vedo! Deh, Togrul, mi narra...
TOGRUL Io son fuori di me. Veggiam, che nasce.
FARRUSCAD *(smanioso)*
  Ah, non vorrei... Togrul... Canzade... io tremo...
  Dimmi, Cherestanì: degli arsi figli
  fu apparenza, o fu ver?
CHERESTANÌ   Doveano i figli
  dalla nascita lor l'ardenti fiamme,
  che tu vedesti, ripurgar, per farli
  interamente tuoi, perché corressero
  teco la stessa sorte.[42] *(guarda dentro)*
      Ecco i tuoi figli,
  fatti mortali, e tuoi. Perfido, io sola
  miseramente abbandonar ti deggio,
  cambiar l'aspetto in orrido serpente,
  perder i figli, e più non esser tua. *(piange dirottamente)*

SCENA XIII
BEDREDINO, REZIA, *condotti da due Soldati, e detti.*

FARRUSCAD *(in trasporto)*
  Figli... miei figli... Ah, non s'avveri il resto...

---

[42] *perché... sorte*: perché avessero il tuo stesso destino mortale.

LA DONNA SERPENTE - ATTO SECONDO　　　　　　　　　　239

　　　Cherestanì... mia sposa... oh qual miseria
　　　saria questa per me!
CANZADE　　　　　Visir!
TOGRUL　　　　　　　　Canzade!
CHERESTANÌ *(agitatissima)*
　　　Ecco, mi sento... Oh Ciel... barbaro! io sento...
　　　freddo gelo per l'ossa... Oh Dio... mi cambio...
　　　Oh qual ribrezzo!...[43] qual orror!... qual pena!...
　　　Farruscad, io ti lascio. Tu potresti
　　　oggi ancor liberarmi. Ah, non lo spero...
　　　troppa forza ti vuol... No, non esporre
　　　per me quella tua vita. Ella è a me cara
　　　anche lungi da me. Pochi prodigi
　　　oggi ancor posso far. Questi disposti
　　　fieno per te, per il tuo regno. Accetta
　　　dell'amor mio gli ultimi pegni. Oh Dio...
　　　Visir... Canzade... figli... nascondetevi...
　　　Deh, la miseria della madre vostra
　　　non mirate... fuggite. Io mi vergogno,
　　　che voi la rimiriate. *(a Farruscad)* Tu, crudele,
　　　mirala sol, tu sol la tua consorte
　　　volesti serpe... eccola serpe, e godi.
　　　(si trasforma in un orrido, e lungo serpente dal collo in giù, cadendo prostesa a terra)
BEDREDINO Madre mia... Madre mia...
REZIA　　　　　　　　　　　Dov'è mia madre!
FARRUSCAD Fermati... Oh Dio!... perdon... deh, sposa mia...
　　(corre per abbracciarla)
CHERESTANÌ Più tua non son. Fuggi da me, spergiuro.
　　(si sprofonda sotto al Teatro)
CANZADE
　　　Fratel!...
TOGRUL　　Signor...
BEDREDINO　　Mio padre...
REZIA　　　　　　　　Caro padre...

---

[43] *qual ribrezzo!*: che repulsione!

FARRUSCAD *(disperato)*
   Scostatevi da me. Non sia nessuno,
   che s'avvicini a un disperato. Terra,
   che l'amata mia sposa in sen nascondi,
   ricevi Farruscad, spergiuro, ed empio. *(entra furioso)*
CANZADE *(pigliando i fanciulli per mano)*
   Visir, nipoti miei, seguiamo il padre. *(entrano)*

ATTO TERZO

Il Teatro non cambia.

SCENA I
FARRUSCAD, *e* PANTALONE.

(Farruscad uscirà, come fuggendo da tutti quelli, che vogliono consolarlo.)

FARRUSCAD Via da me, traditori, della mia
insofferibil doglia, de' miei falli
causa maggior, che co' sospetti vostri
mi suscitaste, m'accendeste il core,
e cader mi faceste negli eccessi,
onde rovina di sì amabil sposa
sono, e di me medesmo. Ite, toglietevi
dalla mia vista, orridi mostri infami;
venga la morte, io bramo morte solo.

PANTALONE Maestà, el Cielo sa, quanto rimorso, quanto strazzamento de cor,[1] che provo. Sì, la ga rason, la ga rason. Ma cossa vorla far?[2] finalmente ghe resta i so fioli. El Re Morgon ha scomenzà[3] un fiero assalto alla città. La deve procurar in conscienza de preservar el so stato alle so creature. El Visir Togrul, so sorella, poveretti, se va preparando alla defesa, ma afflitti, ma desanemai per no veder la so presenza. La fazza cuor, la se fazza veder sulle mure. La vederà, quanto coraggio se accenderà in petto ai so boni servitori alla so comparsa. Uno valerà per cento, e daremo la cazza a sti cagadonai de Mori. Da galantomo[4] che ghe demo una battagia alle barocole[5] che i se dà alla fuga spaventai, come un chiappo de cocalette.[6]

---

[1] *strazzamento de cor*: strazio del cuore.
[2] *Ma... far?*: ma cosa vuole fare?
[3] *scomenzà*: intrapreso.
[4] *Da galantomo*: parola di galantuomo.
[5] *una battagia alle barocole*: una batosta.
[6] *chiappo de cocalette*: branco di starne.

SCENA II
Tartaglia, *e detti.*

Tartaglia *(allegro)* Maestà, maestà, una gran cosa, un gran prodigio. In un momento, non si sa come, tutte le botteghe, tutte le osterie, tutte le beccherie[7] della Città si sono empiute di carnami, di pane, di vino, d'olio, di minestre, di butirro, di formaggio, di frutta, e sino di allodole, e di beccafichi.

Pantalone Parleu sul sodo,[8] Tartagia?

Tartaglia Certo, che verrò a contare delle tue fanfaluche a sua Maestà.

Farruscad Nuovo dolor; nuovi rimorsi all'alma.
Ecco l'effetto degli estremi detti
della miseria sua. «Pochi prodigi
oggi ancor posso far. Questi disposti
fieno per te, per il tuo regno. Accetta
dell'amor mio gli ultimi pegni. Oh Dio!»
Rimembranza crudel!... Fuggite... andate.
Più non posso vedere alcun oggetto,
e più d'ogn'altro ho me medesmo in ira.

Tartaglia *(basso a Pantalone)* Pantalone, la lontananza ogni gran piaga salda.[9] Si calmerà. Non abbandoniamo la Principessa, e Togrul, che s'apparecchiano alla difesa della Città.

Pantalone In fatti, la xe una viltà a star qua a grattarse la panza in tempo, che tutti xe sulle arme. No la xe azion da bon Venezian. Ghe manderemo qua dei servitori, che ghe tegna drio, perché no vorria qualche sproposito, e andemo a tagiar cinquanta teste de sti sfondradoni[10] de Mori. Semo pochetti, ah, Tartagia?

Tartaglia Oh dieci contro diecimila; ma non importa; mi sento uno spirito superiore. È meglio morire ammazzato in una battaglia, che dalla fame. *(entrano)*

---

[7] *beccherie*: macellerie.
[8] *Parleu sul sodo*: dite sul serio.
[9] *salda*: rimargina.
[10] *sfondradoni*: maledetti.

SCENA III
FARRUSCAD, e FARZANA, *Fata, in dietro.*

FARRUSCAD *(da sé)* (Ella mi disse pure: «Tu potresti
oggi ancor liberarmi. Ah, non lo spero;
troppa forza ti vuol. No, non esporre
per me quella tua vita. Ella è a me cara
anche lunge da me». Detti soavi,
che mi straccino [11] il cor. Cherestanì,
Cherestanì, come poss'io salvarti?
Non curar questa vita. È assai più dolce
morte, che questa vita. Ah, se tu puoi,
se del tutto non m'odi, dammi segno,
com'espor questa vita in tuo soccorso
possa, o morir; pietà di me ti mova.) *(piange)*
FARZANA *(da sé)* (Si conduca alla morte, onde periglio
non vi sia più, che un tempo alcun soccorso
abbia per liberarla, e torla a noi.
Or che tutte le genti alla battaglia
stanno occupate, ed è qui solo, venga
invisibile meco a certa morte.) *(si fa innanzi)*
Tu liberar la sposa? Non hai core;
sei troppo vile.
FARRUSCAD   Ombra diletta... spirito...
Ah, ti conosco ben, che ancor ti vidi
compagna alla mia sposa. Ah, dov'è mai?
Dimmi, che deggio far per liberarla?
FARZANA Tu liberarla, uomo incostante, donna
molle più, ch'uom? Tanta bellezza, tanti
benefizi perduti per viltade!...
Tu hai cor per liberarla? Altro ci vuole,
che 'l tuo braccio e 'l tuo cor per liberarla.
FARRUSCAD Non m'offender di più; ponmi al cimento.
Volentier corro a morte; a che tardare?
FARZANA Dammi la destra tua.

---

[11] *stracciano*: straziano.

FARRUSCAD La mano è questa.
Dove vuoi, mi conduci, io teco sono.
(porge la destra a Farzana, e con un prodigioso lampeggiar nell'aere sprofondano tutti due)

SCENA IV
PANTALONE, *e* TARTAGLIA

(questi due personaggi escono frettolosi)

PANTALONE Maestà... Maestà, un gran prodigio... allegri... Ma dove xelo?
TARTAGLIA Doverebb'esser qui. L'abbiamo lasciato, che non è molto, in questa stanza.
PANTALONE Ah, che l'ho dito mi, che no se doveva lassarlo solo. Adesso che xe el tempo dell'allegrezza, ste a veder, Tartagia, che ghe xe qualche gran desgrazia. El gera fora de lu, invasà per so mugier serpente; l'ha fatto qualche bestialità de suicidio, sicuro.
TARTAGLIA Che bestialità? Ho anch'io una moglie serpente, e la soffro.
PANTALONE Oh, giusto questo xe tempo da barzelette.
TARTAGLIA Andiamo a cercar di lui, Pantalone. Questo palagio è lungo un miglio. Si sarà cacciato in queste stanze verso scirocco.[12] *(entra)*
PANTALONE Andemo pur verso scirocco; ma mi ho paura, che el sia andà colla testa in zo da una fenestra in ponente. *(entra)*

---

[12] *Si... verso scirocco*: è un gioco di parole che equivale ad «avrà fatto qualcosa da sciocco».

SCENA V

TRUFFALDINO *con un tabarro corto, e lacero, un cappello tignoso, e un mazzo di relazioni a stampa* [13] *nelle mani, indi* BRIGHELLA.

TRUFFALDINO (*imitando i venditori delle relazioni, verrà gridando il seguente compendio* [14] *spropositato*) Nuova, distinta e autentica relazion, che ve descrive, e ve dechiara del gran sanguinoso combattimento seguito a dì ec. del mese di ec. sotto l'alma città di Teflis. Sentir, come el tremendo gigante Morgone diede l'assalto con due milioni di Mori alla Città di Teflis. Sentir, come bravamente, e valorosamente la Città, e fortezza con quattrocento soldati soli se difese, e la gran strage, che si fece di quei barbari cani. Sentir, come se trovava in spaventoso pericolo la Città, e fortezza medesima. Sentir, come inaspettatamente, e prodigiosamente con permissione del Cielo se innalzette il fiume, chiamato Cur ec. ha inondato tutto il campo di quei barbari cani. Sentir la tremenda strage, e come li ha negati [15] tutti, col numero delle persone, che sono restate morte. Chi avesse caro di legger la autintica, e distinta relazion si spende la vil moneta di un soldo. Nuova, e distinta relazion ec. BRIGHELLA l'interrompe, e chiede, che vada gridando per la Reggia. TRUFFALDINO La relazione della battaglia, e del prodigio ec. BRIGHELLA Come si possa scrivere, e stampare un fatto successo, che non è un'ora. TRUFFALDINO Che gli scrittori, e gli stampatori, quando si tratta di guadagnare, sono saette. BRIGHELLA Che in quella Città venderà poche relazioni alle genti già tutte informate del successo. Lo consiglia ad andare a Venezia ad intruonar con le grida il capo a chi passa, che venderà molte relazioni. TRUFFALDINO Che per venderle a Venezia converrebbe aggiungere alla relazione trenta volte il doppio di successi.[16] BRIGHELLA Ch'è matto. Chiede dove sia il Principe.

---

[13] *relazioni a stampa*: cfr. la nota 2 alla *Prefazione* (p. 188).
[14] *compendio*: riassunto degli avvenimenti.
[15] *negati*: annegati.
[16] *successi*: avvenimenti.

SCENA VI
TARTAGLIA, PANTALONE, *e detti.*

TARTAGLIA e PANTALONE escono disperati. Chiedon, se abbiano veduto il Principe. BRIGHELLA che non sa nulla. TRUFFALDINO rinnova le sue grida sulla relazione. Fanno tutti una scena di confusione, e di strepiti.

SCENA VII
CANZADE, TOGRUL, SMERALDINA, *e detti.*

CANZADE Dov'è 'l fratello mio?
TARTAGLIA Principessa cara, una gran disgrazia. Era in questa stanza. Noi siamo venuti alla battaglia; e non c'è più. L'abbiamo cercato in scirocco,[17] e non si ritrova.
PANTALONE Ma la xe cusì. El gera desperà, e i desperai fa delle brutte burle.
CANZADE   Che mi narrate!
  Oh me infelice!
TOGRUL   Che mai sento!
(tutti appariscono disperati)
SMERALDINA   Oh Dio!

SCENA VIII
Voce di Geonca, e detti.

VOCE Miseri! a che tardate? Deh s'ascolti
la voce di Geonca, e l'ubbidite.
Togrul, Canzade, servi, è Farruscad
presso al monte vicin. Nimica Fata
ivi l'ha tratto per condurlo a morte.
Recate i figli suoi, deh procurate
d'intenerirlo, ond'abbandoni il fiero

---

[17] *L'abbiamo... scirocco*: continua il gioco di parole della scena IV.

cimento, in cui si trova di sé fuori.
Ah, tardo forse il vostro aiuto fia.
La voce mia prima di voi soccorra,
per quanto puote, il Principe in periglio.
CANZADE Visir, udisti?
TOGRUL   S'eseguisca tosto
quanto l'amica voce ci comanda. *(entra con Canzade)*
SMERALDINA Corro a prendere i figli, e vengo anch'io. *(entra)*
PANTALONE Per carità, aiutemo sto povero mal maridà. Putti,
   Tartagia, vegnime drio. *(entra)*
TARTAGLIA Spero, che mi verrai dietro tu; ch'io non ho le tue magagne occulte, vecchio catarroso. *(entra)*
BRIGHELLA Sospension de allegrezze. Andemo a veder, come finisce sta catastrofe spaventosa. *(entra)*
TRUFFALDINO «Chi va lontan dalla sua patria, vede
   cose da quel, che si credea, lontane.»[18]
   Nuova, autentica, e distinta relazion, che ve descrive, e ve dichiara ec. *(entra gridando la relazione)*

SCENA IX

Apresi 'l Teatro con un luogo campestre. Vedesi nel fondo sotto una montagna un sepolcro, da una parte una colonna, alla quale sarà attaccato un timpano, od altro simile strumento, che battuto rimbombi; appresso a quello sarà attaccata una mazza.

FARRUSCAD, *e* FARZANA.

Farruscad sarà in abito leggiero, con uno scudo, ed una spada, apparecchiato a combattere.

FARZANA È questo il loco. Or vederemo, quanto
   della tua lingua i detti ai sentimenti
   somiglino del core.
FARRUSCAD   A che molesti
   un disperato ancora? Mille vite

---

[18] «*Chi... lontane*»: citazione dal *Furioso*, VII, I, 1-2.

aver vorrei, sacrificarle tutte
per la consorte mia. Ma che far deggio
in questo campo? Un sol sepolcro io miro.
Deggio co' morti aver battaglia? Ah dimmi,
come possa morir; più non tenermi,
Farzana, in un inferno.
FARZANA *(a parte)* (Non s'indugi
alla sua distruzion.) Se tanta brama
hai di morir, con quella mazza picchia
sopra quell'istrumento. Al suo rimbombo
consolato sarai. Quella tua vita
conta per poco; ma, se vincitore,
liberata sarà, mortale, e tua. *(entra)*
FARRUSCAD Picchiar sol deggio lo strumento! Or via,
che più attendo? Si picchi, e morte giunga.
(picchia con la mazza lo strumento, il rimbombo del quale viene accompagnato da un rimbombo di sonori tuoni, e da uno splendor di lampi. La scena s'oscura. Farruscad segue)
Tremi 'l terren, s'oscuri il sol, dal Cielo
caggiano in copia i fulmini; non temo.

SCENA X
Esce un toro furioso, che getta fuoco dalla bocca, dalle corna e dalla coda, e che assale Farruscad.

FARRUSCAD, *indi la voce di Geonca.*

FARRUSCAD Fiero animal, se sbigottirmi speri,
di gran lunga t'inganni.
(si rischiara la scena, segue un lungo combattimento. Il toro carica di fiamme Farruscad)
Ah, impenetrabile [19]
è la fera crudel.
VOCE Non sbigottirti,

---

[19] *impenetrabile*: invulnerabile.

Farruscad, e fa core. All'animale
tenta staccare il destro corno, o invano
col ferro lo combatti.
FARRUSCAD   Amica voce,
io ti ringrazio, e a ubbidir m'accingo
l'avviso tuo.
(lotta coll'animale: gli stacca il destro corno; il toro con muggiti sprofonda, e sparisce)
              Che a vincere or mi resta?
Pietosa voce, dì, chi sei? Deh dimmi,
per liberar la dolce mia consorte
che più far deggio?
VOCE   Io son Geonca. Poco
vincesti ancor. Datti coraggio. Sappi,
che, se perdi coraggio, a inevitabile
morte soggetto sei. Fa cor, resisti,
difendi la tua vita.

SCENA XI
FARZANA, *e* FARRUSCAD.

FARZANA *(uscendo)*   Che m'avviene!
  Chi soccorre costui?
FARRUSCAD   Farzana, or dimmi,
  che resta a far, perch'io riveder possa
  nel suo stato primier Cherestanì,
  possederla, abbracciarla?
FARZANA   Lascia, lascia
  di sperar ciò. Nulla facesti ancora.
  Batti di nuovo lo strumento, e vinci
  l'oggetto, che uscirà. Poco avrai fatto
  ancor, se 'l vinci. Giovine meschino,
  non avrai cor di terminar l'impresa. *(entra)*
FARRUSCAD Se occorre animo sol, mal si sospetta,
  che 'l cor mi manchi. Esca l'inferno tutto.
  (corre, e picchia di nuovo. S'oscura la scena, odesi tremuoto)
  Terreno, trema pur. Ciel, tuona pure;
  di qua non fuggirò. *(si rischiara la scena)*

SCENA XII
Un GIGANTE *mostruoso con la spada in mano,* FARRUSCAD, *e la voce di Geonca.*

GIGANTE   Non fuggirai,
no, che la testa lascierai sul campo,
presso alla testa tua rimarrà 'l corpo,
pasto delle cornacchie, e delle fere. *(si prepara a combattere)*
FARRUSCAD Avverrà forse a te ciò, che minacci,
e in te averanno i corvi maggior cibo,
uomo crudo, e deforme. Ciel, m'assisti.
(segue combattimento; dopo vari colpi Farruscad taglia un braccio al gigante, il qual braccio caderà in terra colla spada. Farruscad segue)
Combatti ora, se puoi. La vita salva,
ch'altro da te non voglio.
(il gigante si china, raccoglie il braccio, lo rimette al suo luogo, e s'apparecchia di nuovo a combattere)
GIGANTE   Altro non vuoi?
Ben io voglio da te nuova battaglia.
(assalta Farruscad fieramente)
FARRUSCAD Qual nuovo caso! [20] Ah, non si perda il core.
(segue un combattimento. Dopo vari colpi taglia una gamba al Gigante)
GIGANTE Oh me infelice! Tu vincesti... Io muoio.
FARRUSCAD Precipita, crudel; svenato muori.
(il Gigante raccoglie, e si rimette la gamba)
GIGANTE Misero pazzarello! Muori! Muori!
Fanciullesche lusinghe! Tu morrai.
(s'apparecchia ad un nuovo assalto)
FARRUSCAD Qual strana impresa è questa! Deh, Geonca,
come resister posso? Ahi, non risponde.
Lena, non mi mancar, ch'io son perduto.
(segue nuovo, e fiero combattimento. Farruscad taglia la testa al Gigante)
Or qui finisci, infernal mostro orrendo;

---

[20] *Qual nuovo caso!*: Che caso straordinario!

va nell'abisso, d'onde uscito sei.
(il Gigante brancoloni raccoglie la testa, e se la rimette)
GIGANTE *(ridendo)* Ah ah ah ah, folle, ci sei pur giunto.[21]
FARRUSCAD Misero! che farò? Geonca... amico,
lena mi manca, e alfin vinto rimango.
(s'apparecchiano ad un nuovo assalto)
VOCE Se puoi, spiccagli 'l capo. Il manco orecchio
tronca da quello, e libero sarai.
GIGANTE *(assalendo Farruscad)*
Mori, incauto, ch'è tempo.
FARRUSCAD   Forze mie,
aderite alla voce di Geonca,
resistete a costui.
(getta lo scudo, e combatte disperatamente colla spada a due mani; tronca di nuovo il capo al Gigante, e lo raccoglie. Mentre Farruscad cerca di tagliare il manco orecchio alla testa, il Gigante brancoloni la va cercando. Tagliata l'orecchia, il corpo del Gigante cade, e sprofonda sotterra)
FARRUSCAD *(gettando la testa dentro)*
Rimettila or, se puoi, ritorna in vita.
Quant'obbligo, o Geonca! Io qui dovea
certo perir, se tu m'abbandonavi.
(Tutte le scene di mirabile, e d'illusione di questo popolare atto terzo furono eccellentemente eseguite dalla Truppa comica del Sacchi)

SCENA XIII
FARZANA, FARRUSCAD, *e voce di Geonca.*

FARZANA *(da sé)*
(Ancora vive! Ed il Gigante è vinto!
Chi lo soccorre mai? Ah, certamente
qui celato è Geonca. Ben mi disse
Zemina, ch'io 'l temessi. Mia diletta
Cherestanì, noi ti perdiam per sempre,
Farruscad ti discioglie, e ti fa sua.

---

[21] *ci sei pur giunto*: sei giunto, alla fine.

Tentisi allontanarlo.)
FARRUSCAD   Or via, Farzana,
dov'è Cherestanì? che far più deggio?
FARZANA Valoroso campion, quanta pietade
sento per te! Deh, Farruscad, tralascia
di seguir quest'impresa. È quasi un nulla
ciò, che sin'or facesti. Al mio sincero
favellar credi. Di qua parti, e salvati.
FARRUSCAD Come! partir di qua! L'impegno mio
è di lasciar la vita, o di condanna
liberar la mia sposa. Tu mantieni
la tua promessa. O morte fa, ch'io m'abbia,
o la consorte mia libera resti.
Che manca al mio dover?
FARZANA   Manca un'impresa,
troppo grande per te. Parti; ciò basti.
Non voler cimentarti maggiormente.
FARRUSCAD Farzana, le parole al vento spargi.
Finir voglio l'impresa, o qui morire.
FARZANA Temerario, su dunque. Or non occorre
più l'arme usar; ma vederem, se vinci
ciò, che ancor vincer dei. Su quel sepolcro
(accenna il sepolcro nel fondo al Teatro)
metti una man. Giura pel tuo Profeta,
che in bocca bacierai qualunque oggetto
all'aprir del sepolcro entro vedrai.
FARRUSCAD *(corre, e con nobile franchezza, mettendo la mano sul sepolcro)*
Ecco la mano. A Macometto io giuro,
che con le labbra mie bacierò in bocca,
qualunque oggetto che 'l sepolcro chiuda.
FARZANA Folle! Prendi la mazza, e lo strumento
nuovamente percuoti.
FARRUSCAD   Altro non vuoi?
Ecco ch'io lo percuoto.
(Picchia con la mazza; s'oscura la scena e come sopra. S'apre il coperchio del sepolcro. Si rischiara la scena)
FARZANA   T'avvicina
a quel sepolcro, e colle labbra imprimi

all'oggetto, che vedi, un bacio in bocca.
FARRUSCAD Deggio temer per liberar la sposa
a por le labbra in sulle labbra fredde
d'un cadavere schifo? Altro ci vuole
a sbigottire un disperato amante.
Debile impresa è questa. Or lo vedrai.
(Corre al sepolcro, avvicina il viso per dare il bacio promesso. Esce dal sepolcro fino al petto un serpente con un'orrida testa; apre la bocca facendo vedere denti lunghissimi; avvicinasi al viso di Farruscad, il quale spaventato salterà in dietro, e mettendo la mano sulla spada)
Oimè!... misero me!... qual tradimento!...
(vuol ferire il serpente; il serpente si ritira nel sepolcro)
FARZANA Empio, che fai? Sin'ora con la spada
vincer dovevi, e lo facesti; ed ora
che co' baci esser deve la battaglia,
ti manca il cor? Non tel diss'io, che 'l fine
era più malagevole? Eseguisci
il giuramento tuo, se ti dà 'l core.[22]
(a parte)
(Timor, lo prendi sì, che 'l cor gli manchi.)
FARRUSCAD Sì, mi dà 'l cor. Ribrezzo, m'abbandona.
(corre nuovamente al sepolcro risoluto; s'avvicina col viso; esce il serpente; se gli oppressa coll'orrida bocca aprendola. Farruscad rincula. Il serpente si nasconde. Farruscad sforza se stesso per baciare il serpente, il quale sempre maggiormente battendo i denti con fierezza lo farà rinculare)
Oh Dio! qual freddo gelo mi trattiene!
Qual diabolica impresa! Ah, non è serpe
fatta la mia Consorte? Non può forse
esser Cherestanì quel mostro orrendo?
Vile, che ti trattien? *(s'avvia, e si ferma)*
                    Ma forse ancora
questa Fata m'inganna, e vuol, ch'esponga
all'orride mascelle il capo mio,
che schiacciato rimanga, e dopo tante

---

[22] *se ti dà 'l core*: se ne hai coraggio.

battaglie vinte, senza far difesa,
miseramente in braccio a morte io corra.
Qual nuova forma di battaglia è questa! *(resta in pensiero)*
FARZANA *(a parte)*
(Timor, segui ad opprimerlo, sicch'egli
di qua sen fugga, e questa impresa lasci.)
FARRUSCAD *(risoluto)*
Eh, si mora alla fin. Forse un tal bacio,
ch'io sì abborrisco, scioglier dee l'incanto.
(s'avvicina al sepolcro; il serpente con maggior fierezza s'avventa al suo viso. Farruscad retrocede, il serpente si nasconde)
Oh fortuna crudel! tu non potevi
espormi ad un più barbaro cimento.
Oh voce di Geonca, a che non suoni?
Ché non m'aiuti in tanta estremitade?
Ah, questa spada alfin, che tutto vinse,
spezzi ancor quel sepolcro, e 'l serpe uccida.
(in atto di colpire il sepolcro)
VOCE Fermati, incauto, o piangerai per sempre.
Farzana, omai sperar non ti bisogna
d'aver Cherestanì. Va al tuo congresso;[23]
dì, che mortale è a Farruscad rimasta.
Figlio, non t'avvilir; bacia il serpente.
Egli è la sposa tua, baciala in bocca.
Non temere i suoi morsi, è tal l'incanto.
Ricordati di me; l'opra è compiuta.
FARZANA *(disperata)*
Ahi crudel fato! Ahi maladetta voce!
Compagne mie, Cherestanì è perduta.
(fugge piangendo, e odonsi ululati di donne)
FARRUSCAD Chiudansi gli occhi. Vincasi 'l ribrezzo.
Dolce Cherestanì, più non pavento.
Invan, mia cara, impaurirmi tenti.
(s'avvicina impetuoso al sepolcro. Esce il serpente, come sopra. Dopo alquanti gesti di ribrezzo, e di risoluzione, Farruscad bacia il serpente. S'oscura la scena, seguono i soliti lampi, e tuoni

---

[23] *Va al tuo congresso*: cfr. la nota 6 dell'Atto primo (p. 192): qui è nel senso di «vai dalle tue compagne».

con tremuoto. Cambiasi 'l sepolcro in magnifico carro trionfale, sopra cui vedesi Cherestanì, riccamente, come Regina, vestita. Si rischiara)

SCENA XIV
CHERESTANÌ, *e* FARRUSCAD.

CHERESTANÌ (*abbracciando Farruscad*)
  Farruscad, sposo mio, quanta allegrezza!
  Quanto ti deggio mai!
FARRUSCAD   Cara, or sei mia;
  più non ti perderò. Pagai la pena,
  ti so dir, de' miei falli.

SCENA ULTIMA
CANZADE, REZIA, BEDREDINO, TOGRUL, PANTALONE, TARTAGLIA, BRIGHELLA, TRUFFALDINO, SMERALDINA, *e detti.*

CANZADE   Eccoci tutti,
  fratello, in tua difesa. Ma che vedo!
FARRUSCAD Questa è la sposa mia. Sorella, abbraccia
  la tua cognata. Figli miei... miei figli...
  Quanta allegrezza ho al cor! Tutti contenti
  oggi voglio che siate.
  (*tutti con atto di stupore vanno abbracciandosi ec.*)
TOGRUL   Mio Signore,
  deh mi narrate...
FARRUSCAD   Non è tempo adesso;
  tutto narrerò poi. Cherestanì,
  più non ho mente.[24] L'allegrezza toglie
  in me discernimento. Tu disponi,
  onde ognun sia contento, e allegro viva.
CHERESTANÌ Sì, disporrò. Tu meco co' miei figli
  nel vasto Regno d'Eldorado, occulto

---

[24] *più non ho mente*: non capisco più niente.

al mondo tutto, e mio, regnar potrai.
Togrul, sposo a Canzade, in Teflis regni,
con noi Tartaglia, e Pantalon verranno.
Di Truffaldino Smeraldina sia.
Brighella abbia altra sposa, e ricchi doni.
Ma chi m'additerà, come si possa
dispor l'alme cortesi a tanta noia
delle Favole nostre fanciullesche,
a compatirci, ed a dispor le mani
a qualche segno di perdon, di festa?

INDICE

Introduzione .... p. 5
   La rivoluzione di un conservatore: Carlo Gozzi e il teatro, p. 5.

Nota biografica .... » 33
Bibliografia .... » 42
Nota al testo .... » 48

FIABE TEATRALI

L'amore delle tre melarance .... » 53
   Prefazione, p. 59; Prologo, p. 60; Atto primo, p. 64;
   Atto secondo, p. 71; Atto terzo, p. 80.

Turandot .... » 91
   Prefazione, p. 94; Atto primo, p. 97; Atto secondo, p. 113;
   Atto terzo, p. 132; Atto quarto, p. 146; Atto quinto, p. 172.

La donna serpente .... » 183
   Prefazione, p. 187; Atto primo, p. 191; Atto secondo, p. 220;
   Atto terzo, p. 241.

STAMPATO
PER CONTO DEL GRUPPO UGO MURSIA EDITORE S.P.A.
DAL CONSORZIO ARTIGIANO « L.V.G. »
AZZATE (VARESE)